遐思集

[illegible] 著

團结出版社

图书在版编目（CIP）数据

遐思集 / 林方略著. -- 北京：团结出版社，2024.
5. -- ISBN 978-7-5234-1011-0
I.I251
中国国家版本馆 CIP 数据核字第 2024UC0202 号

出　版： 团结出版社
（北京市东城区东皇城根南街 84 号　邮编：100006）
电　话：（010）65228880　65244790（出版社）
网　址： http://www.tjpress.com
E-mail： zb65244790@vip.163.com
经　销： 全国新华书店
印　装： 武汉鑫佳捷印务有限公司

开　本： 170mm×240mm　16 开
印　张： 21.25
字　数： 360 千字
版　次： 2024 年 5 月　第 1 版
印　次： 2024 年 5 月　第 1 次印刷

书　号： 978-7-5234-1011-0
定　价： 168.00 元

序　言

琼州多嘉木

欧大雄

礼贤下士

林方略先生曾在海南省人民政府工作，还先后担任过海口市人民医院、海口市秀英区政府，海南省卫生厅领导。他退休后写了一些文章，在网络及书刊上与乡亲、朋友们交流。

林方略先生的文章主题亮丽、语言婉丽，博得赞扬，故不少朋友建议他将其汇编结集。有关人士慧目识宝，捷足先登，动员他将其文集《遐思集》出版

林方略先生为此征求我的意见，我想，遐者，不断地拓展思考也，"一日三省"，不断总结，丰富与升华自己，对已对他，于今于后都是很有益，还为文学界增添一个"潜力股"，我喜出望外，当即表示坚决支持。他提出由我为该书写一篇序言。我惊讶地说："你是省政府原领导，职务比我高，资历也比我丰富，且书的序一般是上给下写，高给低写或由名人写，我给你的书写序怎妥？"心有余悸。他回答说："你是一级作家，我写的一些文章也离不开你及朋友们热情鼓励，写序就非你莫属。"我听后如心上吹拂过一缕春风，觉得他很中肯，是对我信赖，于是答应下来，并说："我怎样理解你及你的文章就怎样写，行吗？"他欣然答应。我于是无拘无束地动起笔。

从出书及请我写序中，我进一步感觉到林方略先生谦虚谨慎、礼贤下士，他不但从文、做事与交友也很谦虚、诚恳，好相处。是啊，从文、做事与交友，就须谦虚些、真诚些，和谐相处、美美与共，彼此都很舒坦。争强好胜、夸夸其谈、

自以为是，那会让人敬而远之，或当面说好，背后骂之。温良恭俭让是中华民族优秀的伦理道德。林方略先生一生的为人处事就是一个值得借鉴的诀窍。

鸿山福厚

林方略先生是我文昌市会文镇同乡，从我家福厚新村到他家白延市圮的鸿山村只有一公里多。

写此序时，林方略先生的家乡不由在我心中浮现。

鸿山村及其四边村庄，山清水秀，人杰地灵。其东边的凤会村百鸟朝凤，出了林春浓、林照英等著名侨领和林廷勋等著名“番客”，其糖贡、信筒饼、肉粽子妙然天成，闻名遐迩。西边的文林村十步芳草，出了工程院士林浩然，以及向英国人建议以木料代替钢铁做火车轨枕，获得经营新加坡、马来西亚火车站餐饮经营权奖励的林灏熙。与鸿山村只有一箭之遥的北山村，横空出世了新加坡总理接班人黄循财，以及晚年和教育大师陈序经同被称为“文昌文化两老人”的林举岱。而鸿山村，建村更早、建树更伟、名气更大，其祖先林彬公在明朝是乐会县县令，因剿匪抚黎有功，被皇帝召见，赴京奉回了两尊金佛相安于附近的迴龙寺。他经常到这一带附近的“长岐济渡”，看到这里秀水迂回，田地肥沃，最先在这里安了家，是著名的分布在海南十多个县市的“白延林”发源地。

会文有八九个以福字为名的村庄。地名村名，有的追星逐月，有的梅雪飘香，有的充满理想，有的雅致婉约。当地传有“红城出老爹，福厚出先生”，福厚村先后出了二十名校长、教导与教师。以文会友，以文铸德，才能志存高远，鸿翔四方：福田、福园，福昌、福厚。白延美在文，会文文是宝，人会（会，文昌方言意喻有本事）会文。

“春枝有花兄弟乐，书田无税子孙耕”“讨钱那边去，求书这边来”“近昭丘海之恒志，远追朱泗之帆踪”等优秀的人文熏陶，使林方略先生自小刻苦读书，在故乡“琼南文运”的琼文中学读书时是佼佼者。他后来随从南方大学海南分校毕业、在屯昌县任职的父亲到屯昌读书，学生阶段曾获学校征文比赛一等奖，高中毕业后被选派到屯昌县委宣传部新闻报道组学习，多篇文章在报刊上发表。他大学毕业被分配到海南省人民医院工作，而后又调入海口市人民医院任职，凭自己的本事多次参加竞岗，一步一个脚印地走上了副省长的领导岗位。他先是竞岗当了海口市人民医院外科主任，又竞岗当了海口市人民医院副院长，再竞岗当了海南省卫生厅副厅长。他在位上谋其政时，写的不少医学论文、调查报告及政协提案被评为优秀。原本文笔就很好的他，积厚薄发，退休后的作品，不乏描写故乡优秀人文的佳作，有《进士公》《我的爷爷和利公》《会文镇十八行》《难谑笑傲文昌鸡》《俗中有雅老爸茶》《鸾翔凤集白延溪》《五彩斑斓》《官新温泉》《三更屿》等。这些文章都凸现出他童年的踉跄足迹，透射出浓烈的泥土芳香，使人看后浮想联翩，就像喝了一杯椰子水，心身凉爽。

会友论文

会文其义为以文会友，是清朝琼州府赋的名，几经发展与繁荣，成为南东海岸的一颗明珠。莫道会文茶馆陋，说文不逊文昌溪。

林方略先生爱思考、爱写作，功底颇深，文路宽阔，我们因而少不了以文会友。在多次交流会文地区人文的火花碰撞后，他写了《会文文化圈》一文，从吞吐四书、丘海之志、祠堂办学、以会文友、杏国精英、文教古迹等方面，深刻地剖析了会文的人文，博得专家及读者的普遍呼好。此后，文昌南边有会文“以文会友”文化圈，北边有铺前“书院育英”文化圈，东边有文教“以文化之”文化圈，西边有“蹑履夺魁”文化圈的概括随之形成，极大地增加了文化之乡的颜值。

得益于网络的载体，林方略先生的不少文章在会文网上刊出后，则一发不可收拾，作品若喷泉，仅两年多时间就先后写了《忆白延墟》《忆母校》《象山庵》等几十篇文章。我和一些网络写手在一起，少不了谈文章，谓之“会文论文”，我同王绥芳、吴毓桐、曹显荣、林放生、庞丽丽等文友“会文论文”时，我问：“会文谁的文章写得精彩？”朋友们几乎异口同声：“三木的文章算一个”。

三木是林方略先生的笔名。知道的人不多，有些人还向我打听三木是谁？何起笔名“三木”？这是源于林方略先生的村子是白延林的源头活水吗？还是他家里三兄弟？单木难支，双木成林，三木成森，其远邃的含义、深沉的寓意可能均有之。

朋友们一致认为，三木的文章有高度、深度、宽度、温度，可信、可读、可藏、可研。当然，总体上感觉三木先生的文章给我们印象很好很深，因而点击率很高，评论很好。林方略先生的文章被呼好，是他牢牢地捉住了“实”字，实事、实意、实说，实实在在，脚踏实地；始终地突出了“文”字，文脉、文风、文人，丝丝入扣，淋漓尽致；充分地体现了“情”字，乡情、亲情、友情，始终赓续，乳水交融，具有高度、深度、宽度与温度，使可信、可读、可藏与可研成为一体，绝不无病呻吟，隔靴搔痒，雾里看花之做作而使文章失去魂灵，苍白无力，没了读者。

实字为魂，文字牵引，情字贯穿，使林方略先生写作的视野宽广，形式多样，内容丰富，语言生动。

源头在上游石壁潭的白延溪是会文地区的母亲河，亘古至今流过白延，在其东边和水尾溪汇合，飞泻进冯家湾后融入浩瀚的南海，润泽得当地风生水起，草木贲华。林方略先生为此以诗歌形式，写了故乡童趣、会文景点诗赋、会文美食诗行等，句句珠玑，朗朗上口，使远去了的“牛屎按”“三角馏”“狗呛蟹”“鸡屎藤”“甜薯突”又历历在目，脍炙人口，虽然这些以诗歌形式反映故乡与童年的作品没有收入此书。但相信在适当的时候，他会将其入书献给翘首以待的读者们。

韵逸潮涌

十年前，我和林方略先生座谈会文的人文，我们所见略同，决心编写一本反映会文优秀人文的书《会文韵》。我说：“写这样的书，成书前贵在乡亲们响应，成书后应得到乡亲们认可。你得扛大旗，当指挥，我们才有信心冲锋陷阵。”他因而担任了该书的主编。书写出来后，印量 1 万册，赞声如潮，一些华侨从国外来信来电祝贺夸奖，回来探亲时成捆地买回定居的异国他邦。

《会文潮》一书即将付梓，它面世后我们还将写《会文人》。韵者，施律也，灵魂也，神游天地；潮者，率先也，流向也，无坚不摧；人是万物之灵，是社会发展的根本动力。“会文三部曲”出版后，将使故乡更加吉祥如意，风生水起，日新、月衡、气清，韵逸、潮涌、人杰!

海南大海浩荡于外，五指山屹立其中，季风浩荡，琼浆玉液，自古多嘉树，绿装饰琼州。林方略先生在近期海南省委、省政府提出做好“海南六棵树”文章的号召后，率先一气呵成，陆续写了《家乡的椰子树》《曾经的辉煌》《海南沉香韵》《海南黄花梨吟唱》《毁誉话槟榔》《久违的山柚树》，以及《迟到的诺丽》和《咖啡树下》等文，并都收入此集中，使人看后进一步懂得何以琼州，加深了对海南的热爱。

树心者，精华也；人材者，精英也。琼州多嘉木，也多人才。苏东坡在海南办学后，考上进士的学子逐年增多，明朝嘉靖皇帝惊呼：“朝冠多琼者，何地无材乎？”一方水土养育出一批人杰，一批人杰创造出一番事业，一番事业折射出一种精神。一石激起千重浪。《会文韵》面世不久，文昌的铺前镇出了《古镇春秋》，锦山镇即将付梓《锦山人文》，龙楼镇在编著《龙楼星光》，文教镇在编著《文教河畔》，头苑在编著《玉阳流韵》，南阳在编著《南阳老区》（暂名）。《古镇春秋》主编，中国侨联原副主席林明江先生同我说：“不少镇在编写本镇人文的书，是你们会文带了好头。”我和林方略先生听后都以此为豪。在退休后，多为故乡做点儿事，在挖掘当地人文方面是一个极好的领域。时光虽不语，花开在时节。在林方略先生的扛旗与担当下，我们相信《会文人》等书及文章，将不断而世。可喜可嘉的是，听说会文有一批有志之士，也正在以不同的角度在编撰会文人文其他书。这无疑将出现“百花齐放”“千帆竞发”的好局面，促进当地人文的挖掘与发扬。

笔耕延年

年纪大后聚在一起，健康和长寿成为一个不离嘴的话题。我曾问朋友：“你能活到多少岁？”朋友诧然。我说：“那你反问我能活到多少岁？”他问后我响亮地回答说：“我能活到一百岁！”这个回答似是唯心的，但非也。自己的心态怎样？身体怎样？家庭怎样？自己都知道。心态好、身体好，子孙亮丽，吃香睡甜，加上医疗设备先进了，怎不益寿延年，长命百岁？

健康长寿，心动、身动和脑动都是极重要的，而要心动，就得脑动，脑动心才动，多思考些问题，多写些东西，回忆流逝了的岁月，回忆童年，回忆同事，回忆父母，回忆亲朋，从中寻找乐趣，总结经验教训，都可以成文成书，使人更加聪明，蓬勃起来，充满朝气与活力。防止痴呆症，何止唯麻将？动脑写书，或许是灵丹妙药。

人老了，退休了，应有个归宿，让自己有事做，除了对自己康养有利，也为社会贡献余热，搓些小麻将可以，喝茶聊天可以，跑步散步也很好，学千年神龟静养、仿山中大王老虎动养都行，写些东西，让自己的思考延伸、拓展、丰富，似乎更值。

林方略先生的父母亲都已年过九十，至今仍身体硬朗，神采矍烁，他的父亲就爱动脑，坚持收集一些民歌民谣教育后人，给纷至沓来的外地人介绍“小上海”白延曾经的辉煌。他担任白延林氏族长，组织编写了《白延林族谱》。林方略先生的《遐思集》，其意义与价值也在于此：延伸思维，拓展梦想；丰富自己，奉献社会。

少年无忧无虑，青年豪气凌云，壮年日正中天，老年后心旷神怡，退休后时间空间全由自己掌握，是个更宽大的舞台。这个舞台人人有之，为我们继续演绎人生，写书人生。林方略先生在这方面为我们提供了宝贵的经验，延伸思维，回忆过去，不负晚年，实现自我。

坚持写作，不断出书，这是乡亲及我们文友对林方略先生的殷切期待。摛藻扬华，夕阳无限！

作者系海口晚报原社长，海口市文联原主席，国家一级作家。

目 录

（一）前尘影事

（二）物华天宝

（三）乡土风情

（四）人杰地灵

（一）尘事前影

记叙会文风情　讲述身边故事　弘扬乡土文化

童年稚事

在朋友聚会时，碰见了老许，他也是文昌人，退休前在省史志部门担任领导职务，与我在工作上有过交集。他为人厚道、喜欢思考、长于写作。杯酒言欢中，戏说我俩是“三老”际遇（老同乡、老同志、老同事）。相似的经历难免谈起一些童年趣事，借着酒劲，他还捣鼓我用文字来记叙。

夜钳鱼

我老家村子被白延溪与凤会溪两河环抱，形似海南岛中的海南岛。以前的溪流，河深水净、林荫柳绿、鱼草丰美。村子里三个进出口岸都通一座桥（白延桥、凤会桥、高第桥），独特的地形据说是当年日寇侵琼时周边唯一没有进入的村庄。生活在这样的环境中，不是智者也乐水。孩子们不论春夏秋冬，游泳几乎是每天的必修课，河道就是我们的天然澡堂，捕鱼摸虾也是我们玩耍娱乐的至爱。

所谓夜钳鱼是在傍晚时分，将挂着鱼饵的钓鱼竿，插在河边合适的位置，第二天天蒙蒙亮起来收竿。这是钓鱼的方式之一，相对于其他有几大好处：一是无须看竿蹲守，放完钓钩回家睡大觉。二是可多点灵活下钩，收获概率比较大。三是能满足侥幸心理，根据季节、气候、水流、地形来判断搁置鱼钩的深浅和鱼饵的死活，以达预期。四是斩获多是鳗鱼、立鱼、乌鱼与塘虱鱼等优质鱼类。

夜钳鱼还是倍受家长们广为支持一举多得的举措。它能灵活机动、自由把握，不会耽误读书时间。它能让家里的伙食饭菜经常得到改善，这对当年相对不富裕的农村生活来说非常难能可贵。它能使孩子们相互之间产生攀比心理，从小培养竞争意识。它能促进儿童从事有益身心健康、提高独立思考及临场处置能力的活动。

当年，钳鱼时我曾有个困扰，怎样才能做到下钓随心所欲。譬如：竹竿长度不够伸不到河中间；河对岸条件好没有办法置钩；水深鱼大却难有的放矢；下钓力求隐蔽，避免受人骚扰。几经琢磨，我从大人们用力抛网的动作中得到启发：废除鱼竿，尝试采用呈三角形固定三只鱼钩，裹上蚯蚓做鱼饵，鱼线绕圈一头左手紧抓，一头挂鱼饵用右手打转、借力远抛，投向心仪之地，几经演练效果得心应手。

这一招果然灵验，不仅屡试连捷，甚至平时很难上钩的麻鱼（鳗鱼品种）都能钓到。创新的成果使我每次起钩时，都心情愉悦、脚步轻盈，先行察看隐匿水中的鱼线是否张紧拉直，有则十之八九收获。经常一边收线一边根据手感张力估摸猎物的成色，内心的激动不言而喻。

最让我难忘的是一个周末清早钓到一只甲鱼，足有四斤重。当时拉线的经验告诉我是个大货，为万无一失，我潜入水中循寻擒拿住方游上岸。恰逢生产队地里劳动的人们上工，都围拢过来观望，我提着这只庞然大物，非常兴奋，引来啧啧称赞。当天妈妈为了犒劳我，忍痛割爱杀了一只鸡，配着炖出一锅芳香四溢甲鱼汤，一家人美美吃了一顿。

我因地制宜的这点小发明，让村里的同伴们羡慕不得了，孩子王斌哥要我传授秘诀我不乐意，聪明的他却暗地里跟踪观察，终于把我的小伎俩给破解了，大家群起而效之，遂成美事一桩。

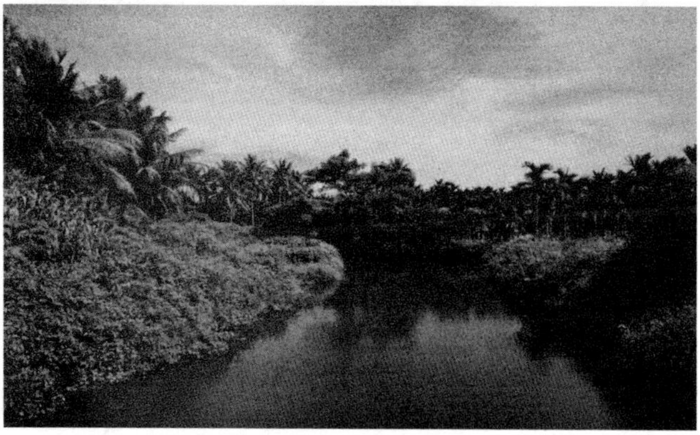

改造前的白延溪

横渡白延溪

白延溪是白延地区黎民百姓的生命之溪、母亲之溪。乡民靠着它捕鱼抓虾、扬帆出海，或外出打工、闯南洋谋生。它长约40千米，发源于蓬莱山脉与八角岭，上段穿山越岭流水湍急，下段地势平缓、水深流稳，河道狭处有十多尺深，常年溪水势情多变，汇入长岐港出海。

从白延市往西行500米即到白延桥，白延桥是我老家村庄通往外地最主要的出口。童年记忆中，旧时的白延桥地势较低，桥墩原用石块叠起，中间垒成熨斗型尖头逆着水的流向，任凭流水冲击也岿然不动，历经了百年沧桑。但桥面是木板铺设，每当洪水暴发没过河床，桥板也都随波逐流。虽经几次改造，水满桥浸还是常事。后来政府投资重建成钢筋水泥混凝土桥面，把它加高加宽加固成如今模样。

白延桥

自古白延有一句民谣："雨下蓬莱坡，水淹家屯洋"，意喻即使远方的蓬莱群山下雨，山洪也汇聚淹没白延地区，揭示了历史上水患之频繁严重。

20世纪60年代末，我在河对面的白延一中心小学读六年级，一天早晨依常上学校，天空中有几滴飘雨，整个上午也未见雨下大。中午放学回家来到白延桥头处，只见滔滔洪水已把桥吞没，山洪像一头发怒的雄狮吼叫着并夹杂折断的树枝与杂物奔腾而下，周围路面变成一片汪洋。两岸村民站立山坡上，面对汹涌浊浪，交通阻断、庄稼被淹、愁肠百结、望水兴叹。

学校获悉白延桥被淹有学生不能回家消息后，及时派员赶赴河边，动员同学们回学校集中统一安顿，家有亲戚朋友的也纷至沓来带走自家孩子。在返校还是回家问题上，我与同村几个小伙伴有纠结，其实当时想法很简单，担心返学校生活会有不便，我们家在河边住，自小水里游，玩洪水并非头一遭，虽说水流有点儿急，也不至于风声鹤唳。于是，我们 5 个伙伴把书包与衣服捆扎一处托举手中，不顾众人扰攘劝阻，慢悠悠地下了水。

目睹滚滚洪流中有孩子下水，两岸呼声一片，群情鼎沸，由于事发突然，只能悬着一颗心观望事态发展。开游的我等离岸不远就被湍急的流水冲散，原本约定奔向村中同一山头的目标已变得无法企及，只能各自发挥技术。时不时有凶险的漩涡袭来，往下拉沉头顶要硬撑起来。为了保护衣服和书包不被打湿，只能侧身举手，这也增加了横渡的难度，还要务必小心提防奔流而下的木头与土块撞击。还不能原地打转而被潮水往下游冲刷，徒增诸多危险。横渡情况远比想象复杂，但已没有回旋余地，好在岸边不时传来“坚持”“挺住”的呐喊声，如同给我们打了强心针。

经过多半小时的顽强拼搏，5 位小壮士终于游到了彼岸。爬上岸边的那一刻我记忆犹新，平躺草坡上喘着粗气，脸色灰暗，双眼紧闭，头脑一片空白，等待着未知的结局。

果不其然，被妈妈拉回家里，全然不顾我饥肠辘辘、浑身疲惫，劈头盖脸一顿臭骂。还不问青红皂白指责这次横渡肯定是我挑的头，喜欢当出头鸟。斥责不听劝告、不视危险、不计后果得行为是顽皮成性，扬言要给予严厉惩罚。

事后得知，这次横渡我们 5 个虽然无恙，但也险象环生。有一位半途万不得已把衣服与书包放飞水里，另一位力竭被逐至村尾抓住树枝才靠岸。也是这一天，在我们下游的烟墩段，有 2 个青年人强渡洪水蒙难！令人心有余悸。

学校领导对我们这次横渡非常震惊，校长在早会上提出严肃批评，认为这是一种不守纪律、不讲约束的行为。班主任还要我写出检讨书，深刻认识此风不可长，保证类似事件不可再犯。

也有人进行客观评价，认为我们敢作敢为、勇气可嘉，敬佩其泳功了得、似浪里白条。更多则是感言：仁者乐山、智者乐水，可强山不可逆水。

讲古

讲古，海南话就是讲故事。

前年春节，原会文镇侨乡琼剧团名旦唛丽回娘家拜年，听说我回在老家，她逐来串门。都是同龄人，同喝一口井水长大，又多年未谋面，相见时都大呼意外，难免说起“初一早话”（恭维好话）。

“哇！唛丽越活越年轻了。”一见面我不由悦声绘色给她点赞，夸奖当年主演琼剧《借妻》花旦，扮相靓丽、唱腔甜美、顾盼生辉，让人观后如痴如醉，至今难以忘怀。她也不忘调侃：“锊哥嘴巴像抹蜜般香甜，过去讲古的神态依然多年不变。”一句话勾起我童年的稚事。

孩童阶段我热衷讲古，也是应景而生。那年代对读书不够重视，上学校授课少，作业可以迟交，课余时间多，随便自由支配。八亿人民八部戏，《地道战》电影看了几十遍，校园文娱又少得可怜，学生生活枯燥乏味。信息很闭塞，没有课外辅导，精神空虚寂寞。中小学生也要学工、学农、学军，周末与节假日回村里参加生产劳动。百无聊赖之下，聚众讲古就成为自娱自乐、添加学习元素、农忙偷闲的应变手段。

恰好当时我家中有父亲收藏的一批书籍存放，诸如《青春之歌》《林海雪原》、《山海经》《封神演义》以及古典四大名著等小说文学作品，有机会让我水过鸭背般浏览一些，尽管读书半懂不懂、似是而非，毕竟有了讲古的脚本，平日里留意别人闲聊杜撰也并串成故事的噱头。

因为讲古，我还受到父亲的一番数落。他认为学生讲古是不务正业，读书一知半解如航海中迷失了方向。更让他光火的是，因为其在体制内基层当个小领导，平日里好不容易积攒下来这批书籍宝物，孰知如火如荼的那场运动席卷神州，他担心留放身边朝不保夕，便悄然挪回老家锁入木箱藏好，反复交代我们既不能看也不能说，但事与愿违。古人云“此地无银三百两，隔壁王二不曾偷”，正中我下怀，不仅深翻猎看，还不懂珍惜爱护，随便丢失与传借他人，最后所剩无几。为此他每每提起，都痛心疾首道：“我这些宝贝逃狼结果落入虎口。”

童年讲古没有清规戒律，大都添油加醋，经常胡编瞎造，故意捕风抓影，有时还因人而异，我喜欢讲三种内容。

讲民间传奇。得意之作是把道途听说的英雄人物江祥凤讲得神乎其神。他是文昌潭牛镇人，深怀民族大义，孤胆抗日扬名。曾身披蓑衣扮割草老翁巧夺日本军马；只身摸黑潜入日军据点，用墨水瓶充当手榴弹打死一名日本兵、夺取 5 支三八盖，让日寇闻风丧胆。

讲鬼神灵异。把古书中一些故事情节添枝接叶，无中生有，故弄玄虚，渲染《奇怪的脚步声》，惊呼《他家的狗为何半夜总叫》，夜窥《第 8 个石膏像》。有时唬得胆子小者不敢睡觉，唛丽就是我的忠实听众之一。

讲名著经典。如《林海雪原》中杨子荣活捉坐山雕；《水浒传》中武松景阳冈打老虎等都是保留节目。喜欢讲述的还有《三国演义》中曹操青梅煮酒论英雄。通过一首诗“勉从虎穴暂趋身，说破英雄惊煞人。巧借闻雷来掩饰，随机应变信如神”，便让刘备归附曹操，暗怀异志，以种菜来韬晦。曹操煮酒论英雄，对刘备说当今乱世能问鼎天下的枭雄唯有你我，以此试探刘备。刘备吓得大惊失色，此时正好天上打雷，他就说是被雷吓到了，巧妙地掩饰过去，勾画出两人心照不宣的情景。

现在垂暮之年回味倍觉可笑，那些古典名著钩深极奥，就是如今反复研读都难能领悟其中精髓，小时候竟然胆大如虎、厚皮赛柚，敢生搬硬套、东施效颦，瞎掰经典。说到底就是蒙昧认为，讲故事有人愿意听就值得说，如何发掘编造在自我，你可以发挥想象力，以别人意想不到的方式，通俗易懂又充满趣味地描述，让听者为之动容、引起共鸣就目的达到了。难怪至今，偶遇竹马之交，还有谈及这番童稚，不时拍手言欢。

老许说得对，时光流逝，纯真美好的童年岁月已经一去不复返，只有那些温暖纯粹的记忆，永远刻在心底，令人追忆一生。

2022年04月08日写于海南海口

记叙会文风情　讲述身边故事　弘扬乡土文化

如烟的往事

近日，整理书橱时偶然翻出一篇文稿，发黄的标题“长袖还须善舞，成事全在人为”引我注目，不由兴致勃勃地读完，还勾起往事的回忆。

那是在20世纪90年代中期，海口市人民医院面向全省范围公开招聘业务副院长。当年流行用这种方式选拔领导干部，设置必要的硬性条件，符合者可参加笔试。笔试分为两部分内容，专业知识与政治时事法规基础。每个岗位从笔试中遴选前几名进入面试，面试又有竞聘演讲和公开答辩，前三名经组织考核审定最终人选。虽然流程环节复杂费时，但也体现了公正公平。

我当时在该院负责普外科工作，有此机会在院领导鼓励下也报了名，这篇演讲稿就是二十多年前的产物。记得当时获得面试资格后下了一番功夫，讲稿几经修改又把它通篇背熟，还自拟一批答辩题做思考，希望面试时能应对自如。

（附演讲稿全文如下）

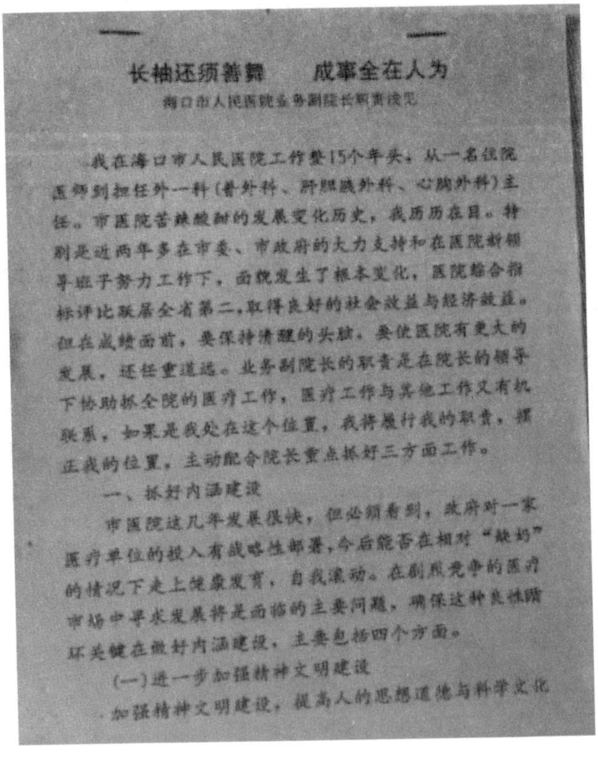

长袖还须善舞　成事全在人为

海口市人民医院业务副院长职责浅见

我在海口市人民医院工作整15个年头，从一名住院医师到担任外一科（普外科、肝胆胰外科、心胸外科）主任。市医院苦辣酸甜的发展变化历史，我历历在目。特别是近两年多在市委、市政府的大力支持和在医院新领导班子努力工作下，面貌发生了根本变化，医院综合指标评比跃居全省第二，取得良好的社会效益与经济效益。但在成绩面前，要保持清醒的头脑。要使医院有更大的发展，还任重道远。业务副院长的职责是在院长的领导下协助抓全院的医疗工作，医疗工作与其他工作又有机联系，如果是我处在这个位置，我将履行我的职责，摆正我的位置，主动配合院长重点抓好三方面工作。

一、抓好内涵建设

市医院这几年发展很快，但必须看到，政府对一家医疗单位的投入有战略性部署，今后能否在相对“缺奶”的情况下走上健康发育，自我滚动。在剧烈竞争的医疗市场中寻求发展将是面临的主要问题，确保这种良性循环关键在做好内涵建设，主要包括四个方面。

（一）进一步加强精神文明建设

加强精神文明建设，提高人的思想道德与科学文化

长袖还需善舞，成事全在人为

海口市人民医院业务副院长职责浅见

我在海口市人民医院工作整十五个年头，从一名住院医师到担任外一科（普外科、肝胆胰外科、心胸外科）主任。市医院苦辣酸甜的发展变化历史，我历历在目。特别是近两年多在市委、市政府的大力支持和医院新领导班子努力工作下，面貌发生了根本变化，医院综合指标评比跃居全省第二，取得良好的社会效益与经济效益。但在成绩面前，要保持清醒的头脑，要使医院有更好的发展，还任重道远。业务副院长的职责是在院长的领导下协助抓全院的医疗工作，医疗工作与其他工作又有机联系，如果是我处在这个岗位，我将履行我的职责，摆正我的位置，主动配合院长重点抓好三方面工作。

一、抓好内涵建设

市医院这几年发展很快，但必须看到，政府对一家医疗单位的投入有战略性部署，今后能否在相对“缺奶”的情况下走上健康发展、自我滚动的道路，在剧烈竞争的医疗市场中寻求发展将是即将面临的主要问题，确保这种良性循环关键在做好内涵建设，主要包括四个方面。

（一）进一步加强精神文明建设

加强精神文明建设，提高思想道德与科学文化素质，改变过去那种让病人围着医生转的旧观念，实现全员服务意识的转变。应该看到，现在我院一些职工的素质不高，推诿病人、拜金主义，红包现象仍有存在，致使投诉反映、医患纠纷、违规事件时有发生。教育员工遵循全心全意为人民服务的宗旨，加强职业道德建设，改善服务态度，树立起“一切以病人为中心”的新型服务观点，让机关后勤绕着临床转，临床工作绕着病人转，是适应新形势发展的需要。

（二）实行科学化管理

我院目前整体管理，制定了一系列规章制度，向科学化、系统化、信息化管理迈出了一大步。但在执行中，并非都能很好落实。某些方面经验型、粗犷型、感情型的管理方法仍大行其道，表现在两个方面：第一，一些中层领导在职责范围内，如何落实科学化管理，按政策办事、让制度管人来完成中心任务观念不强。第二，三基培训、在职教育、岗前教育缺乏连续性，必须真正做到组织落实、制度落实、检查监督落实，形成一个完善的管理体系。

（三）保持内部密切协作

现代医学技术的提高，既要求专业化分科细，又趋向中心化发展，处理好两者之间的关系，强调多学科的密切协作，合理配置卫生资源，理顺内部各种运作机制，适应向医学的深度和广度发展，提高医院的医疗质量与外部竞争的能力。

（四）发挥市场经济作用

医院要提高医疗质量、改善服务态度、加强内部管理、保持生机与活力，还必须引进市场机制，在竞争中求发展。在现阶段单靠一些形式上的说教，简单的行政手段，达不到解决深层次的思想问题。通过优胜劣汰的筛选，实行按劳分配、效益优先原则，让每个人都面临着压力与选择，激发劳动的动力与活力，自觉参与竞争行列。这种以市场机制利益驱动，促进内部管理的强化，其作用和效果远比一般性思想教育、行政命令方式要强烈和有效得多。

切实抓好内涵建设，提高人的整体素质，走上宏观管理有力、微观运行富有生机的轨道，从而保证医院有长足发展。

二、抓人才建设

医院之间的竞争，归根结底是人才的竞争，谁大量拥有了人才，谁不仅赢得了今天，而且拥有了明天。人才目前在市医院是第一需求。理由是：高层次人才缺乏；中年技术骨干断层；整体水平不高。应通过三个办法加以解决。

（一）抓“四个一批”

1. 培养一批。重点是青年力量，积极创造条件，有计划采取走出去学习与请进来讲学结合，长期进修与短期培训结合，国外提高与国内研讨结合方式进行。了解与掌握国内外新技术、新动态。

2. 引进一批。近两年医院引进了一批高层次人才，提高了含金量，促进了专业的发展，但在一些学科仍然缺乏人才，诸如呼吸内科、口腔科、眼科、肿瘤科等学科带头人急需解决，以提高医院的综合实力。

3. 提拔一批。对一些中青年业务骨干，选好苗子，据其所长，不求全责备，给他们搭舞台、压担子，充分发挥聪明才智，在实践中成长，尽快弥补中间阶层人才断档现象。

4. 留用一批。今年底将有10位学有专长、身体健康的老专家、老主任年届退休，应给予优惠政策，鼓励他们继续留用，发挥传、帮、带作用，营造一个人才形成梯队、材尽其用，学术风气浓郁硕果累累的院况。

（二）注入竞赛机制

人才的成长，需要一个适合的环境，大胆引入竞争机制，有利于人才辈出。医院现行机制上虽然实行各科独立经济核算，达到分锅煮饭，但饭碗还是铁的，科室领导对人员缺乏决定权，不利于调动积极性与人才的培养，应大胆放权。比如，对目前有些青年住院医师基础知识不牢、缺乏钻研精神等问题，应采取一教二管三严措施，强化基础知识教育，强调制度化管理，思想作风严格要求，使培养、考核、晋升、使用一体化。对当前护理状况：人员多、新人多、差别大，加强管理重点促成三转变，第一，变低级循环为逐步升级，使人才辈出。第二，变素质单一为一专多能，掌握整体护理与先进设备应用，适合新时期护理需要。第三，变一劳永逸为持之以恒。学无止境，及时更新知识，紧跟医学发展的步伐。实行量才录用，允许高评低聘、低评高聘、不合不聘、提高返聘，让优者脱颖而出，平者努力提高，庸者另谋出路。

（三）鼓励创造特色

人才的优势应在实际中体现出来。市医院发展的历史比较短，近期要想在多个学科与省医院等并驾齐驱实力不足，集中优势力量，争取一些专科创出特色，取于领先地位则完全可能。比如：心内科、脑外科、肝胆胰外科、肛肠外科已声名鹊起，应重点扶持，优先发展，形成拳头技术。在一些别人重视不够又发病率逐年提高的老年病科、肿瘤科应加快建设，真正体现人有专长、院有特色。此外，利用人才优势，通过多种方式，加强应用医学研究，新技术推广应用，走科技兴院道路。

三、抓增加病人来源

门诊工作是保证医疗质量一个关键环节，门诊病人是住院病人的主要来源渠道。这种状况目前在市医院还没有充分体现。虽然“120”的开通让院前急救上了一个台阶，但普通门诊量与省医院相比差距较大，自我相比今年比去年上半年同期下降17.12%，情况令人担忧。主要的制约因素有三条：首先是门诊建筑布局设置不合理，其次是门诊质量不高，再就是方便就医措施不足。针对这些问题，短期内要扩张医院门诊建设规模困难较大，只能在改进诊病方式、提高门诊质量与落实便民措施多下功夫，具体有六个方面潜力可挖。

（一）保证专家坐诊制度

组织一批有影响的专家，中年技术骨干应诊，保证人员到位，门类齐全，使质量上一个档次，起到看诊一个病人，留住一个病人，带来一批病人的连环效应。

（二）设立特色门诊

挖掘潜力，开设诸如疑难杂症、肝炎、乳腺、不育症、遗传病、前列腺专科等，扩大门诊量，增加病人来源。

（三）实行病人随访制度

通过随访，建立家庭病床增进医患感情，拓宽病人来源渠道，便于积累临床经验与科研资料，扩大医院影响力。

（四）组织巡回医疗

定期、定点组织专家、业务骨干下基层巡回医疗。与城乡一级、二级医院开展业务挂钩，进行技术指导，帮助人员培训。提高自己知名度的同时吸引病人。

（五）解决“三个合理”

合理用药：本着“少花钱、治好病”的原则，杜绝“杀鸡用牛刀”。合理检查，要有的放矢，不要“车、马、炮”全上。合理收费，应收则收，不要错收，更不能乱收。通过增加病人来源来提高经济效益。

（六）设立便民服务

为方便门诊诊疗，应简化中间环节，实行一体化服务，为适应不同层次的社会需求，可设立导诊、代办、预收、特约制度，尽量让患者从挂号、收费、检查、治疗一步到位，真正提高门诊效率。

总之，如果我能当上业务副院长，将认真履行职责，努力学习马列主义、毛泽东思想与邓小平建设中国特色社会主义理论，提高思想政治觉悟，谦虚谨慎，团结同志，服从领导，廉洁奉公，兢兢业业做好分内工作。

（全文完）

我面试表现还不错，考察顺利，如愿以偿地当上了业务副院长。

面对陈迹斑斑的演讲稿，如烟的往事仿佛就在字里行间。在院长的领导下，我着力抓医院内涵建设、打造院园文化，加强人才培养、突出专科特色，以病人为中心提高医疗质量以及提高病人住院率等工作都较行之有效。

当时海口地区医院平均病床使用率约 60%，各大医院都有部分病床闲置。由于经济发展尚慢，人民生活水平不高，小病靠扛、不到万不得已不上医院，以避免耽误务农旷工是常见现象，国家医疗保障程度低，看病贵、轻易不敢住院是现实问题。医院盘活医疗资源，挖潜提高病人的住院率和增加病床使用率，既是保证医院正常运行的有力举措，又能促进医疗公益服务的延伸，这与如今患者住院一床难求的情况截然不同。

在运用市场经济杠杆应对政府投入相对不足这个问题时，自己认识不到位，工作中对医疗服务的属性观点模糊，认为它既有公共服务的属性，也有社会服务的属性，当公共投入不能满足需求，通过社会服务作为弥补也情有可原。忽略了过度依赖市场不仅会加重患者的医疗负担，而且对公共服务属性三个不能变（价值观、预防为主、社会责任）产生动摇，容易出现对医疗卫生公益事业获得感的缺失和医疗资源配置的失衡。因此，用以市场方式提供产品服务必须在政府严格的政策规范下保障其效率与公平。

同时，注意防止一些不良倾向。如医生看病、司机开车是铁律，可司机一如既往，医生却少看了病，即诊病人不到 3 至 5 分钟，还说不上几句话，就让做一系列化验与检查，貌似重视客观依据辅助诊疗，实则增加病人负担，还主观容易忘却三个回归（人文、临床、基本功）。医学面对的是人，是有病痛的人，而不是病变。当医学缺少人文，医疗就变成纯纯的技术活，医生不重视临床、基本功缺如则浅尝辄止。基本功首先是问诊，问诊是看病的基础，不仅是询问病情，更是情感交流。反复认真地临床流连，让患者觉得你可靠可信，温馨的人文远比单纯依赖仪器设备更加抱宝怀珍。这些都是当时自己没有认知的，现在回过头已经是往事如烟。

人生如梦，有病难免。有人说现在上医院有点儿害怕，这种怕来自多元：既怕查出大病缠身，又怕小病被上纲上线，还怕挂号、诊病、检查、取药样样排队，浪费一整天时间，更怕光鲜打扮刀割肉（过度医疗）、衣着褴褛重症推一边。其实，医疗资源还不能满足医院现在的接诊量是事实，更多是希波克拉底誓言、南丁格尔精神在践行。

我有时候还遐想在国家富强的今天，如果把公共医疗卫生体系如同一支部队般建设，结果会如何。人民军队保卫国土安全，医疗队伍呵护国民健康，不论平时救死扶伤，还要急难关头防范风险都秉要执本。纵观每次在民族大灾大难的危急时刻，不无有这两支队伍的身影冲锋在前、屡建奇功。这样一支仁义之师岂能会让一座“看病难”的大山阻挡爱我中华之路！

2021年12月29日写于海南海口

记叙会文风情　讲述身边故事　弘扬乡土文化

会文镇——历史悠久，人文蕴厚

忆白延墟

上世纪初白延墟，
区乡政权所在地。
骑楼街鳞次栉比，
闹市聚众数十里。

几层高楼有三座，
红酒洋烟满琳琅。
银行当铺都大鳄，
汇丰渣打与花旗。

电灯照明装电话，
班车直通海口市。
修建中山纪念园，
庄严肃穆琼唯一。

日寇侵略把他夷，
千年古镇在哭泣。
民族振兴已崛起，

将洗铅华展魅力。

白延墟是一座老城，远在 20 世纪二三十年代，曾是文昌市南边最热闹繁荣的地方，被称为“小上海”“小香港”。当时海口市最高建筑是得胜沙街的五层楼，白延墟三层高楼就有三座。由于华侨众多，这里尽显南洋人文风貌，各具特色。1939 年日本侵琼对她狂轰滥炸，使其千疮百孔。上了年纪的人对它的美好记忆变成永恒。欣逢盛世期待着它魅力重现。

忆母校

白延小学一中心，
坐落福家村门前。
会文地区重点校，
启蒙教育在此念。

校园整洁环境美，
众学子精彩纷呈。
桃李芬芳苗茁壮，
树高万丈叶归根。

师道尊严龙莆英，
元深教导善耕耘。
兴坚数学真本事，
景英唱歌醉心田。

体育场上看鸿琼，
方伟绘画美如仙。
肖明鸿循循善诱，
校长伋治下真严。

好鼓也需重槌打，
千锤百炼剑铸成。
试问何因结硕果？
莫道有缘上帝怜。

白延中心一小学是我的母校。虽然岁月久远、历经变迁，但当年学校励精图治，名师辈出，学风蔚然，让我记忆犹新。龙莆英学区主任、林传伋校长、侯元深教导、林方伟老师、华景英老师、林兴坚老师、肖明鸿老师、林鸿琼老师等皆为我辈呕心沥血、辛苦耕耘、匠心独运，让我们感恩至深。

2021年04月26日写作于海南文昌

回老家过年

我 15 岁那年，离开家乡到屯昌县读书与工作，大学毕业后又一直在海口市生活。不管身在何方，一年当中回老家过年与亲人团聚始终是我最大的期盼，除非万不得已，一般践行不误。

过年就是过春节，春节是中国人独有的节日，也是最盛大、最热闹、最重要的传统节日。在我的家乡文昌市，乡村过年更是排场隆重，外出人员一般悉数回归故里，华侨番客也不乏绿叶根伸。城市里车少人稀，村子内笙歌鼎沸，人们殷殷之情，尽在节现。

过年从何而来？相传远古时有一种叫“年”的怪兽，凶猛异常、作恶多端。它长年深居海底，每到除夕爬上岸来吞食牲畜、祸害百姓，这一天人们都扶老携幼纷纷逃离村庄。有一年除夕，正当乡民波波碌碌出走时，村头站立一位白发老人，他劝说大家不要走，他有办法将“年”兽降服。当怪兽进村肆虐时，突然传来震天响的爆竹声，“年”兽果然大惊失色、浑身颤抖、落荒而逃，原来它最惧怕红色、火光和炸响，白发长者就是用这三件法宝将其驱离。从此，每年的除夕，家家户户都贴红对联、燃放鞭炮、灯火通明守更待岁，这风俗越传越广，逐成了民间传统节日“过年”。

经过几千年的传承与发扬，过年已不仅是表达对驱除猛兽的庆祝，而且是涵盖了祈福、省亲、欢乐多方面内容。正如宋代诗人王安石所赋：“爆竹声中一岁除，春风送暖入屠苏。千门万户曈曈日，总把新桃换旧符。”

故乡是每个人心中的藏宝阁。因为我们的根在那里，我们的亲人在那里，我们生活的旋律和记忆在那里，家乡对我们的影响就像乌鸡的乌、已经乌到骨头里。在它的怀抱里过年，是一种怀旧，是一种幸福。

过年孩子们最快活

每到过年，人们总是把卫生打扫得干干净净，屋里屋外收拾得整整齐齐，各种美食筹储得丰丰盈盈，衣裳饰品装扮得漂漂亮亮。

除夕晚上孩子们傍着家人欢声笑语其乐融融。随着新年的钟声敲响，孩子们把收到的压岁钱往兜里一塞，欢快点燃爆竹烟花，这是他们的杰作。先点鞭炮，待长时间响声停止，烟雾还在弥漫缭绕，紧接着又燃起烟花筒，只听“轰”的一声巨响，一颗烟花弹升到空中，瞬间化作一朵金莲花，还在空中伸延着花瓣，紧跟着一颗颗烟花持续喷发，像无数明亮而璀璨的流星，呼啸着划破苍穹，它们有的如一串串珍珠，有的若一颗颗流星，有的似一条条瀑布，让人目不暇接。

各家各户的孩童竞相比发，响亮的爆竹声此起彼伏，一朵朵光芒四射、灿烂无比的烟花在空中飞舞，五光十色，美不胜收。彩色的亮光掩映在孩子们幸福的脸上，这情景让人难以忘怀。

过年是美食的集锦

俗话说“大年三十吃大顿，正月初一享一身”，不论时代如何变迁，过年都是自我犒劳的节日。更何况我们习俗讲究，哪怕里子不济，面子也要凑齐。即使在生活比较清贫的岁月里，过年时，乡亲们同样将一年辛劳所获的最佳物品集中展摆，制作贺年糕点如甜粑、糖贡、信封饼、花生糖、领带花和南风掀等。还要笼阉鸡、腌咸肉、晒海鲜、储果蔬，备齐油盐酱醋。

日子宽裕时必须制作八宝饭、全家福、白切鸡、马友鱼、烹大虾、煮螃蟹、包饺子等，各色美食应有尽有。

如今更是荤菜素菜、硬菜干菜和特色菜琳琅满目。不论家人喝不喝酒、吸不吸烟、爱不爱茶，都要备有好酒、好烟、好茶以供宾客之需。爱者则大饱口福，戒者也大开眼界。

过年是文化的盛宴

张灯结彩彰显喜气洋洋，书贴春联寄意祈福颂安。这既是文化的传承，又寄托着人们对美好生活的向往。我比较喜欢观春联，因为它展示了书法艺人的风采，可深品佳联妙作之韵味。譬如“悠悠乾坤共老、昭昭日月争光”，横批“欢度佳节”；“红梅点点绣千山、春雨丝丝润万物”，横批“春意盎然”；“栋起祥云连北斗、堂开瑞气焕春光”，横批“四季平安”。精致的春联让人印象深刻，其意境包罗万象，寄日月同辉。

灯笼象征着阖家团圆、事业兴旺；红腊烛光标榜光明活力、圆满富贵，营造一种喜庆欢乐的氛围。每到夜晚，一盏盏灯笼点亮，红光四射，尽显隆重与吉祥。随着中华文化影响力的渗透，越来越多的国家与友人对“灯笼”有认同感，展示了爱我中华之魅力。

春节期间文体活动蔚然成风，娱乐性质的赛扑克、打麻将、玩骨牌被大肆推崇；大球小球比赛络绎不绝；琼剧、电影、歌舞演出精彩纷呈，春晚电视也是一盘文化大餐，每个人都沉浸在欢乐的气氛之中。

过年是亲情的交融

无论你在外面从事什么工作，混得怎么样，无论是有了或大或小的成绩想予家人默默的慰藉，无论你是累了倦了想回来松歇一下重新调整好自己，家乡都有你的位置。

因为家乡与老人是我们最好的老师，人的一生很短暂，只要和长辈们交流就会发现，你的人生会备受鼓励，迷茫也得到点拨，挫折在他们那里不值一提。

因为那里一定有你的恩人和故友，恩人需要感恩，故友要叙友情，哪怕有不愉快的过去都渴望在爆竹声中相逢一笑泯恩仇。

因为过年一回家，称谓就丰富起来，四大叔、八大姨、姑舅老表都排行论辈，家国同构，长幼有序，孩子给长辈磕头拜年，长者给晚辈红包压岁，父慈子孝，夫唱妇随。

因为在物质生活丰富的今天，丰盛的饭菜和华丽的衣着不再是亲人的奢望，亲情的延续是源自血浓于水的情感。亲情是父母的叮咛，是兄弟姐妹的牵挂，是挥之不去的温暖，世上没有哪一种感情比亲情更可靠稳固，有称赞爱情的美好，但爱情只有经过岁月的积淀变成亲情方才坚不可摧。

过年是信息的联通

四面八方途归一隅，男女老少欢集一堂，酒足饭饱后的高谈阔论，走亲访友时的侃侃而谈，都是信息沟通的渠道。谈吐中讴歌沧桑巨变，赞美人和政肃，揭示市场商机，述说坊间奇事，袒露心扉胸怀，这些交流往往有各种信息不期而遇。很多爱情正是萌发于偶然，斩获于意外。

过年是春的绸缪

一年之计在于春。过年还乡，阖家团圆，难免对家庭、子女在新的一年有新的期待，对未来做出新的计划安排。走村串户抚今追昔总会对家乡的建设与发展产生新的规划设想。拜老访友与宗亲族子间必然要谆谆教诲，期盼山沟飞出金凤凰。

回老家过年此般美好诱惑令人心驰神往

我刚刚参加工作的那年春节回老家，心情无比喜悦。好心绪不仅来自亲朋的聚会，还在于刚购买了一部崭新的上海产骑鸟凤凰自行车（当年是紧俏货），能在节庆活动中锦上添花。当时骑鸟凤凰的风采在乡下具有绝对的回头率，不难想象这个装备用对一个还仍然单身的热血青年是何等的长脸，难怪那些天有事没事总上街，大事小事争着去，还闹出乐极生悲的一幕。

老家比邻的重兴镇竹林墟一带盛产甘蔗，以汁多清甜著称，过节期间用以调剂饱嗝酒气非常有效，当地家中都会备有敬客。那天一大早，我自告奋勇骑上凤凰座驾兴冲冲前往置办，不料回来路上遭遇一场大雨，虽然及时躲避人没有被淋湿，但凤凰却飞不起来了。埋怨竹林墟周边都是红黏土路，雨过水湿的红土逢物便黏，泥越滚越多，鞋也穿不上，自行车更是推不动，万般无奈之际，只好丢蔗保车，抗着骑鸟凤凰气喘吁吁走了十几里地。回到家里姐姐眺看我的狼狈相开怀打趣："你一连骑了它几天，也该让它骑你一回。"

能回家过年是一种幸福，不能回也有"异样"的快乐，因为别人由于有我而满足，生活中难免会有希望与放弃的取舍。记得我在海口市人民医院外科当住院医师的时候，医生人数少，工作非常繁忙，每三天要轮值一次夜班（24 小时连续制），节假日轮休安排比较闹心，特别是春节期间，难免会不尽人意。我想既然让你、我、他都存缺憾，不如一人包打天下，给同僚们足够敞亮的空间。基于这种思路，有几次我承包了从除夕到初三的所有班次，虽然辛苦一点儿，感觉有如独在他乡为异客，守在岗位情思亲。

当然，争取回老家过年的坚韧情势始终锐不可当。20 世纪 80 年代有一次，到了腊月二十九我费尽周折还是没买到从海口开往会文镇的客运车票。迫不得已我与爱人（欢老师）决定驾驶摩托车开路，万万没想到这 150 多千米的山道让我一波三折。骑出海口时还甚是潇洒，两边风光一掠而过，进入三江路段后天气突变，一阵大风雨让事先没有准备雨具，又无处可遁，我们俩都被淋成了落汤鸡，既然混身已经湿透，所性破罐破摔继续冒雨前行，一路凉风飕飕也咬紧牙关。

好不容易驰过大致坡雨停了下来，但该处路面失修、坑洼不平、一路泥泞，行车颠来簸去，其时有一辆大货车狂奔而至溅起一片污泥向我迎面泼来，只觉眼前一黑便人车分离，那情形惨不忍睹。幸运的是人无大碍，车还能动，稍加收拾接着赶路。回到文昌又是艳阳高照，车在迈号境内长长的土路上奔驰，卷起滚滚红尘又给我们涂上一身红墨彩，历经了 4 个多小时的跋涉终于一脸滑稽回到老家。好在过年张灯结彩的喜气，涤荡了我的疲惫，年过得如愿以偿。欢老师后来说，那一次她一路上又吹风，又雨打，又沙扬、又泥砸，导致双眼泪管发炎堵塞，经手术治疗方才根治，这是后话不提。

年里年外故事多。中国人之所以要过年，是传承几千年华夏习俗和传统文化的需要，是中华民族团结聚力、开展精神文明活动的需要，也是人民对未来美好生活追求向往的需要，更是充分展现华夏子孙崇尚美好、文明进步的需要。

2022年01月08日写于海南文昌

记一次比赛

相信每个人的一生都经历过竞争与比赛。我就没少碰到，仕途上从科级、处级到厅级都是在竞争上岗中获得。但回顾起来，还是中学生时代的一次征文比赛印象深刻。

1972 年，由于家庭原因，我从琼文中学转学到屯昌县一所中学继续读高中。初来乍到一个新地方，入读一所新学校，有很多的不适应，周边邻居、老师同学都是陌生人，学习生活有很多不便，尤其是这边学校课外劳动多特别累。屯昌是农业学大寨的先进县，学校难能置外，每个学生每周业余时间要完成挑一担绿肥、两担牛粪的光荣任务，种下的甘蔗长得比两层楼还高。让人意外的是，这里的学校全部用普通话教学，对我这个听惯海南话的文昌仔来说接受能力大打折扣。既来之则安之，相信随着时间的推移，一切都会过去。

学期开学不久，好像有点教育回归的味道，学校为了活跃学习氛围，策划举办一些学习项目比赛。一天教导处张贴布告，公示开展一次中学生作文比赛。大致要求是：以距离学校约 3 千米路程的一所“南东水电站”为题材，写一篇主题反映当地人民自力更生建设小水电，改变乡村面貌的文章。题目自拟，字数不限，体裁不拘，独立完成，一星期后交稿。比赛设一等奖 1 名，二等奖 2 名，三等奖 3 名。获奖者将有奖品鼓励。

在学校的早会上，教导处孔主任（琼海市人）还专门做了强调布置，这次征文比赛是学校事隔多年后的首次比赛，希望每位同学积极参与。各班由班主任带领同学实地考察、现场体验、便于习作。我所在班的班主任黄老师（本地人）

正好教我们语文课，他非常积极，迅速带领全班前往位于南东大桥下方的水电站实地参观，还请了一位老职工介绍相关情况，让大家进一步加深印象。回来的路上，见到我时他慢悠悠地对我说：“邡锊同学，你刚从文昌转学过来，那边过去是著名的文化县，教育水准被公认。这一段时间从课堂上看，你的语文基础也还过得去，对这次征文活动有没有兴趣？”经黄老师这一说，我原本无所谓的心态迟疑了一下，又不禁打了个寒战。大家知道我们这一代人出生在粮食困难时期，深受“宁要社会主义的草，不要资本主义的苗”思潮影响，上学读书其实就是走走过场，基础知识、文化素养非常薄弱，我刚到这里，环境还不熟悉就赶上了这一遭，莫说优势没有，可能连门都摸不着，一旦表现糟糕，不仅自己脸上无光，还丢了文化之乡的脸面，马虎不得。话好说，文章如何写，眼前一点儿数没有。我思索了一番，觉得首先要把这个水电站的来龙去脉搞清楚，占有了材料才熟能生巧。

还真赶巧了，我当时住的大院里有一个县水电局的土专家彭叔叔（当地人），路上见过几回面，但人不熟悉。情急之下，我冒昧找到他打听有关情况，让人意想不到的是他就是这个水电站的设计者之一，参与全过程建设。听他讲述了当时县里如何依托地处山区、河流众多、落差明显等特点，大打水利翻身仗，改善农业灌溉及乡村缺电难题，包括南东水电站的概况。尽管彭叔叔与我年龄有辈分之差，但通过这件事，我俩也成了莫逆之交，学习方面得到他不少帮助。更有意思的是，多年以后彭叔叔的儿子小彭也成了我的同事和朋友（曾在海南省民宗部门担任领导职务）。

有了素材我草拟写作方案，定下框框。第一，写作体裁选散文。散文可以在真实的基础上做文学加工，借题发挥，让文章写加唯美。第二题目定叫“明珠赋”。“明珠”意喻水电照亮山区乡村，“赋”则迎合多维描写，增加立体感。第三，中心思想。着力反映山区人民战天斗地、热火朝天的壮丽场景；弘扬自力更生、艰苦奋斗的顽强精神；挖掘因地制宜、土法上马的民间智慧；讴歌环境改变、生活向好的社会现实。第四，典型人物以彭叔叔为原型，重点塑造集勤劳、勇敢、智慧、创新于一身的工农形象。第五，写作技巧。首先使用开门见山：一天傍晚，我信步登上南东大桥，环顾四周，春风拂面。随着阵阵水涛声，瞬间星罗棋布，连绵的灯火可让天上繁星黯然，可让江面碧水生辉……其次运用倒叙对比：是谁敢牵着苍龙舞戏，是谁能描绘出如此美景……后面再用借古颂今：自古的水患地，被毛主席的伟大、共产党的英明、大寨精神的作用旧貌换新颜……

征文上交后，几周都没有消息。据说学校极为重视，组织骨干评阅，认真比较筛选，反复几个流程，花费了不少时间精力，希望重视学习之校风初心不变。

一个多月后，征文比赛结果公布。高二年级的学长学姐们囊括了二等、三等全部奖项，唯独的一等奖意外掉在我的头上，理由是：该文记叙的时间地点、人物事件、中心思想、写作运用较为符合评选的条件要求。这一结果让我受宠若惊，本来没有太多的期盼，感觉文章写得也一般般，初衷就是与别人差距不要被拉得太远。

比赛过后，倒是让我产生几点触动。第一，学校有逐步注重教书的倾向，加强了基础知识的学习，尽管劳动不减，但功课有加。果不其然，几天后又公示了下一轮数学竞赛消息。侥幸不是常青树，机遇最喜欢有准备的人。如果说，上一次我撞巧瞎眼鸡啄到虫，若再不奋起扬鞭，下一次等待的一定就是失败。

第二，我们这代人光阴虚度了不少，需要学习弥补的东西很多，书本的内容要认真努力掌握，社会课堂的实践知识也不能忽视。第三，人的一生有理想、讲追求，知识增长胆略，知识受人尊重，知识改变命运，学生以学为主是永恒的主题。

比赛获奖的奖品是一张奖状与一本小说《激战无名川》。它是一部反映抗美援朝战争中，英勇的志愿军与美帝及其傀儡军，围绕我军一条物资补给线展开激烈争夺战获胜的长篇作品。尽管叙述的场面格局不大，作品难称特别优秀，但我也认真阅读了几遍，但始终闹不明白学校为何拿这样一部书籍作为奖品，难道说，学习本身也是一场无名川的激战？遗憾的是，这本书在往后多次搬家中丢失了，非常惋惜，让我懊悔了很久。意想不到的是，我的好朋友龙老师知道了这件事，想方设法又给我找回来一本。

2021年09月02日写于海南文昌

记叙会文风情　讲述身边故事　弘扬乡土文化

会文镇——历史悠久，人文蕴厚

侯教导

侯教导上语文课，
洪钟声抑扬顿挫，
凡书讲如活龙虎，
学不长进怨谁说？
每回执掌毕业季，
白延学子多彩贺。

白延小学侯元深教导是我的恩师。每逢路过母校，他昔日的音容笑貌仍历历在目。

2021年03月12日写作于海南海口

记叙会文风情　讲述身边故事　弘扬乡土文化

会文镇——历史悠久，人文蕴厚

华老师

学校有个华老师，
专司唱歌和乐曲。
满脸阳光斯文相，
张口嗓音美如玉。
学业要求很认真，
课堂讲授好风趣。
每逢镇里来会演，
白延小学都第一。

华景英老师是当时白延学区难得的音乐教师，他常引吭高歌与潇洒奏乐，吸引了大批同学，我也是他的铁杆粉丝之一。

2021年03月12日写作于海南海口

第一次过海

海南人俗称离开本岛到外地叫“过海”，历史上由于交通不便，过一次海不容易，特别是第一次过海者都印象深刻。

1975 年拍摄的海口（图片来源网络）

我第一次过海是在 1976 年秋，时年本人在屯昌县乡镇广播站工作，当时的屯昌县名气很大，是全省（隶属广东省）农业学大寨的著名先进县，广播系统工作也是省里的佼佼者。我所在的单位被推荐参加当年在广州市从化县召开的全省农村有线广播工作会议，并将在会上发言。

第一次过海，让我这个刚刚走上社会的年轻人异常激动，除了精心准备会议交流材料外，还把我过海赴省城的出行路线、日程安排、旅游观光、美食购物认真做了筹划。

行程安排走水陆联运路线，提前五天从镇里出发，当天倒车两趟到达海口，住宿海南人民广播电台大英山招待所，同宿的另一位是琼海县阳江镇的代表陈同志（乡镇代表海南地区就我们两个人）。当晚海南台领导还专门过来看望我们，鼓励大家要认真参会。

过海（图片来源网络）

次日我们一行从秀英港出发，先乘驳船跨过琼州海峡停靠海安港码头登陆，然后坐上长途汽车一路颠簸到湛江，并在湛江市留宿一晚。第三天继续长途跋涉，在当天晚上抵达广州市，因天色已晚又马乏人疲，一到酒店就悄然入睡至天亮。用毕早餐又马不停蹄地向从化县流溪河温泉宾馆挺进，终于在第四天下午顺利到达目的地。

几天来的舟车劳顿，沿途的所见所闻，让第一次过海的我徒生几多感想，一是岛外的天地真宽、风景真美、美食真好、发展真快、诱惑真多。徐闻的鱼汤、湛江的狗肉、阳江的菜刀、广州的高楼、从化的温泉，千娇百态，引人入胜，让心流连，感慨至深。二是窥视海南的交通太过闭塞。岛内山路崎岖、路窄道弯，从海口到三亚坐车要跑一整天。出岛过海更加不便，能买票坐飞机者稀有；海面常年浪大风急，多有晕船呕吐不适；走水陆联运路途遥远，上车下船，反复折腾，捣鼓几天倍感艰辛。三是在家百般易，出门一路难，稍有疏忽就会险象环生。这次车到水东镇临时歇息时，看见马路边有几个人摆摊押大小（赌钱），里外围了不少人，我在旁边留意观察一下，跟着局面判断，几个回合都准确无误，感觉赢钱的机会来了，不能辜负自己的智商，便紧跟着押上了。万万没有想到几次交手全是输，而且输的莫名其妙，一头雾水。心存不服，想待其翻盘，可惜势呈雪上加霜，考虑到出门在外，路途还长，才不得不忍痛收手。上车后我将过程讲给老陈听，他经验老到地告诉我是被人设局坑骗了，告诫我此去路上诱惑多多，千万不能再好奇瞎比试，恐酿成大祸。真是社会百态，在外要且行且谨慎！

从化老照片（图片来源网络）

入住从化流溪河温泉宾馆，我立马购来一张风景区导游图，先熟悉风情地貌，构思游览计划。从化温泉旅游风景区又叫流溪河温泉，是驰名中外的风景区和疗养胜地，它位于广州市东北部，离市区 75 千米，该温泉附存于燕山期花岗岩裂隙中，沿流溪河西岸及谷底成带状分布，泉水无色无味，水质清澈，含有钙、镁、钾、二氧化硅和氡等元素，最低温度 36℃，最高温度达 71℃，此泉水对各种关节炎和皮肤、消化器官、神经系统等疾病有辅助疗效，被称为“岭南第一泉”。

风景区内有著名的人文景观，如红柱绿瓦，泞立在流溪河畔的滴翠亭；琉璃瓦顶、曲桥相连、蓝天绿树倒映于水的留春亭；四周筑栏杆座椅、亭前湖水清风习习的清音亭；建于“百丈飞涛泻漏天”高山之上，故命名为“天湖”；以及在亭内温泉瀑布可尽收眼底的观瀑亭……真是一处山静林密、环境幽雅、温泉颐养、美妙无比的避暑胜地。能在这样一个地方参加会议，机遇难得，感觉真好。

工作会议如期举行。第一天上午隆重的开幕式过后，省部门领导同志做工作报告，下午进行专家讲座。第二天分组讨论，与会者无不兴致勃勃、信心满满，表示要借东风、鼓实劲，落实好会议精神，谋求工作有新的突破。不料天有不测风云，第三天上午会议就戛然而止。原因是 9 月 9 日这天伟大的领袖毛泽东主席逝世，噩耗传来，在当时对我们来说就如晴天霹雳，感觉天都要塌了下来，心情无比沉重。大会宣布会议即时结束，代表们即刻返程，慢者明天务必离开，尽快直赴各自的工作岗位，并坚守在第一线。

海口秀英港老照片（图片来源网络）

由于海南路遥海隔，情况特殊，又赶上这样的突发事件，所有的车船票都一票难求。情急之下，组织上决定回海南的同志改乘飞机，迅速离开。

第一次坐飞机，对第一次过海、第一次参加省级代表会议的我来说如坠梦幻之中，企望莫及。按当时的规定，一般要处级以上干部才能乘坐飞机作为交通工具，其他人有钱也不能轻易购买到机票。因这次事出有因，我不仅坐上飞机，而且机票也全部报销，当时从广州飞往海口的票价比我一个月的工资还多出许多，平时根本不敢奢望。在机场，我与同行的老陈匆匆握手告别后，便马不解鞍依时赶回工作岗位，怀着巨大的悲痛，全身心忙碌在悼念伟人的一系列活动中。

回想起第一次过海的经历让人太过意外。首先是参加工作之初，喜获出席全省系统工作代表会议，不料会议半途终止，被要求迅速返回原地而留有遗憾。其次是会议在驰名中外、风景秀丽的温泉旅游胜地举行，又途经省城广州大都市，会议还安排了旅游观光项目，我还计划在广州城里多待两天。结果景点还来不及光顾，大都市仅擦肩而过，观光购物也不能兑现，应承亲人朋友的事宜，一项都没有搞定，虽然他们觉得情有可原，可我内心一直不是滋味。再有是这次赶巧意外第一次坐上飞机，而且坐的是当时很先进的三叉戟客机，它是 20 世纪 70 年代我国引进的英国制造的飞机，能载客 100 多人，装备三台涡轮风扇发动机置于尾部而得名，能够在零能见度的条件下完成自动着陆，飞行速度也优于其他机型。虽然当时我无心留意空姐的热情服务，没有眺望弦窗外一掠而过的天际彩虹，无意欣赏所乘庞然大物豪华精美的陈设，只是莫名其妙地把坐飞机的赠品——一盒民航牌过滤嘴香烟（10 支装）与一把小扇子当作稀罕物保留了很久。

2021年09月11日写作于海南海口

手表的故事

20世纪六七十年代，乡下人家里有“三转一响”（即自行车、缝纫机、手表与收音机），能抵得上如今的万贯家财，倍受邻里瞩目。

18岁那年，高中毕业后的我下到屯昌县边远山区一个农场里接受再教育。刚走入社会就远离亲人，生活的不便、劳动的艰辛、时间的难熬，让我非常渴望有一只手表。想象中戴块手表，在穷乡僻壤之处一来方便把握时差，还可提高自身的含金量，特别是能够让人在百无聊赖中相信困难总会过去，徒增希望。但是，当时家中经济状况绝不可能给我买一只手表。日思夜想，我隐约记起外公似乎曾经嘱咐过家人，从他收藏的手表里留一只给我作为念想。

我的外公，家在冯家乡（旧时称谓，现称烟堆），早年下南洋谋生，从事贸易与餐饮生意，由于勤劳诚信、经营有方，数年后留下一笔储蓄。外公还喜欢收藏手表与名酒，我出生时他已经回归故里。听外婆说，幼儿时外公非常喜欢我，时常领着我玩耍，我的淘气常常引惹他开怀大笑。但外公离世较早，他在我的记忆中比较模糊，所有的追思都从仅存的一张合影中延伸。

出于对手表的期盼，我试探询问母亲大人有否其事，她不经意笑着说：“你是家中的长孙，外公当年喜欢你，话肯定有说过，但至今年久日长，外婆家里是否还有手表保存下来就不得而知了，听说在粮食紧张那段日子曾拿出来卖换粮、油、盐。”在我的撺掇下，妈妈找外婆提起此事，外婆言之凿凿地说外公生前是有过交代，但她上了年纪以后，已经把所有的家财交给了在海口市工作的舅父保管，舅父也清楚有这回事儿，手表应该就余存下了一两块。

说来也巧，不久之后我刚好有机会去海口，于是便拉上母亲一起赶路。我舅父当年在海南物资局工作，他对生活在乡下的姐姐一家非常关心，我们家在生活拮据时常得到他们的照应。当那天提起手表一事，舅父开心笑盈地看着我说："奷猎长大啦、参加工作了，是该把你外公的嘱托兑现，让我年轻的外甥戴上手表。"舅父说完拿出仅存的两块手表让我们选，妈妈取其中相对略带陈迹的一只（另一只比较贵重）。

第一次佩戴手表的感觉真好啊！而且是一只品质不错的瑞士产自动全钢梅花牌手表。钟爱之余总会时不时弯伸臂肘专注观望走时，人众时更甚。穿长袖衣服时也喜欢把袖子高高挽起，只要不是干沾水与太过用力的农活都必戴无疑，手表与我简直是形影不离。

过了一段时间手表瘾，有时候看到别人佩戴的新款表，又觉得自己的表虽出自品牌，但毕竟式样老陈：那弧形表镜面相对于时下流行的平面镜缺乏立体感；老款表型也显略小，一点儿也不大气；尤其是收藏条件所限，表盘上产生了斑点痕迹也让美感大打折扣。为了使旧貌变新颜，我把它拿到镇上的修表店让师傅帮忙清洗一下，被告知是时久的斑迹难以去除，类似的表盘也无法觅到更换，如果外壳整套换来"张冠李戴"，既能保持原表的核心部件不变，又可具备一只全新手表的视觉。表房师傅还拿出几款式样让我比较，我禁不起诱惑，想想干脆到了什么山里唱什么歌，忍痛花了 15 元换了一个全新的国产上海牌手表外壳。

貌似全新手表的体验又有另样感受。伙伴们看到我又换了新表，并且是国产名牌，有些人投来羡慕的眼光；有些人让我解下来让他们细细观赏；有些人还打探起我换表的来龙去脉，我哼哼哈哈不作正面回答，任由他们去凭空猜想，这正是我追求的效果。

但乐极生悲，过分形影不离终酿下彻痛。一天傍晚我依常去田边水井冲凉，脱下衣服与手表就搁在井栏上，天气炎热人流众多，大家边洗澡边天南地北地侃大山，走的时候天色昏暗我忘了拿上手表，等到发觉急匆匆地赶回原地时，已经于事不补。时隔较久，人都走散了，手表也没了踪影，可以想象得出当时的我焦虑、痛心、愤慨的表情全写在了脸上。留意观察了几天，农场里平静如常，未见有失物招领类的启事，我只好自认倒霉。又心有不甘，作诗一首，记下心境：

在哪里

都怪我太大意，
酿成你弃远离，
虽在他捏手里，
情难忘伤心地。

姥爷嘱表缅怀，
舅父显爽朗气，
老母亲钟爱怜，
儿孙辈要励志。

手表丢失，我的心情也跟着落寂了很久，不敢将实情与家人明言，知道隐瞒不能持久，打算拖过一天算一天。春节到回家，老母亲看见我手腕空空，好奇地问："咋的过年不戴表？"我故装平淡地说："那天回来焦急赶路，忘了戴就搁在了宿舍里。"第二次回家又被老爸问到，我解释是由于手表近期走时误差较大，送到了修理店，要过些日子才能取，又打了个太极。后来一次是让弟弟看出了端倪，俗话说事不过三，我索性道出了实情，尽管大家都觉得惋惜，但知道我心里更加难受，也就不再提起。

手表在我心中留下了深深的印记，也成了我的钟爱物品。大学毕业分配新工作后，我省吃俭用，第一件大事就是选购了一只瑞士进口的梅花牌手表。

2021年09月18日写作于海南海口

进修轶事

进修是卫生系统人员被选派到上级单位学习专业的统称。1984 年春节过后的一天上午，我所在的海口市人民医院普外科吴主任找我谈话，说：“医院拟派你到天津市中西医结合急腹症研究所进行为期一年的进修学习。”因事发突然，我要求考虑一下。

在人才济济的医院里，能够出去进修机遇难得，但眼下我的情况有些特殊：首先是从事外科专业仅仅一年余，自觉基础欠实，能否收获预期不敢妄言；再者恰逢孩子刚刚出生四个月，父母家人不在身边，这一走家务事难以割舍；还有是天津路途遥远，南北生活习惯差异较大，能否适应也在犹豫。这时有一位同事悄悄对我说：“机会难得！进修指标是通过内部关系才搞到，选派谁去院领导层讨论时还引发争论。你是七七级毕业生，虽刚来，却也受重视，但年纪还轻，不能放。”

当我喜忧参半踏进天津市中西医结合急腹症研究所（南开医院）大门后，明显感觉到这里是学有专攻的好学堂。急腹症研究所所长是著名的外科专家吴咸中教授，他同时担任中国中西医结合学会会长、天津医科大学校长，中科院院士。我被安排在研究所秘书长郑显理教授负责的肝胆胰脾外科学习，这里也是研究所的重点科室。

南方人陡然来到北方工作学习和生活，我对别人与别人对我都充满新鲜感。我感觉医院的学习氛围浓厚、等级观念明显，始终有看不完的病人、做不完的手术，但相互间竞争非常激烈，勤奋与天赋都必须尽情发挥，全凭真本事吃饭。日常交往中他们嘴巴甜会来事：上了年纪的不问职称叫某老，同辈间开口就喊你老师，称呼官职后必带一个“您”字，一般医师都叫大夫，听似春风拂面、尽感气氛和谐。医护工作者受社会尊重，赞美白求恩精神、南丁格尔品行蔚然成风，科室里挂满类似“再世华佗”“胜造七级浮屠”的锦旗。广东人在他们心目中的样子，是身体单薄却不乏机灵，普通话滑稽六分算听、四分要猜。衣着爱光鲜、洗澡穷讲究、吃饭喜饮汤，这些差异常引发互相关心，偶尔互相调侃，更多的是互相欣赏。

平日里工作繁忙，一段时间过后难免产生孤独感，潜意识里非常渴望见见家乡人。一天傍晚，总住院医师薛老师紧急招呼我即赴急诊室。原来有位广东籍的陈姓病人普通话说得不利索，大夫问诊半天听不出个所以然，年轻人捂着腹部嗷嗷直叫，几个陪同者如出一辙，急得搓手顿足，薛大夫正好想起了我，才解了这个窘境。病人初诊为胆道系统结石并感染，总住院笑拍桌子说：“你好事做到底，就收到你管理的病房里，广东福建人不正好讲究陈林一家亲嘛。”

患者家在广东雷州，多年跟随胞兄与一拨伙伴在天津市建筑工地当建筑工人。几天前出现眼睛发黄，腹部隐痛的问题，当天病情加重无法忍受才来相隔不远的南开医院就诊，这才有了我与小老乡们的认识。住院后及时施行了手术治疗，恢复过程也很顺利。这个病人不善言语，住院期间与我交流甚少，倒是另外一个姓陈的小伙子（称呼患者胞兄为姐夫）显得机灵勤快。他被工地指派专门来照顾病人，虽然是大男人一个，但护理尽心尽力、不怕脏累，时常主动与我交谈，嘘寒问暖，十分投缘。在工地上他主要看管材料，工作任务繁重，那位表亲出院以后，他继续与我保持着联系。

我和小陈都身处异乡，远离家园，有缘相见又是半个老乡，关系更为融洽。闲暇时间一起逛市场买菜改善伙食，节假日相约去景点游山玩水。更刺激的是，他的工作较为特殊，在工地上看管材料具有危险性，当时市井上小偷小盗现象难免，故和小毛贼拳脚相加是屡见不鲜。小陈人也算身高体壮，但难免身留青瘀斑迹，无形中我充当了他们的义务疗伤员。有一次闹得凶，把我吓了一大跳，斗殴中他被打掉了一颗门牙。事后得到工程队的赔偿，本人留下了难忘创痛，这也折射出当年生活的不容易。

一年进修很快就结束了。这一年我还算把握机会、努力学习，业务上收获不少，手术技能也有提高。郑老给我出具的学习鉴定非常给力！这还是回来后科室吴主任跟我说的。这一年置身大都市，让我开阔了眼界、丰富了人脉、增加了阅历，所见所闻所为对今后的人生将大有裨益。这一年机缘巧遇小老乡，经历好像采风路上花絮，虽然他前行的身形显得单薄渺小，但仍选择相信，河海不择细流，故能成其深。返程那天，他不顾我多次谢绝，坚持送我到火车站验票口，在步入站台通道时回头一望，他还一直站在原地频频挥手。我们都知道，此去不知何时再相会。

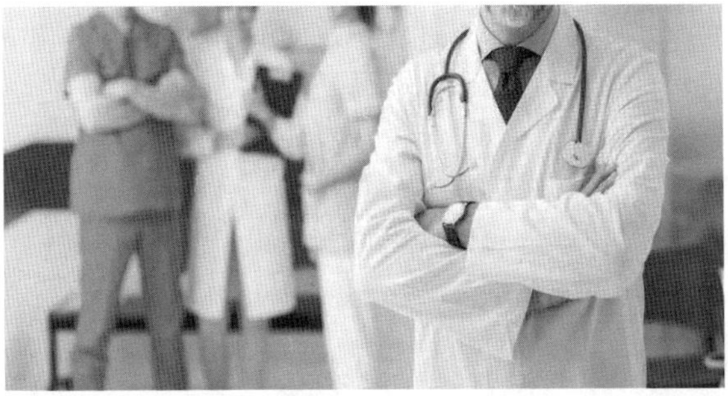

回归了日复一日地上下班，繁忙的工作让人慢慢淡忘了许多往事。三年后的一天，我刚完成一台手术还没走出手术室，护士小崔就笑嘻嘻地说："外面有人在找'林大夫'（本地人都称医生）。"这久违的称谓，让人不禁激灵，一定是那位冰山上的来客。

时隔多年，小陈成熟了不少，唯有热情勤勉的个性不变。在津冀打拼这些年，虽然积蓄不多，但经验积累不少，加上他不太适应北方的生活，于是萌生了来海南自主创业的想法。我支持他的选择，建议从熟悉的行业开始，经比选首先在白坡里开了一间建材专卖店，这也开启了他在海南的创业历程。

古人云：玉经雕磨多成器，剑拔沉埋便倚天。小陈倚仗勤劳坚韧、聪明智慧、敢闯敢干的精神，雪球越滚越大、路子越走越宽，终于在海口扎下根来，成家立业。眼眺他跨越的每一步，无不历尽艰辛，我既十分敬佩，又无比欣慰，正印证了那句：再长的路都会有尽头，千万别回头；再苦的生活终会有希望，千万别绝望；苦难是人生的财富，难能正可图大功。

我一直都在老本行耕耘。有天晚饭后接到小陈急电，他父亲餐后运动突发剧烈腹痛，接诊后明确绞窄性肠梗阻，连夜施行手术治疗。本来他老爸的身体蛮好，平时常以其古铜色皮肤、凸突状肌肉和我们逗乐，不料天有不测风云，小陈昔日蹲伏病床前尽心竭诚、无微不至照顾病人的情景再次重现，而此次却是他孝悌忠信的老父亲，让人不禁扼腕嗟叹，更为他至仁至善的德行起敬。

经此一劫，老人家的体质大不如前，常难忘故土情怀。为满足父亲心愿，小陈断然北迁老家再创业，得益多年商海激流搏击，精于筹划营谋，生意做得风生水起，崛起成为当地名流。前些年，魂牵梦绕之下，我专程赴他家乡探望，受到热情款待。看到他们一家其乐融融，我在内心默念：朋友不是书，他比书绚丽；朋友不是歌，他比歌动听；朋友应是诗，他有诗的飘逸；朋友应是梦，他有梦的多姿。

2021年09月23日写作于海南海口

记叙会文风情　讲述身边故事　弘扬乡土文化

会文镇——历史悠久，人文蕴厚

中山公园

涓涓流水绕旁边，
微微清风透林荫。
魂牵梦萦挥不去，
抚今追昔中山情。

国父功勋垂千古，
深切缅怀树丰碑。
华侨乡贤齐聚力，
民国二六矗落成。

雕梁画栋美轮奂，
大门围墙纪念亭。
总理遗训竖正堂，
琼岛独秀史书言。

南国何处小上海，
行人遥指望白延。
长和道修大戏班，

入园登台喜空前。

事隔多年如初见，
玉垒浮云变古今。
沉默也算千万语，
欲罢还休总眷恋。

莫道都桑榆暮景，
泓泉泽林润金田。
中华文明传播颂，
呼唤着古迹变迁。

小时候，白延墟的中山纪念公园是我经常玩耍的地方，那时候虽不谙它承载的意义，也不知道是海南的唯一。但知道来这里演出的戏班很有名气，长和与道修都是旧时名角青衣。多少年了，重踏旧土，只有浓浓的记忆，好在它书写的史册，越来越引起重视。期待着，抹净尘埃的它变得更加美丽。

记叙会文风情　讲述身边故事　弘扬乡土文化

会文镇——历史悠久，物产丰富

烟墩墟

烟墩是个瞭望台，
远眺守望镇海来。
渔帆点点忙穿梭，
鱼虾蟹蛤任你买。

背后泱泱家屯洋，
嫩碧嫣红瓜菜香，
绿色农业百宝箱，
慕名前来游子摘。

南行蜒绵海岸线，
水产矿藏聚宝财。
产品远销国内外，
科技交流门敞开。

文博高速旁边过，
名流富贾朝这摆。
小墟巨变大集市，
长居短留都喜爱。

烟墩因有一个瞭望塔而得名，原街长不过几十米。因传说美好而道，得建渔业公社而起，伴挖钛矿而兴，随冯家湾养殖业而旺。

2021年05月05日写作于海南文昌

记叙会文风情　讲述身边故事　弘扬乡土文化

欲止又言七七级

1977 年恢复高考，在中华人民共和国的历史上引起的震动不同凡响。我参加其中，说来耐人寻味。

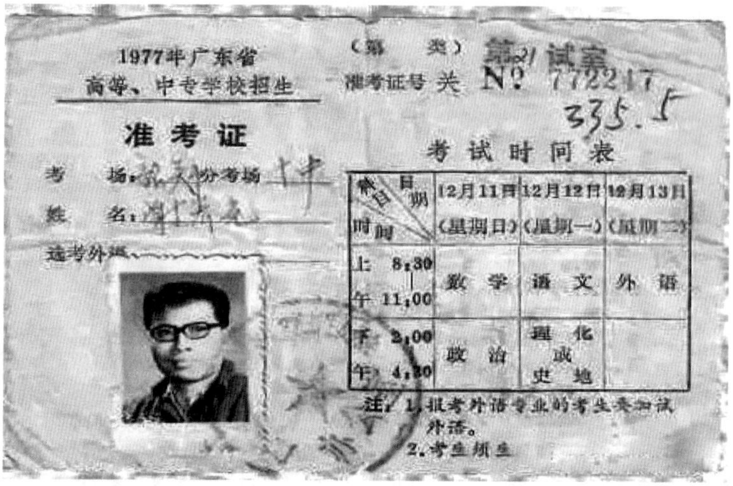
1977年广东省
高等、中专学校招生
（第　类）
准考证号 关 №772217
335.5
准考证
考　场：
姓　名：
选考外语：
考试时间表

时间＼科目＼日期	12月11日（星期日）	12月12日（星期一）	12月13日（星期二）
上午 8:30—11:00	数学	语文	外语
下午 2:00—4:30	政治	理化或史地	

注：1.报考外语专业的考生参加试外语。
2.考生须生

1976 年打倒“四人帮”，结束了“文化大革命”运动。邓小平同志重新走上领导岗位，主持科教工作。他果断恢复已中断十年的高考制度，发布高考新政：“自愿报考、严格考试、择优录取”，颠覆了此前：论出身、讲表现，群众推荐、领导批准的原则。

消息传来，我说不出当时是喜是忧。从大道理来说，这是一场深刻的教育变革，真正以人为本、尊重知识、顺应潮流、深孚众望，事关国家民族的前途命运。从个人小九九来讲，惋惜过去把错了脉络。凭心而论，我一直都在梦想成为一名大学生，不论是群众推荐，还是领导批准，都盼望如愿以偿。当年工农兵学员推荐条件，首先必须是高中毕业后接受再教育满两年。1977 年，正好我硬件符合，被调入乡镇宣传口工作，赶考路上迈出了可喜一步。眼下这一变，不能说前功尽弃，但肯定要另起炉灶。我们新届生，上学校少读书，要学工、学农、学军，基础知识薄弱，现在要与饱读诗书的老三届师兄同台竞技，结局可想而知。

自古华山一条路，此壶不开也要提。时间临近，我硬着头皮参加了一个高考辅导班。二十天的学习，同学们泾渭分明。老三届复习如鱼得水，夜以继日、磨砺以须，与老师互动频繁默契，显得成竹在胸。新届生有些像临时抱佛脚、临阵来磨枪，老师辅导的许多知识似丈二和尚摸不着头脑，悔恨过去不努力，埋怨生不逢时都于事难补。当然，也有年轻同学自强不息、刻苦钻研、力争上游。与我同宿的小岑就是其中之一，功夫不负有心人，他考取了声名赫赫的中山医学院。多年后我们同行相逢，他已经是著名的外科专家，出自对他的钦佩，我打趣说："老同学！当年如果不是我缺乏自信，瞎说故事影响了你的专注，你一定考得更优秀。"他意味深长报以微笑。这年高考不出所料，果然是老三届圆满收官。我虽然力不从心，也不至于绝望（无望？），最后被海南医学专科学校（本科班）录取。

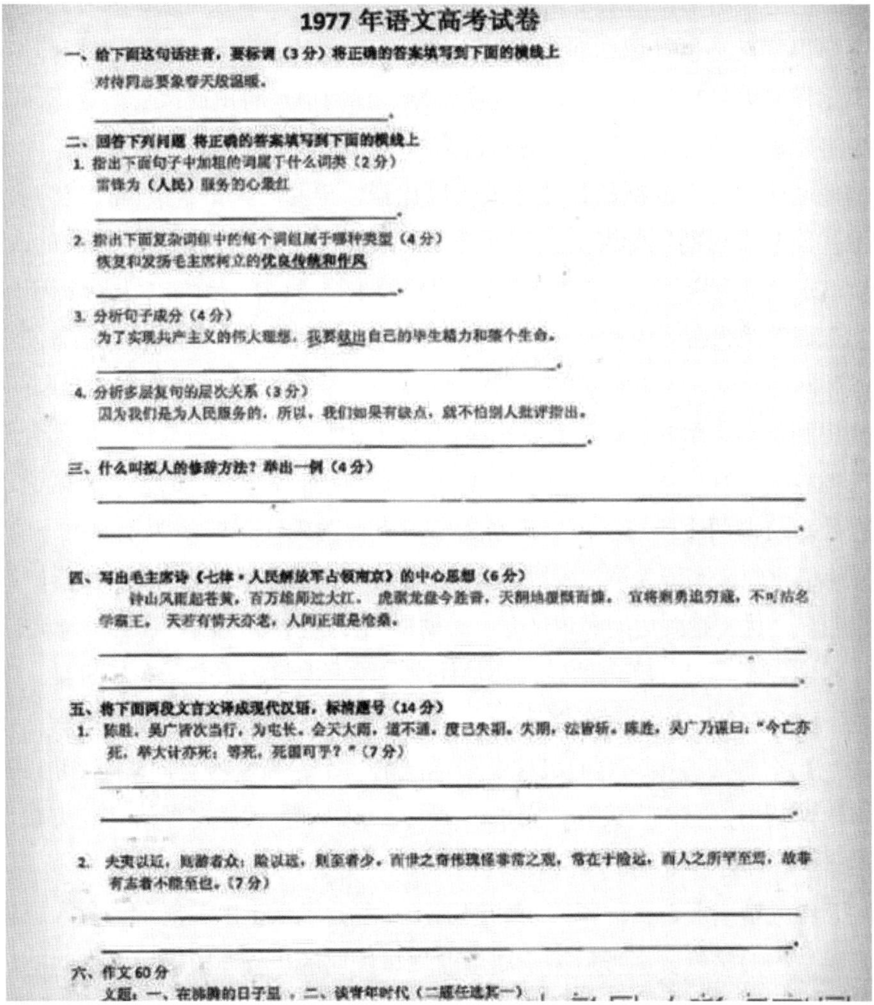

1977年语文高考试卷

一、给下面这句话注音，要标调（3分）将正确的答案填写到下面的横线上

对待同志要象春天般温暖。

二、回答下列问题 将正确的答案填写到下面的横线上

1. 指出下面句子中加粗的词属于什么词类（2分）

雷锋为（人民）服务的心最红

2. 指出下面复杂词组中的每个词组属于哪种类型（4分）

恢复和发扬毛主席树立的优良传统和作风

3. 分析句子成分（4分）

为了实现共产主义的伟大理想，我要献出自己的毕生精力和整个生命。

4. 分析多层复句的层次关系（3分）

因为我们是为人民服务的，所以，我们如果有缺点，就不怕别人批评指出。

三、什么叫拟人的修辞方法？举出一例（4分）

四、写出毛主席诗《七律·人民解放军占领南京》的中心思想（6分）

钟山风雨起苍黄，百万雄师过大江。虎踞龙盘今胜昔，天翻地覆慨而慷。宜将剩勇追穷寇，不可沽名学霸王。天若有情天亦老，人间正道是沧桑。

五、将下面两段文言文译成现代汉语，标清题号（14分）

1. 陈胜、吴广皆次当行，为屯长。会天大雨，道不通，度已失期。失期，法皆斩。陈胜、吴广乃谋曰："今亡亦死，举大计亦死；等死，死国可乎？"（7分）

2. 夫夷以近，则游者众；险以远，则至者少。而世之奇伟瑰怪非常之观，常在于险远，而人之所罕至焉，故非有志者不能至也。（7分）

六、作文60分

文题：一、在沸腾的日子里，二、读青年时代（二题任选其一）

我后来才知道，七七级能考上也不容易。海南地区十年累计毕业生共有55000多人参加高考，仅录取了2200多人，录取率只有4.1%，我所在的屯昌县的录取比率更低。这一年高考开创了几个“最”：参加人数历年最多，考生年龄差别最大，录取比率最低。更难能可贵的是它抛出一个信号，开了一个好头。乡村孩子有了奔头，全体社会尊师重教将形成氛围，公平正义将赢民心颂扬。

学校很重视这一届学子，从教学、管理、生活各方面都做了精心安排。我们来自四面八方，学习生活也各不相同。回顾起来，我将它划分为“三个世界、两个阶段”。所谓第一世界是指部分同学意识到机遇难得，时不待我，学习异常刻苦，近乎是两耳不闻窗外事，深夜里教室长明灯常衬映着他们的身影，节假日也大都泡在图书馆的书堆里。他们以年轻人居多，一方面意识到时光虚度太多，知识贫乏必须补课、迎头赶上。另一方面意识到，今后知识将回归本位，知识比任何力量都强大，当知识充实头脑，你的命运将由此改变。老三届也有不少出类拔萃的同学，我班上有一位来自汕头地区的同学，年过而立，大家都尊称他老张，读书的疯狂劲儿让人难以比拟，毕业后又留学美国，成为名医。一批基层与农村的同学考上大学感觉梦幻般跃进了龙门，命运将有质的改变，此后不求大富大贵，也不需过分艰辛，只要顺水推舟，毕业后能捧上铁饭碗即可，他们分属第二世界。有些同学年纪偏大，学业功课只求一般应对，注重同学情与人脉网的交流。大半时间里，别出心裁地聚众娱乐消遣：下象棋输赢描画胡须；打麻将胜负套穿雨衣；晚修躲在宿舍里瞎掰手抄本传奇惊险故事，这部分归入第三世界。也有个案，我算是基础不好，又爱胡扯惊悚故事的一个，据说还名声在外。所谓两个阶段，可以理解为学习专业基础知识的前两年为第一阶段，后三年侧重临床实践为第二阶段。第一阶段老三届状态良好，第二阶段新（应？）届生明显占优，越到后期靠记忆力、看动手能力越呈现出年轻人的优势。

同学们不管走进哪个世界，处于什么阶段，大学生活总是精彩纷呈。学校规定不准谈恋爱，有几对还是喜结良缘。时至今日，同学情谊延绵不断，在我加入的几个微信群中，七七级群是最活跃的一个，几乎所有同学都参加其中，风声雨声读书声，声声入耳；家事国事天下事，事事关心。虽然是交流在今天的网络中，却好像置身于昨天的教室里。

五年大学毕业，由国家统一分配工作。七七级学生来源复杂，个人想法迥然有异。因为是恢复高考后第一届毕业生，各地区、各部门申请要人的单位不少，从某种意义上说，工作单位的选择事关今后的发展，所以分配争夺战也在暗暗较劲。普遍的心态，从事医学专业的学生都希望到大医院工作，毕竟机会多、进步快，但难度大。海医七七级有 150 多位毕业生，分配到海南人民医院仅 7 人，其中 6 人是医院子女和夫妻档。能留在海口地区的也不多。一批同学（尤其是老三届）审时度势，明智地选择急需用人的省属八大企业和国营农场，最大红利是有机会让农村户口的家属随迁，工作也相对轻松，对培养下一代遂有好处。部分条件符合者选择到部队或医学院校当教员，包括到基层单位，几乎所有人都在本领域里耕耘。难能可贵是他们备受单位青睐，又奋发进取，若干年后都成为行业里的佼佼者，七七级成了一个品牌效应。

有意思的是，几十年过去了，大家都道了花甲暮年，七七级同学在海口联系越发增多。按理说，人老了，腿脚不便，少走动、懒出门、难见面。有一次又遇老岑说起此事，他解了我的困惑，便告知因为不少人凭本事陆续调往海口，有的是退休后随子女家人到海口享受天伦之乐，还有让人敬佩的同学挥师海口再创业或应聘在医疗机构继续老骥伏枥。

1977年冬天，570万考生走进高考考场，参加高考制度恢复后的第一次考试。

恢复高考后的第一批新生入学

不久前班长老陈在海口组织了一次七七级聚会，来了几十号人，大家神态各异，兴奋溢于言表。座谈中，最年长的胡教授说：“人老心不老，没事满街跑，酒醉又饭饱，无忧又无恼。”道出了他鹤发童颜的真谛。接过教授的话，尽显年轻活跃的王主任侃侃而谈：“人老不是因为衰老、体弱、多病而老，而是一生无意将自己青春丢掉。”成功创业的康院长慷慨陈词：“衰老是自然规律，但夕阳无限好，晚霞别样红，但愿人长久，生活仍从容。”大家千言万语、意犹未尽地感叹："时光不老我不老，即使到老也要幸福安康，老有所为，老当益壮。"

海医七七级同学真不老！不论你身在何处，纵使白发如雪，那是岁月沧桑撒下的鲜花；呈现弯躯如弓，也是时间老人积蓄的能量；哪怕手如槁木，且当神农赐予不断收获的硕果；自然睛若珠黄，化为天空飞扬的五彩缤纷的飘带，同样精彩。

2021年10月06日写作于海南海口

欧洲历险记

20世纪末年，组织派遣，我带领一个医疗卫生团队赴欧洲的德国、法国、意大利与荷兰等国家进行考察交流，成员是省里各医疗单位负责人与相关人员。

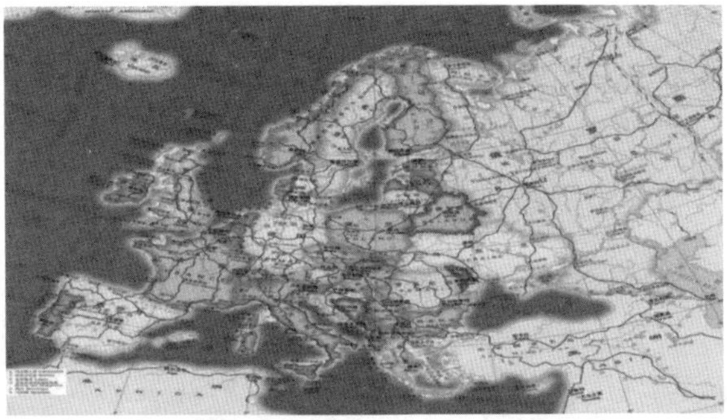

第一次出行欧洲，大家心中充满期待。当时我国正处于改革开放初期，欧美是最受关注的地区，希望此行能拓宽视野、增长见识。这些国家与地区虽属资本主义世界，但经济比较发达，医疗管理及保障体系值得互相借鉴、取长补短，况且途经各地风光旖旎，名胜众多能一览无余。

为方便成行及顺利考察，具体签证办理和行程安排委托海口青旅公司运作，该单位也很重视，派出业务员陈先生随队同行。启程前我召集大家提出考察要求，强调组织纪律，说明注意事项。

当天取道广州直飞意大利达芬奇国际机场，经过十几个钟头的航程抵达罗马，正好是上午时刻。下榻酒店后，我们在项目交流之前抓紧时间参观领略古罗马的风采。

罗马是意大利的首都，也是最大的城市，古罗马帝国在历史上最鼎盛时期

为西方最大帝国，与我国的汉帝国遥相呼应，并称“西罗马”“东洛阳”。同时它还是世界著名游览地之一，有着丰富的文化遗产，古罗马遗迹规模宏大，乃世界历史文化名城，如弗拉维安半圆形剧场、大杂技场、万神殿等。这座城市还被誉为“全球最大的露天历史博物馆”。正当大伙兴趣勃勃在弗拉维安半圆形剧场古迹穿梭、聚精会神倾听解说、浮想联翩今昔巨变之际，陪同的陈先生一张苦瓜脸把我拉到一旁，委屈地说：“头家（海南话称带队者）我真倒霉，就刚才口渴买水喝，在前面的小卖部不小心手上的拎包被一个小混混抢跑，现在是人在异国他乡，身无半分银两。”我急得两眼一瞪厉声问：“护照也没啦？”他心虚胆怯道：“幸好护照放酒店里。”得知“路牌”没丢，我便和颜悦色地说：“不要紧！但往后千万小心，莫再单独行动，钱没了有我们大家在。”

这件事情给我再次敲响警钟，境外安全需当心。行前曾考虑护照妥善保管，避免个人自带丢失概率大，平时集中交由青旅的陈先生统一携带，本以为他常年涉外、业务纯熟能保无虞，万万没想到失火却从被窝先燃起。

回到驻地，我迫不及待地再提要求，首先是把护照改交由来自机关办公室的老肖保管，深藏挎包、证随人走，我、肖、陈三位一体。平时需要外出的同志必须两人以上结伴而行且要报告行踪，时间不宜久留。大家最好是花开一朵、钱装两处，避免一次失手重蹈覆辙。因为意大利人天性烂漫、身手敏捷、手工见长，正好国人喜欢购物、爱花现金、出手阔绰，容易成为被瞄准的对象，坊间多有这类传闻。大家还给沦为“贫困户”的陈先生匀上 500 美元，以备应急之需。

离开罗马来到了东北部的水城威尼斯。相对古罗马的沧桑，这里是因水而生、因水而美、因水而兴，享有“水上都市”的美誉。它蜿蜒的水巷、流动的清泉，好似一个漂浮在碧波上浪漫的梦。有人说，上帝将眼泪流在了这里，变得更加晶莹和柔情，我完全没有料到会在这里经历惊心动魄的一晚。

当天活动结束后，采纳众议，可两人以上结伴游览水城丽景和置办心仪物品，务必傍晚六时以前在威尼斯中心广场集中用晚餐。问题来了，当大家陆续依时返回集结地时，唯独没见某医院孙主任的身影，该组人员均未发觉他何时何处脱钩掉队。眼巴巴就地等待半小时仍没有动静，我心里发慌连忙打他的移动电话，境外信号本来就微弱，他居然还把手机关了。究竟什么情况，是迷失方向走不回来，或者是被偷被抢，还是发生了其他意外？我越想越忐忑不安。

在这个世界上唯一没有汽车的城市里，夜幕已降临，我们语言又不通，一个大活人逾期不归、音讯全无，大家都跟着焦急。我心烦意乱一边差两人一组再分头周边寻觅，一边把电话（不顾时差）打到他老家。半夜里是他老婆朦胧接听，我婉转地询问她孙主任平时有什么爱好、近来是否有何事烦扰，他是否还有其他方式联系？夫人也猜出有料，连忙应承从家中一起打探。当队友们一无所获回到集合地时，他爱人拨通了我的手机，直嚷嚷已经联系上了他，还在当地一家商店里，并告知他另一个手机号码，让我马上与之联系。好家伙，我们来回折腾几个小时饥肠辘辘，他还闲庭若步流连忘返。尽管是有惊无险，我也觉五味杂陈，是否急惊风碰上了慢郎中，自作多情。

难得出国一趟，要让大家开心起来，学有所获，法国巴黎正好应景。埃菲尔铁塔的历史印记、巴黎圣母院的钟声、卢浮宫的绝雕名画、赛纳河的清波柔情都给我们留下难忘的印象。在考察几家医院与社区医疗服务中心时，我们也看到作为社会保障体系四大支柱之一的医保制度，体现出的自主、平等、博爱的价值观，值得我们借鉴。

在卢浮宫广场，正门入口处的透明金字塔（美籍华人建筑大师贝聿铭杰作）旁，人流涌动，我们也被感染。看见有一位热情漂亮的巴黎女郎正大大方方与游客们合影时，几位友人也纷纭而至。当我看见又走来全身黝黑只有牙齿、眼睛发白又身高马大的黑人串场时，连忙拉走大家，生怕惹上不必要的麻烦。

屋漏偏遭连夜雨。在荷兰的一个购物点，又是孙主任出了问题，他不小心把包包弄丢了，这下子他真慌了神，估计包里有贵重物品。经了解还是祸起萧墙，系行动落单给了歹人可乘之机，看他全没有了先前的淡定，我们选择了报警。可面对巡警，麻烦的是人地两生、交流不畅，靠比画根本提供不了多少有用的线索。得知明早我们将离开这里，他们例行公事做了笔录，言称将继续追踪，最后则不了了之。

看着孙主任愁容满面，我又心急又同情，心急的是他咋就不接受前车之鉴。此行屡生事端，往后该如何避免抱薪救火而径情直遂。同情出自孙主任遭此变故，他有知识分子独来独往的个性，何况财物损失让他成了队伍中第二个“贫困户”，一些计划安排将半途而废。于是，我宽慰道：“别焦急，钱财身外物，弃了当用掉，经历也是财富，后面有什么困难或需要尽管说，过去的事当唐僧取经路上撞见了妖怪，健康快乐才最重要。”还吩咐队里年轻人小郑此后紧跟在孙主任身边关照，以防再有不测。事后想想真自嘲，明明自己焦急万分，还让别人不要焦急。

德国是此行的最后一站。考察交流任务完成后，又参观了一些地方景点，对该国的历史沿革有点迷茫。它是人类历史上第一次和第二次世界大战的发起者，并最终都被打败，给民族带来了毁灭性灾难。它还是资源贫乏的国家，能源缺口达三分之二，原材料供应几乎全靠进口。如今它又是全球八大工业强国之一，欧洲最大的经济体。

明天我们将从法兰克福机场乘机返程。俗话说事不过三，至此我一直高悬的心方才放下。晚上，我召集全体人员进行出访总结，概括了历经各国的医疗保障与制度管理特点：他们的政府也都重视对医疗健康保障的投入，承担大部分国民治病用药费用；能够将医疗网对人群进行有效覆盖，将人类平均寿命的延长作为提高国民素质的重要内容；鼓励社会医疗保险与国家制度保障互为补充，满足多元化的合理需求，这些对我们都很有启发。

在法兰克福国际机场，遭遇阴雨绵绵，但对航班没有影响。这里是德国的航空枢纽，欧洲第一大货运机场，人流、物流异常繁忙。航班正点，十几个小时后我们将回到首都北京。在候机厅里，陈先生与地陪办理乘机手续，出于好心情我给大家讲《丁丁历险记》打发时间。不一会儿，陈先生跟着机场移民局的警员把我叫了出去，大伙一片茫然。

在警局里，他们怀疑我等蓄意滞留，不给通关，理由是签证时间上有效行程截止时间是昨天。刚一听如头顶上响起一记闷雷，我一下子愣神了。因为签证与行程由旅行社负责办理，压根儿没想到此处会出现问题，我怒视陈先生，他不敢正对我。埋怨不是办法，责任还要自己承担，关键是寻找理由陈述，争取对方理解。我沉吟片刻解释说："亚洲与欧洲存在时差，我们安排日程时忽略了这一因素，实际滞留时间应不满一天。而且我们是一个医学交流学习的团队，在座的都是医生，医生的宗旨是救死扶伤。所到之处仅从事相关专业活动，没有任何不良记录。"

身着戎装的高个子警官哼哼哈哈又嘀嘀咕咕一通，转身进入里间，让我等候处理。在这段难熬的时间内，我设想了三策：上策是得通融给登机，中策是

我留下交涉让大伙走，下策是让大家跟我一起受累。若落下策，悲从心生，此去路茫茫。

大约过了半小时，警官一脸严肃走出来，见我仍正襟危坐，态度平和地叽里咕噜并用手比画比画，地陪连忙示意我们可以走了，我如释重负，立马带队过检登机。

坐在座位上，飞机直入云霄，我还惊魂未定，摸摸内衣，早已湿透，浑身凉飕飕，还在不停地想：假如刚才警官不听解释，假如团队不给过境，假如……

哪儿有那么多的假如！人当无事时，应该像有事那样谨慎；当有事时，应该像无事那样镇静，因为漫长的旅途中，实在难以完全避免崎岖与坎坷。

2021年12月06日写于海南海口

鸾翔凤集白延溪

文昌市境内有五大主要河流，分别是：文昌河、珠溪河、文教河、北水溪和石壁河。石壁河史称白延溪。

白延溪白延圩段

白延溪发源于连绵起伏的蓬莱一带山脉，流经蓬莱、重兴，主要蜿蜒在会文镇（古称白延）境内，长约 40 千米，全流域面积在 100 平方千米以上，从烟堆墟旁的长圮港流入大海。

自古白延溪就是文昌县南部地区一条主要的运输水道，运输工具主要有小型的单桅木帆船，以及撑竿的小舢板木船，有运输各类轻工产品的商船与鱼虾海产货物和海石灰的货船。尤其在清末民初时，这里是对外通商的小口岸，一些商船客轮往返南洋与内陆各地的码头。当地的百姓聚集于此，或扬帆出海作业，或离家外出打工，或闯南洋异国谋生。白延溪被他们称为“生命河”“母亲河”。

白延（航拍）

白延桥上观溪流

白延桥距白延墟（市）仅一里地，是通往西南方向的主要道路，白延溪从桥底下缓缓流过。

旧时的白延桥地势较低，桥面仅 3 米多宽，桥墩原是用大石块垒起的，中间叠成熨斗尖头状逆向流水，历经几百年洪水的冲刷也岿然不动。桥面是木板铺设，遇到洪水暴发，桥板也随波逐流，百十年来水涨路断是常有的事。在 20 世纪 80 年代，有几位“番客”乡贤出资铺设了钢筋混凝土桥面，后来地方政府又把它加高、加长、加宽，改建成如今的式样，结束了桥被水淹的历史。

白延桥白延溪

伫立白延桥放眼远眺，汇聚苍翠蓬莱山脉涓流而成的白延溪，走出石壁像一条天然无瑕的玉带，蜿蜒盘缠绕在山涧林泉，在骄阳辉映下，微波粼粼，星光点点。旁边郁郁葱葱的密林中，不时有几只白鹤飞腾而过，小河顺着山势弯弯曲曲流向远方，似世外桃源般宁静。

流进白延境内，沿溪两岸掩映着明清风格、错落有致的民房居宅建筑群，苍凉厚重的古商道依稀可辨，此景无不透着古风古韵，让人渊思寂虑、浮想联翩，在这片温润的土地上，一定是沧海桑田、人杰地灵。

白延溪

这条美丽的溪流，日夜流淌。春天，风吹草动，鱼翔浅底，印在河面上像绚丽多彩的画卷。夏天，烈日炎炎，沿岸树簇成荫，坐拥凉意，叫人怡然沁意。秋天，伴随着白延田洋里的稻菽金浪，小河也被染成金灿灿的，惹人喜爱。冬天，它虽然没有北方大地银装素裹的晶莹洁白，却总在寒风中荡漾涟漪，露出可爱的微笑。

在乡邻们的记忆中，伴随着岁月的阴晴圆缺与世事的风雨无常，白延溪时而轻轻流动，散漫着顽皮的波纹；时而温柔如风，闭上双眼坐在河边，静听流动宛若悦耳的歌声，时而桀骜不驯，像是敢与天公试比高，河面上掀起波澜，奔腾狂泻而下想把小桥冲垮、小船掀翻。这让我不由得想起苏东坡在《望湖楼醉书》中的诗句“黑云翻墨未遮山，白雨跳珠乱入船”，印证了当地民谣“雨下蓬莱坡，水淹白延洋”。

当地民谣“雨下蓬莱坡，水淹白延洋”的溪流家屯溪

曾几何时，为了驯服这只易冲冠一怒的溪神，当地政府与民众励精图治、降缚苍龙，使沧桑巨变。这得益于文昌市“六水共治”工程，会文镇利用生态河道“穿针引线”，将沿途的十八行村、凤会村、白延老街、家屯洋、冯家湾滨海特色养殖基地串点成线，打出以水富民、以水美村的组合拳，续写着新的传奇。

白延溪的开埠出海，成就了白延人的远大志向，故有“海南华侨看文昌，文昌华侨看白延”一说。有资料统计，白延地区有华侨华人和港澳台同胞9万多人，遍布28个国家和地区，是本地人口的3倍，侨文化资源相当丰富，他们的故乡情结如繁花似锦。

马来西亚国会下议院副议长翁诗杰

祖居冠南下岭村的翁诗杰，年仅34岁就出任马来西亚国会下议院副议长，是马来西亚开国以来最年轻的议长，他还曾任政府的交通部部长、马来西亚华人总会会长，情倾乡里被交口称誉。一大批如王兆松、林秋雅、林龙蕃、林汉生、林春浓、林照英等侨胞都为故乡的建设作出有益贡献，青史留名。

新加坡第四代领导核心黄循财故居

近期，会文镇委、镇政府与文昌市侨联联合拍摄了“海南华侨走进会文”系列节目，深入各地，分别从人文、历史、建筑、侨领故事、侨乡产业、美食文化以及美丽乡村变化等方面，挖掘侨乡故事，多方面记录白延地区的前世与今生。节目一经播出，得到海内外侨界的好评。

如今白延桥下溪水潺潺，紧跟它远去的木栈道延绵向前，岸边绿影婆娑，河面上浮莲静静绽放，沿河溪打造的慢道、花池、凉亭、湿地公园穿梭其中，呈现一派“龙拱小桥倒流水，椰树背影水车转”的田园风光。

风会溪美景

溪环白延市流淌

白延溪环绕着白延市，流水淙淙，天然的禀赋使这里不仅丛林叠翠、风景怡人，而且人口密集、民风质朴、农商兴旺。

早在明朝洪武二十年（1387），当时文昌境内黎人居住地有 35 处之多，而汉人最早在黎地安居下来的就是白延地区。追溯历史上的白延市，可谓声名显赫。正德年间，文昌县有九处大集市，白延也是规模较大的一处，人畜兴旺、市井繁荣，1581 年这里开始设都（镇），至今已有四百四十多年的历史。

记证白延繁荣的三层楼

白延设都设市，得益于白延溪，它繁荣的商贸也是依赖着白延溪。从清代康熙文昌县志图中可以看出，长长的白延溪会集诸水，流入长圮港，最终归流大海，沿途一派昌盛。因此，不难理解，白延都在明代已经是军事、路邮、经济重都。

清末民初是白延市最鼎盛的时期，物产丰饶、经济发达、人流众多、乡民富足，金融业也颇具规模。特别是 20 世纪二三十年代，家乡在白延地区的番客，纷纷从南洋一带回来，在白延市大量投资，建起南洋风格的骑楼并开设商铺、置办产业，进一步促进了它的兴旺发达。

记证白延繁荣的银行

这条不足 1000 米的街市上，有两栋三层小洋楼，衣布行、烟酒行、百货店、酒楼、茶店及多种店铺林立，驰名中外的三家外资银行（汇丰、渣打、花旗）均在此设立分行。去白延市赶集的乡民来自包括蓬莱、重兴、南阳、迈号、清澜、长坡、烟塘等周边方圆数十里地区，从早到晚人来人往，热闹非凡。集市上除了卖本地商品之外，还卖外来的洋货，有进口香烟、手表、自行车、亚细亚煤油、英国饼干、布匹等。

市井熙熙攘攘的人流中，不乏身穿旗袍或花裙，头发卷烫，打着洋伞，妆容精致的女性。男士多着西服、系领带、戴珍帽、穿皮鞋，还手中拿着文明棍，喜欢梳成“了哥”头。老年人则痴迷穿时髦的“人”字拖鞋逍遥过市，五颜六色，光怪陆离。

建于 20 世纪，记证辉煌“白延小上海”的三层楼

交流的语言夹杂着海南话、普通话与洋文，喝咖啡叫“吃哥必”;肥皂叫“沙问”；胶卷叫“菲林”；领带叫“力带”；逛菜市场叫“去妈察”；打排球出界叫“奥塞”。流通货币种类较多，早期是银圆，后来有关金券、金圆券，包括港币、美元与叻币（新加坡币），市上还设有“和记”侨批局，专门接收马来西亚、新加坡、泰国等地的番客与港澳台地区同胞寄回的信函和汇款。还有当铺、惠民医院、小学及初级中学和演出剧场，有通往海口、文昌、嘉积的长途汽车，有电灯照明的发电厂和可拨打外地号码的电话，一派软红香玉，被誉为海南的“小上海”“小巴黎”。

白延中山公园

令人震撼的还有墟市上那座美轮美奂的“中山公园”。它是海南省独有的一座以国父孙中山命名的公园，公园内的“中山纪念亭”也是文昌市现存两座民国时期所建亭子之一。它由当时多位在国民党军队中任高官的白延籍人士发起，出自对国父孙中山的崇敬和爱戴，提出建亭倡议。福田园村的林赐熙中将是主要倡导者，他的提议得到广泛支持，经国民党文昌县党部拨出专款建造而成。

中山纪念亭为西式建筑风格，公园围墙也独具特色，亭内中心竖立一通石碑，从正面看仅见十二角星，现属于不可移动文物。纪念亭为钢筋水泥结构，呈八角形，有六根柱子，亭顶像一个倒过来的锅，“锅”底内部还设有一圈内栅栏，显得庄严肃穆。纪念亭的北面是中山公园的大门，大门的顶部为圆弧形，上面镌刻着“中山公园”四个大字，异常醒目。

中山纪念亭

1939 年。日本侵略时对白延市狂轰滥炸、烧拆抢掠，犯下滔天罪行。一度使这颗璀璨的明珠墟镇陷入沉沦。

如今，落幕后的白延市依旧风情不减。告别往日的喧嚣，留下的是一份宁静质朴，一份厚重的历史韵味，虽然繁华不再，但洗尽铅华，其丰富的历史文化内涵依然熠熠生辉。

白延小学的校门

山泉润泽故土人

逶迤绵延的白延溪，钟灵毓秀，自古铸就勤劳勇敢的白延人。

明清时期，由于白延一隅土地肥沃，大户人家较多。由科举出仕为官之家也为数不少，物藏丰裕，常被倭寇、海盗侵害。为反抗歹人作恶，勇敢智慧的白延健儿，习武聚义、众志成城，每逢祸事袭来，群起而攻之，展示了族人的铮铮铁骨与凛然正气。至今还在传颂一位叫“铭”的青年志士，面对疯狂凶残的倭寇，他扛起战旗，带领诸众，一手握藤编盾牌，一手挥舞大刀冲锋在前，与盗贼进行殊死搏斗。

建于 20 世纪的白延昌紫桥

铭的故事惊心动魄又英勇壮烈。民国文昌县志（卷四）有载："光绪二十三年（1907）夏，贼艘数只泊冯家港，焚掠墟村，势甚猖獗，凤会村健仆生铭，知义奋勇，邀众抵御。铭为先锋，被贼掳去斩首，悬竿以舞，里人哀之，议设祠祭之"。白延人抗击强盗可歌可泣的事迹众多，铭是彪炳。

妖娆多姿的山水，浸润厚重的历史，传承优秀的基因。白延地区自清朝以来出过 3 位县长，民国产生了 72 位将军，中华人民共和国成立后涌现出几百位中高级干部和一大批高级知识分子。

都说文昌市是将军之乡，民国时期就有 200 多位，其中白延地区就占有 72 位，是名副其实的"海南第一将军镇"。其中上将 1 位、中将 13 位、少将 46 位，每位都是名校毕业，其中不乏黄埔军校、云南陆军讲武堂等著名的军事院校，还有从日本、法国等军事院校毕业的将军，可谓将领群集。

陈策故居

故居白延的陈策将军是中华民国海军上将，早年追随孙中山先生闹革命。1922 年，陈炯明与孙中山意见不合，双方发生武装冲突，陈策指挥舰队突围把孙中山安全转移到永丰舰，立下了汗马功劳。为抗击侵略者，他拼到只剩一腿一手一兵一卒，打出了军人的风采。为表彰他英勇的奉献精神，英皇授予他“帝国骑士司令勋章”。

如果说陈策将军令人肃然起敬，那么一村七将星的沙港村（陈策上将、陈武中将以及陈昭衡、陈光地、陈籍、史克斯、黄守泗少将）；一门三将士的南坡村文家兄弟（文朝籍、文鸿恩中将，文华宙少将），一族九将军的林姓家族（林少波、林英中将，林日藩、林建安、林德候、林家喻、林少戚、林鸿文、林树彬少将）也是路人皆知。

航拍十八行村

在白延溪畔的湖丰村，咸遂濡泽，自古科举名人辈出。

晚清名贤林燕典出自此村。道光二十四年（1844）中进士，历任江西崇义、永丰县知县，加知州衔，官至江西房考。他毕生履任江西，任上体恤民情、清廉勤政，在当地留有三大美谈：一是积极筹款填补前任留下的亏空；二是捐出薪金帮助地方购枪炮保平安；三是离任时两袖清风，只有诗书满箱。

十八行村先祖林运鑫，清初时任江西高安县知县，毕生情洒桑梓，祖宅至今，留有上马石、抱鼓石、石制马槽和石制金鱼花池等，是该村现存的建筑规模大、较为完整的文物。十八行村因村中呈扇形分布着十八行整齐成排的多进院而得名，荣膺中国历史文化名村。

中国历史文化名村

乡贤林举岱，1934年毕业于燕京大学，从事教学与科研工作，是中国当代知名的历史学家。著有《世界是怎样创造的》等书籍，主持编写中国近代史，是《中国大百科全书》分科编委，历任上海国际关系学会会长、中国社会科学研究院研究员，对中国近代史及世界近代史研究颇有建树。

湖丰花妍分外香。2022年4月16日，新加坡总理李显龙召开发布会，宣称新加坡第四代领导人选已尘埃落定，财政部部长黄循财已确定将出征下一任政府总理。鸿雁传书，祖居的湖丰村一派欢腾，家乡人奔走相告，笑逐颜开。他的老宅迎来络绎不绝的观瞻人流。

文焕章纪念陵园图片来源吴毓桐绘画

在会文镇历史上有一座规模宏大的辛亥革命志士文焕章纪念陵园。他出生在南坡村，是清末贡生，民国鸿儒。因拥护共和，反对复古，抗议袁世凯复辟帝制，在乡里积极宣传极力声援陈侠农的讨袁革命行动，被反动军阀黄志桓借刀杀人，主使文昌县知事胡熹以“暗设机关，为匪参谋”的罪名将之逮捕，并于1916年5月21日在文城镇太平桥将其杀害。1928年，南京国民政府明令褒扬，追认文焕章为革命烈士，后人修建陵园以悼念。

在百年古镇白延，有参加红军两万五千里长征的五位海南籍人士之一的云广英前辈。在革命战争年代他身经百战、屡建奇功。中华人民共和国成立后历任广东省人民检察院检察长，广东省五届人大常委会副主任，全国政协第五、六、七届委员。

参加红军两万五千里长征之一的云广英前辈

这里有科学大师林浩然，他长期从事水产养殖研究，曾任中山大学海洋生物技术研究院院长，被评选为中国工程院院士，是仅有的三位海南籍国家“两院”院士之一。

中国工程院院士林浩然

这里还有被誉为文昌三大秀才的陆京平、陆兴焕、陆兴焰先生；有著名琼剧名旦苏庆雄和黄红梅、陈育明和陈惠芬夫妇；有人才辈出的琼文中学；有建立于“五四运动”时期且颇具影响力的冠南书报社；有扬名海内外的佛珠饰品加工；有书香弥漫的敦陶村；有美好传说的官新温泉；有海水孵化养殖的“硅谷”冯家湾；有古迹斑驳的冠南欧村林家宅；有芳名远播、历经沧桑的象山迴龙寺。其精彩纷呈，让人目不暇接。

肥沃的白延溪流育良田

穿帐过峡的白延溪，你的源清流洁，滋润着故土的花红绿柳；你的帆影点点，述说着家乡古往今来的逸闻趣事；你的涓涓细流，仿佛撩拨着动人的歌谣；你的川流不息，昭示着这里的明天更美好。

2022年09月12日写于海南海口

儿时那辆旧“脚”车

海南人习惯称自行车为“脚”车，在20世纪中叶，家里拥有一辆新车，对乡下人来说是奢侈品。我家在20世纪70年代初期曾经给我买过一辆，但那是陈旧得不堪入目的那种回想起来，还很耐人寻味。

当年家里为何要勒紧裤腰带，买下一辆旧“脚”车，完全是事出有因。

1971年秋，我高中考上了镇上的琼文中学，家人都很高兴，但问题也接连而来，家姐与我同时就读这所学校，经济压力比较大。琼文中学距我老家有4千米多路程（过去为土路），走一趟徒步要一小时，当年学校的设施比较简陋，校舍也短缺，只能解决一部分学生住宿，另一部分作为走读生。鉴于校情与家庭实际情况，我们姐弟俩只能各选其一，父母亲考虑到女孩子长期长途跋涉有诸多不便，走读上学就非我莫属了。

可当我面临每天将近四小时的路途奔波，实在是难以为继，为了让我有一个好的读书环境，买一辆“脚”车就提上了家里的议事日程。

买什么样的车？去哪里买车？老父亲花费了很多心思。经过一番严肃认真地询问、比对和筛选，最终在他所在单位的淘汰公车中，花费40元钱买下一辆锈迹斑斑的旧“脚”车。

记得那一天，父亲带回旧“脚”车的同时，还带回一脸无奈和花钱买车心痛的表情。当看见我对这辆残缺不全的坐骑，脸像霜打的茄子似的，父亲转而笑眯眯宽慰道：“这车子虽然旧，却是名优产品，响当当的上海产‘永久’牌，钢板结实，经久耐用。咱们现在是学生时期，一切以学为主，车不求酷，等以后条件好了，给你换辆新‘凤凰’，那是迟早的事。”其实我知道，当时一辆新车的市价接近 200 块，他能买下这辆车已属不易。不过，嘴里还是嘟囔了一句：“都定‘永久’了，还想飞‘凤凰’，能坐‘五羊’就谢天谢地啦。”

木已成舟，我只能牛肥马瘦都骑。刚开始，试骑的感觉有如身心的放飞，云在飘动、风吹拂面，人在轻松中得到一份释怀与洒脱。过后，旧车的劣根性一览无余。一是掉链子的尴尬，旧车链盘属超期服役，一遇上坡和负重就会掉链子，还划夹裤褪，非常麻烦。二是把手不牢、刹车不灵。路况不好时像喝醉了酒，摇摇晃晃，又惊又险。三是除了车铃不响、哪里都响。难怪隔壁的唛秋嬉戏我：“你的行踪现在我睡在闺中都一清二楚。”

迫于无奈，我向家里提出，再不济也得给“脚”车做一次简单美容。置换把六角帽已拧损成圆状的把手固定轴，车首先要把稳方向；将链盘调整并加装链半盖（好车是全盖），不让途中车歇人狂；再装上一个后坐架，让车整体协调并发挥多功能用途。因为承接工程者是爷爷的朋友，在白延墟开设自行车维修行的昌端叔。美容材料新旧套用，爷爷又亲临指导，仅用 8 元就基本上还原了“脚”车的功能。

美容后的旧“脚”车，开启了我在新学园的心路历程。

在白延第一中心小学念初中时，我同班上的陆同学和欧同学谈得来、走得近，留下许多快乐的时光。面临初中毕业，往后何去何从不得而知，大家都很茫然。好在天公作美、机缘巧合，可爱的琼文中学把我们三个同时录取进“七一三”班，又同时都是走读生。

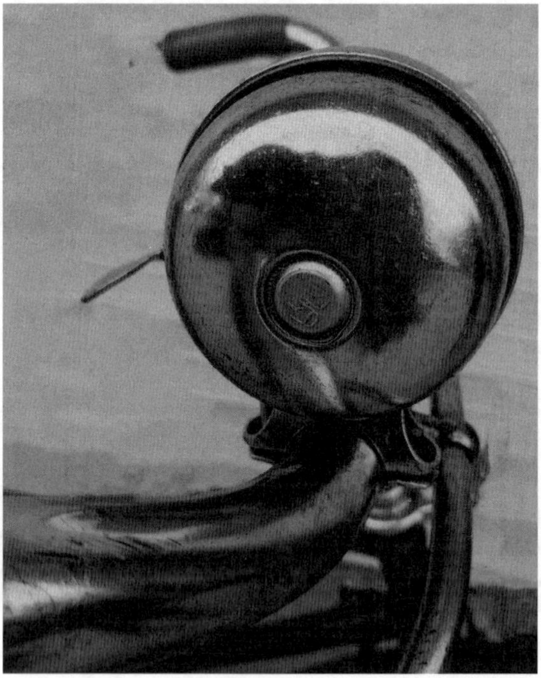

在外人眼里，我们三人客观上差异蛮大，偏偏又同气相求。从年龄上讲，他俩比我大几岁，小学不在一起读。从个性差异看；陆聪明伶俐、为人正直，喜欢以理服人。欧则喜形于色、表情丰富，做事小心翼翼。我属好动型、遇事欠稳重，常常屁股不沾凳；从个头特点论，我最矮小瘦弱，欧高壮白净，陆黝黑结实。走在一起本似七拼八凑，还总是形影不离。

自然而然，旧“脚”车也与我们结下了不解之缘。

每天上学，我从家里整装出发，花费五六分钟来到白延墟上陆家门口，通常就换陆蹬车我坐后座，急驰 10 分钟左右抵达欧家的榜花园村口，早候的他接过“脚”车就亲自执撑，一般让陆坐后排、我卧前梁再折腾 10 多分钟就到了学校。

一天几趟，周而复始，别人看到的总是风景，一辆旧“脚”车驮着三个小子来回飞梭，哪里晓得少年们的乐趣及张扬的个性。

相沿成习，三位同行主驾轮流执政，前后座位适时更换。开始还好，时间一长总有不协调。车后座宽敞自在，前排地方窄小还要横坐侧伏，身体紧缩像油烹大虾。按常理，欧个头大、年岁长，他不驾车时，座位宜选后坐。如此一来陆与我在前排概率相对增大，欧过意不去总反复强调，他家路程短，多坐前边无大碍而礼让。我每坐前排总觉八字不合，难以做到静若处子。陆最不希望他驾车时我在前边，本就个头不高的他，赶上我总晃动身腰，徒增行车的风险。角逐平衡，委让他屈坐前排居多。

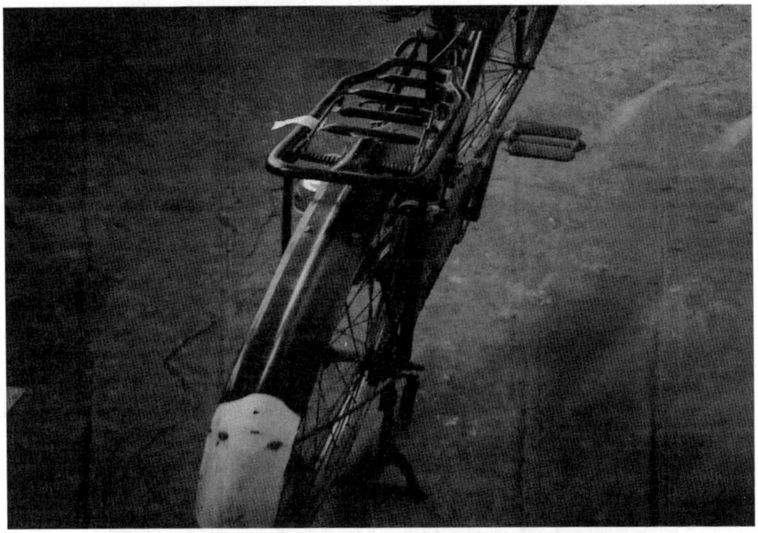

古人说“三岁看大，七岁看老”，旧车驾驶也处处透着各自的风格。陆聪颖机敏、车技果然高人一筹，乡下土路坑坑洼洼、崎岖不平的状况总令人担忧，而他能驾轻就熟地把车踩得又平又稳。欧骑车平路时神采飞扬，不时给我俩朗诵今古贤文：“路遥知马力，日久见人心”“欲知山中事，须问打柴人”等。遇到陡坡、路坑多和泥洼处，立马停车让我们步行，完全没有发挥人壮力大的作用，是三大驾手中让人履步最多者。我有时故意挑逗，借口褒奖他的风范，改善陆的待遇，满足其多坐前排的愿望，驾车时不问青红皂白、不看路顺何方，拼命用力、飞车向前，颠簸他嗷嗷直叫，有一次还闹出乐极生悲的一幕。

那是我驾车滑行长长的坡上岭时，故技重演导致车速过快，雨天路滑，前轮陷入沟中，整车横掼摔在地上，人车分散，个个皮肉挂彩、嘴吐呻吟。好一会儿都爬不起来，侥幸无骨折，也无旁人看见，可车撞得不轻，前叉都变形了。此后几天都步行上学，但凡有问及“脚”车者都三缄其口。遭此一劫，悔不当初，从此不敢再冒失。

骑“脚”车的性格在学习中也同出一辙。天资过人的陆同学读得一口流利的英语，被推荐为英语科代表。他还喜欢写诗，创造正写反读，不但佳作备受赞美，而且正字反写的技巧让人啧啧称奇。欧同学博览众采、稳扎稳打的做派使得文理科全面发展，成绩是同学中的佼佼者，被选为主管学习的副班长。相对于他俩，我明显心智不稳、相形见绌。

纵有万般不舍，都将曲终人散。后来，我转学到屯昌县读书，三人一车的求学历程戛然而止。家姐眼眺“脚”车闲置惋惜想试试，摆弄几下感觉力不从心便不再问津。弟弟们年纪尚小，都不在兴趣范围之列，它慢慢隐入尘烟，结束了历史使命。

儿时的情景尽管消散，但友谊仍在延续，旧“脚”车这条无形的纽带把它

拴得更紧。1977 年恢复高考，我们相互励志前行，我当年幸运的被医学院校录取，五年后大学毕业在海口市的医院里当了一名外科医生。欧于 1978 年考入华南热带作物学院（现合并海南大学），毕业分配到海南农垦西培农场工作，后担任该场场长，事业生活有声有色。陆当年因子承父业入职文昌市迈号供销社，支撑着家中的大梁，忍痛放弃高考机会，把希望留给了弟妹们。有志者事竟成，他后来还兼营家庭农场，喂鸡养鸭、植树种果，搞得风生水起，我免不了从中沐浴着这醉人的春风。

人老啦，赋闲家中，每天面对满大街崭新锃亮、来回穿梭的车流，难免回忆起我儿时的旧“脚”车，虽觉可笑，却充满生活记忆。为寻觅荏苒的足迹，我借口要锻炼身体，让孩子们给我买了一辆新“脚”车。载着他们满满的期待，在海口西海岸至火山口间往返。我知道，看着他们满面笑容，还是无法找回儿时的味道。

2023年04月13日写作于海南海口

（二）物华天宝

记叙会文风情讲述身边故事弘扬乡土文化

雅谑笑傲文昌鸡

文昌鸡是海南最负盛名的传统名菜，以其皮薄骨酥、香甜滑嫩、肥而不腻、营养丰富，色、香、味、形俱全且百吃不厌而居海南“四大名菜”之首，还雅出“无鸡不欢”“无鸡不成宴”“无鸡不敬客”“无鸡不过年”等佳话。是每一位到海南的游人必尝之美味，是每逢传统佳节家家户户祭拜祖先、生意人供奉财神的必需品。

◆有地有人皆有鸡，文昌鸡何为如此扬名？

因为品种独特

文昌鸡是国家地理标志产品。相传约一千六百年前，随大陆移民引入文昌，首先发源于潭牛镇。此地村中多有榕树，榕籽落在地上，其中且富含营养，家鸡啄食后体质极佳。经过一代代生化作用，逐渐选育出特色明显、品质优良的鸡品种。它体型中等，具有三黄三短的特征。三黄指的是嘴黄、脚黄、皮黄，三短喻嘴短、颈短、脚短。公鸡头大冠大，肉垂长而薄，呈鲜红色，羽毛黄色略带金红，尾羽多为黑色，而且还带有墨绿色光泽，喜欢追逐，显得风度翩翩，引吭高鸣声音清脆悠长。母鸡头小脚细，肉垂较短，呈淡红色，羽毛泛黄紧凑，常带有黑色斑纹，前躯窄后躯宽，善于觅食，爱哼“咯咯咯”歌谣。

经过驯化改良后的文昌鸡品种，传统饲养也已有四百多年的历史，遍及文昌全境。它生息繁衍虽然缓慢，但品质不可比拟。

喂养方法讲究

民间散养文昌鸡一般选地势较高且平坦之处，既要阳光充足，又要绿树有荫，空气清新，水源充分又不渍水，有一个较大空间能自由活动，并可采食到螺、蜢、虫等动物蛋白，以及足够的野果青绿饲料。一早一晚还得喂食少量稻谷、米糠和番薯之类的农作物，真正做到原生态饲养。

鸡舍的搭建力求合理，既要通风又能保温，一般鸡栖隔栅距离地面最好高30厘米以上，让其与粪便分离，地面采用水泥地板结构，便于冲刷清洁及消毒，能有效预防病害。

阉鸡是文昌鸡品牌中的佼佼者，有人戏称太监鸡。阉鸡是将生长到发育期的雄鸡用手术方法把鸡春（睾丸）切除，致其失去公鸡的生活习性，类似母鸡般勤于觅食，并长成尾部羽毛修长光亮，身圆体肥肉实，一般术后四个月便可食用，其口感极佳，是重要节庆的必备食品。

烹饪技艺独创

白切文昌鸡是代表作，此道菜烹饪并不复杂，但必须务循精妙之法，方能体现原汁原味。

首先，杀鸡要手法纯熟，速断血脉使血流尽，避免反复扑腾挣扎影响色质。再把鸡脱毛去掉内脏清洗干净，用清水浸泡1小时去除血沫，将鸡脚扭反插进鸡下腹洞内固定，鸡头仰屈用翅膀窝夹住。锅中加水，放入少许姜、葱、香叶煮沸，整鸡下水氽过全身并翻转，使鸡身四周受热膨胀，后改用慢火浸煮，不时用铁钩将鸡提起，倒出腹腔内汤水再放入汤中浸煮，反复七八次至仅熟。然后熄火焖10分钟，取出后再放入冷汤中泡稍微冷却后，抹上一层香油就美味既成了。

这个过程有三个关键步骤：一是用慢火氽烫七八次很重要，是为了给鸡定形，使品象好。二是熄火后焖浸10分钟让鸡熟透，可使肉质紧致。三是煮焖好取出过冷汤使鸡更加皮脆肉嫩。

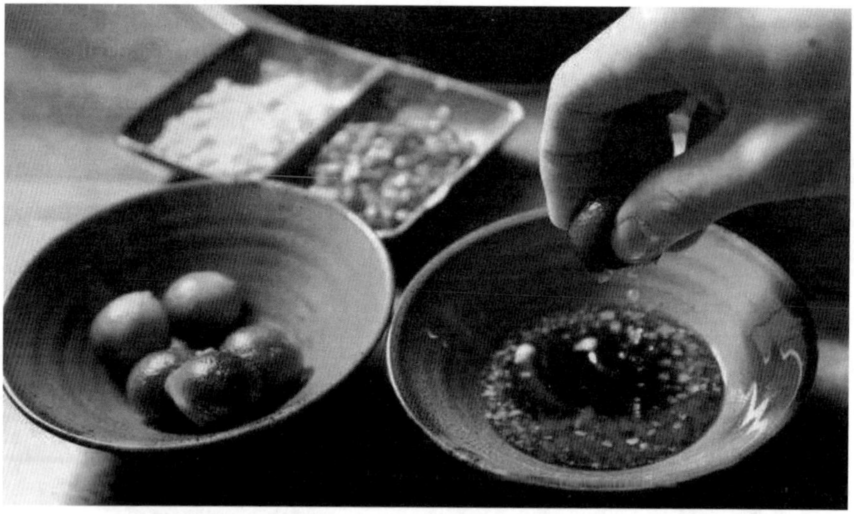

佐料配方精妙

好马配好鞍，吃白切鸡配上好佐料方能锦上添花。

文昌人制作鸡佐料非常讨究，精选本地食材手工制作。通常有三种做法：一种是咸鲜味。把姜和蒜瓣剁得细烂，小时候家中杀鸡，剁姜蒜是孩子的活儿，并以姜蒜泥是否细腻作为评判我们办事是否认真的标准。再加入老抽、香菜和上鸡汤调制而成。另一种是甜酸辣味。在姜丝、蒜茸、葱段中加入新鲜的青橘子汁混合，再适量添加糖、盐、香菜、小米辣和鸡汤。还有一种是香油蘸盐。采用本地野生山柚油加盐巴，用鸡肉蘸食，山柚油独特的馥郁香气与鲜美的鸡肉相得益彰。

文昌鸡配食文昌鸡饭也妙不可言。鸡糒的制作是猛火热锅下入鸡油和蒜茸爆香，随后放入洗净的精米翻炒，倒入鸡汤调匀，加盖煮熟即可。经此配套流程制作的鸡饭，一顿饭下来，让舌尖享受难得的奢侈。

因名声在外又口味各异，为满足市场诉求，文昌鸡不仅扩大规模，而且推陈出新。诸如椰子鸡、酱油鸡、隔水蒸鸡、炸鸡、炒鸡、盐焗鸡、油焖鸡等品种任君选择，因食材硬核，又师出有名，均品质上乘。

饱蕴乡土文化

文昌人说起文昌鸡非常亲切，不仅百吃不厌，还终年不断，并且吃出了文化。

譬如说，什么人吃什么鸡？哪些可以多吃？哪些应该少吃？基本都有规可循。大阉鸡和下过第一次蛋后的小母鸡宜做白切鸡，吃后唇颊留香；老公鸡、老母鸡配中药材文火炖汤，青壮人多饮强身健体，老人与小孩适量饮用；家里婚庆过后，常做鸡青年（小公鸡）爆炒姜葱蒜，渴望使喜气延绵；妇人怀孕、分娩过后，用椰汁煮鸡汤，福禄两代人。

差异性选择，有理也有趣。小孩子咳嗽，多吃几个鸡胆促进康复。儿童营养不良吃鸡腿，常摄入鸡肝、胗、心内脏有益健康。年老体乏、病后恢复吃鸡肉能大补。但家中女生一般不吃鸡春，鸡脚与尖翅，小朋友要远离，否则读书写字会不整齐；鸡胸添鸡二墩（屁股往上砍第二刀），孝敬老人心最美；头、脚、翅就留给家中的大男人，用“鸡肥脚香”来述说他们敢担当。

书写历史传奇

文昌鸡的美名，书写了诸多传奇。

传说清乾隆年间，文昌潭牛镇北边村里有一户人家，儿子当上京官翰林，一次衣锦还乡，饱尝老母亲笼中用米糠、番薯育肥的本地鸡，觉得是“美食之冠”。翰林回京时特意带了几只吃榕籽长大又精心育肥的阉鸡供奉皇帝，皇上御用后赞叹：“鸡出文化之乡，人杰地灵，文化昌盛，鸡亦香甜，真乃文昌鸡也。”于是得名“文昌鸡”，因为是皇帝的赐名，村民把村名改为“天赐村”以示荣耀。此后，文昌鸡就以谭牛镇天赐村出产者最为正宗。

文昌是华侨之乡，文昌鸡与下南洋也有着千丝万缕的联系。从明清到民国，由于战乱不断、社会动荡不安、民不聊生。文昌地瘦民贫，生活所迫，不少人背井离乡，闯海下南洋，移民东南亚。一开始在异国他乡维持生计靠的就是叫卖文昌鸡和海南鸡饭与开设咖啡棚。他们艰辛创业、勤劳积累，一步步扎下根基，创出了品牌。至今在东南亚各国，文昌鸡与海南鸡饭仍负盛名。记得那一年，我因公出访泰国、新加坡、马来西亚等国家，在车水马龙的繁华地带文昌鸡与海南鸡饭的店铺牌坊随处可见。

1936 年，盛传时任民国政府财政部部长的宋子文回乡探亲，准备在文昌召开一次全岛性大会，各市县均选送佳肴供会议之需。恰逢“西安事变”突发，会未开成，宋先生把美食带回广州，让一众官员分享，文昌鸡获得首肯，因此扬名岛外各省市。

更加离奇是，很久以前，一对母子俩相依为命，儿子在 20 岁那年终于娶到善良孝顺的媳妇，不久儿媳又怀有身孕，老母亲乐得合不拢嘴。不料祸从天降，就在儿媳妇怀孕两三个月的时候，儿子打猎不幸意外身亡，老母亲整天以泪洗面，悲痛欲绝，她把所有的希望都寄托在儿媳妇与胎儿身上，不辞劳苦地养了一群文昌鸡，每天宰杀一只熬汤给儿媳妇喝。几个月后儿媳果真生下一个胖小子，一家三口享受天伦之乐。从此，民间就有这样的说法与习俗，怀孕妇女多吃文昌鸡，既补身子又可生男孩。

远久往事难考证，文昌鸡近年也不乏荣光时刻。2003 年全国抗击非典疫情期间，为了表达给奋战在抗疫一线的北京医护人员增强免疫功能的美好愿望，海南选送了近 2000 只优质文昌鸡进小汤山医院，贡献自己的绵薄之力。

如此的史料记载，传奇书写，文昌鸡入选海南非物质文化传承名录，被农业部正式认证为国家级畜禽遗传资源保护品种，国家家禽品种审定委员会认定的地方鸡种，因此称为“国宝鸡”，无不实至名归。

2021年10月20日写作于海南文昌

锦山美味牛肉干

前不久，我去了一趟内蒙古鄂尔多斯，品尝了草原上的羊肉，感觉味道不错，曾问朋友："为何罕见羊肉干？"他们趣说："鱼、羊就是鲜，鱼可羊不行。"话提牛羊肉，我自然而然地想起家乡的名食锦山牛肉干，借机给他们打了一下广告。

话一出口，我顿觉覆水难收。牛羊肉是北方的主肉食，这不等于是关公面前耍大刀？七百多年前蒙古铁骑鏖战时，骏马、弯刀、牛肉干就是成吉思汗征服亚欧大陆的三大法宝。牛肉干营养丰富、方便便携且耐食被誉为成吉思汗的"远征军粮"。锦山牛肉干与它怕不可同日而语。不过想想，久不等于好，多未必就香，心里也就释然。

其实，牛肉干在全国各地品种众多、销售广泛，除了海南锦山牛肉干、澄迈牛肉干以外，诸如：贵州的牛头、山西的冠云、内蒙古的广发草原、重庆的老四川、四川的张飞与湖北的良品铺子等都是驰名产品。它们或五香或辣香，或风干或火烤，或手撕或麻辣，风味各异、赫赫有名。我自小少肉吃，却又偏偏爱吃肉，不肉不欢。现在饭桌上宁可不喝汤、少吃青菜，也要有肉吃，一天不沾荤就全身不得劲儿。牛肉也是我的至爱，各地风味都喜欢啃嚼鉴赏，认定这是舌尖上的享受。

说心里话，在众多佳丽中，我最喜欢的还是锦山牛肉干的雄哥和亚妹（张雄与亚妹牌），这还真不是从小吃惯了的味，也丝毫没有“孩子是自己的俊”之嫌。为了探索美从何来，我与哥劲（也是牛肉爱好者）多次赴锦山镇采购品尝、参观询访，每每都觉己见不失偏颇，接触的大伙也众口认同，哥劲更是言之凿凿。尽管是站在自留地上说话，但是骡子是马胆敢拉出去遛遛，这才有了上次打广告的底气。

在专卖店里，一位阅历丰富的老先生对我们说：“锦山牛肉干的美名不是拿牛皮吹出来的，他因产自锦山而得名，源于早年村民们‘去番’下南洋，为渡过漂洋过海的漫漫时日应运而生。锦山镇境内有一条叫珠溪的河流，该河蜿蜒长达46千米，主流面积有356平方千米，上游为台地，中下游皆平原，水流平缓，河套内水草丰美，放养在这里的牛群食物充盈，长得膘肥体壮，制作牛肉干就是选用珠溪河两岸新鲜宰杀的老龄黄牛、水牛的精净肉制成，首选牛后腿肉为原材料。这种原生态、纯天然的上等肉材为优质产品奠定了基础。”

老先生接着说，“它的制作过程科学讲究。将选好的肉块放入锅沸水煮至半熟，然后采用纯手工切成厚 1 厘米、宽 3 厘米、长 5 厘米的肉块，完好保留牛肉的纹路，保证肉的嚼劲。配上花生油、酱油、香料、蒜头、糖、酒、胡椒粉、咖喱粉和药材调料腌肉，待入味后放进锅里熬煎，掌握好火候，锅中干湿要适度。熬煎好后晒干，晒时也要适度，晒不干会发臭，晒太干则失其味。晒后再放回锅里小火烘焙，如此起锅、晒干、再下锅翻炒，反复三次。一批成品制作需 6 小时以上，生产出来的产品色泽黑中带红、香气四溢。它肉脆味美、香甜适口，细啃慢嚼、津津有味，老少皆宜、非常诱人。”

作为风味小吃，它干、湿、繁、简均可入菜。早餐的粉汤里掺入香甜有加，海南著名的“抱罗粉”“海南粉”都用其作为主要配料；用之招待远方宾客、宴请归侨同胞既体面又独具特色，屡获赞赏；兄弟朋友平时聚会用其小酌配饭也是干香味浓。现在牛肉干也是文昌人过年常备的年货，还是许多人出国探亲、馈送亲友必选之珍贵礼品，堪称牛肉干产品百花园里花开得最艳丽的一朵。

追根溯源，牛肉干作为“肉中骄子”名声早就年湮世远。此前就有秦始皇携带牛肉干出征，打仗屡获全胜凯旋赞美的记载；还有孔夫子在鲁国收门徒每以 10 条牛肉干权当私塾学费的趣谈。锦山牛肉干在它起源的一百多年历史中，难能可贵的是一代代传人的研精覃思，不拘泥于风干、便携、耐食之原始，而是着重塑造精美肴馔。与其他产品相比，它的香、甜珍馐更符合南方人的味觉。香散发在肉熬五草浓味中暴击味蕾，甜似潜伏在质地劲道韧嫩里延伸。

会文岛民礼信牛肉干

相传在清末，锦山镇有位农人叫韩贵元，他又养牛又卖肉，有时肉没有卖完，他的老婆罗豆红就将剩肉制成生肉干存卖，日积月累中她摸索配料制作的熟肉干更受青睐。经过不断总结完善，形成了自己的风格，“罗豆红”逐渐成为红极一时的牛肉干招牌。如今随着时代变迁，“罗豆红”不再，但锦山牛肉干推陈出新，相继涌现出“张雄”“亚妹”“东寨二”“沐海人”等企业，产品质量优良，不仅打入国内市场，还远销东南亚国家与地区。

2021年11月03日写作于海南海口

记叙会文风情　讲述身边故事　弘扬乡土文化

会文镇——依山傍海，绿水青山

赤纸水库

蓬莱山垣风雨多，
孕育蜿蜒白延河。
波谲云诡龙治理，
赤纸水库命门锁。

山峦叠嶂草木葳，
一泓碧湖泛清波。
万亩良田它滋润，
农耕连绵结硕果。

庚寅虎年天肆虐，
水漫金山溃坝坡。
九村七千民被淹，
军警搏击谱新歌。

收之桑榆失东隅，
民生大业精打磨。
远观鸟瞰花一朵，
固若金汤战妖蛾。

赤纸水库周边山水秀美，建成于1972年，灌溉下游白延洋的万亩良田，是会文主粮区与饮用水的保障。2010年10月，洪水漫坝决堤，使九个村庄7000多人受灾，在党和政府的领导下，人民子弟兵搏击风浪，保护了百姓的生命和财产安全。重修后的水库也焕然一新。

2021年04月29日写作于海南文昌

记叙会文风情　讲述身边故事　弘扬乡土文化

三更峙

三更峙是小山包，
平地拔起百丈高。
三面临海阔视野，
青藤灌木把岭抱。

石相竞秀成特色，
小彪圆润大耸峭。
鱼蟹闲游浪花下，
错落有致韵景好。

曾经边防设哨所，
梯线架处雷达装。
南岛擎举倚天剑，
多少鬼魅驱离跑。

秦皇驱石生悟空，
美丽传说真妙俏。

洛阳桥墩落会文，

事去远古余音绕。

三更峙距离文昌市区 30 千米。山不挺拔，位置显要；林木不茂，事曾隐蔽；石虽不大，洞奇形秀；海水不深，传说美好。当年神仙借秦始皇之力驱赶东山岭石修建洛阳桥，途中遇险大石裂变冲出孙猴子，部分石块滞留南海边变为三更峙。

2021年04月29日写作于海南文昌

毁誉话槟榔

在乡下与乡亲们茶余饭后说起农村生活与农业经济，聊得最多的是这几年槟榔产业一枝独秀，助力农民奔向小康路。同时也表示担心它好景不长，命运多舛。

美丽的述说

槟榔原生于马来半岛的热带雨林中，是一种典型的热带植物。世界上种植面积最广的是印度。我国规模引种栽培已有一千五百多年历史，面积仅次于印度，居第二位。

海南气候温和、雨量丰沛、阳光充足，平均气温 26.7℃，种植槟榔具有得天独厚的优势，是我国槟榔的主要产区，占国内槟榔总产量的 95%以上。

海南自古与槟榔结下不解之缘，留有美丽传说。

很久以前，在五指山下的黎寨，有一位姑娘叫佰廖（黎语意为美丽），她唱歌赛过百灵鸟，方圆几百里的后生们都想娶她为妻。这时她母亲得了重病，需要五指山之巅的槟榔入药才能治愈。佰廖对求婚者说："谁能把五指山顶上槟榔摘回来治好我母亲的病，我愿托付终身。"五指山脉高耸入云，五峰都是悬崖峭壁，险如神工鬼斧。众后生都知难而退。

黎族青年阿果深爱佰廖，他二话不说带着砍刀，弓箭义无反顾地走进人迹罕至的莽莽森林。他日夜兼程，一路跋山涉水来到五指峰下，正欲攀登，突然一头野豹腾空而起向他扑来，他不由分说与猛兽展开了激烈的搏斗，最终开弓搭箭射死野豹。当历尽艰辛靠近山顶上那棵唯一的槟榔树，眼看树上红灿灿的槟榔果唾手可得，谁知一条巨蟒盘藏树丛，张开血盆大口正对着阿果，企图一口把他吞掉。阿果勇者无敌，又举起利刀砍死了这个顽敌。

阿果如愿以偿摘回槟榔果，足见他对爱情的忠贞，为心上人治好了母亲的病，二人终成眷属，过着幸福美满的生活。槟榔被视为吉祥物，“以槟榔为礼”遂成黎族青年男女的婚俗文化沿袭至今。“槟字从宾，榔字从郎，言女宾于郎之义也”，夫妻相敬如宾，其微妙的象征意义就像咀嚼槟榔一样别有一番风味。

槟榔寓意美好，具有宁折不弯、青霄直上的品格；成熟的果实色质赤红，表示热情似火；摇曳的树身叶绿果盛，象征多子多福。在海南民间亲朋馈赠、男女情爱、嫁娶婚俗仪礼中常作为情果、礼果出现，表达对宾客的敬重。

槟榔在中华民族历史上源远流长。

早在西汉，就有记载番邦、诸侯把槟榔作为本土稀奇珍品朝贡。司马相如《上林赋》中“留落胥余、仁频并闾”，仁频便指槟榔。

诗仙李白在《玉真公主别馆苦雨赠卫尉张卿二首》提道：“何时黄金盘，一斛荐槟榔。”证明食槟榔的习俗自唐代就有。

宋代写槟榔的诗就有 100 多首。苏东坡被贬谪儋州时就曾写作《食槟榔》《咏槟榔》等诗篇，在《题姜秀郎几间》诗中写道：“两颊红潮增妩媚，谁知侬是醉槟榔。”生动描绘黎族少女口含槟榔、头插茉莉花的妙景。

明清时期槟榔是时尚高消费品，曹雪芹在《红楼梦》六十四回写下：“贾琏因见二姐手里拿着一条拴着荷包的绢子摆弄，便搭讪着，往腰里摸了摸。”此处用槟榔来打情骂俏。

文人墨客附庸风雅源自宫廷帝王对槟榔的情有独钟。

史载当年汉武帝兵征南越，以槟榔解军中瘴疠成功后，建扶荔宫于西安，广种南木，将槟榔入列。

乾隆皇帝喜好槟榔，有两个用来装槟榔的波斯手工和田玉罐是其一生挚爱，今存于北京故宫博物院。

嘉庆帝在折子上御批：“朕常服食槟榔、你可随时具进”“朕时常服用，每次随贡呈进毋误”，两道折子今都存于中国第一历史档案馆。

史册记载还显示，在我国的东南沿海一带，包括南越国都有用槟榔表达喜庆吉祥之民俗。台湾南部地区多有种植，一年四季均可收获，被美誉为“绿宝石”；云南有一条江用槟榔命名；福建省厦门市建有槟榔路、槟榔中学；广东、台湾、海南等地区有多个槟榔村与槟榔乡；湖南至今还留传：不嚼槟榔，愧为湘潭人一说。

槟榔树从一个侧面微妙反映，它在人们的生活中扮演着重要角色。

黎民情结深

海南百姓对槟榔深怀情结，除了用以敬客、嚼食、药用以外，还精心培育出一个产业。

作为我国四大南药（槟榔、砂仁、益智、巴戟）之首，槟榔在中医药中名闻遐迩。它性味苦、辛、温，归大肠经，具有驱虫、消积、下气、行水、截疟除瘴之功效。

东汉名医张仲景在《四时加减柴胡饮子方》中，使用槟榔四枚用来通五脏虚热，着手成春。

南朝陶弘景在《名医别录》提到槟榔的下气、消谷、逐水及杀虫与避秽的功效，是常用之妙药。

以槟榔与乌药、人参、沉香组成的四磨汤补气扶正助消化，在婴儿出生一周后服用，有助发育的传统良方。

现代医学研究表明，槟榔具有以下药效：

● 1. 消除积食。它能促进肠道蠕动，提高脾胃的运化功能，对腹胀腹痛、恶心呕吐疗效显著。

● 2. 驱虫。用以治疗绦虫、蛔虫、姜片虫、蛲虫等肠道寄生虫病。

● 3. 抗病毒、真菌。具有良好的避秽除瘴效果，是治疗脚气病妙方。

● 4. 促进血液循环。常用于手脚冰凉、精神倦怠、阳气不足与开车眼困疲劳症状者，具有祛风散寒和提神的作用。

● 5. 防治老年痴呆症。促进脑细胞代谢，对抑郁症、偏头痛以及痛风症有独特疗效。

● 6. 醒酒。酒精摄入过多引发的头痛头晕、意识不清、恶心呕吐，食用槟榔可缓解其不适。

槟榔果中富含蛋白质、生物碱、肉豆蔻酸、红色素、儿茶酚等物质，通过现代技术开发利用有很广阔的药用价值。还可用于制作槟榔鸡、槟榔比目鱼、槟榔芯肉汤等美味佳肴。

热带作物是海南农业一大特色。槟榔种植面积广，易于管理，产量高且经济效益好，成为海南农户种植意愿较高的作物。20 世纪 90 年代，在政府引导下进入快速发展阶段。据统计，1952 年槟榔种植面积仅 16 万多亩，产量 1185 吨，到了 20 世纪 80 年代初保持在 24 万亩左右。至 20 世纪 90 年代平均每年新增种植面积 2.3 万亩，2006 年种植面积达到 80 万亩，产量 7.48 万吨。而且应市场需求开发出了完善的产业链，让经济价值进一步显现。

到了 2019 年年底，全省槟榔种植面积达到 230 万亩，收获 118 万亩，鲜果产量 60 多万吨，干果产量 27.22 万吨，价格一路飙升，最高收购价达到 24 至 26 元 / 斤，生果 1.5 至 2 元 / 个。整个产业链涉及种植户 70 万户 230 万人，约占海南全省农业人口的 41.37%，成为农民脱贫致富的重要产业。

素有中国槟榔之乡、“国家槟榔示范基地”之称的万宁市近年相继出台了标准化种植，槟榔烘干、绿色改造项目，金融贷款支持农民和槟榔黄化病防治攻关技术，坚持推广槟榔良种，促进农业增效和农民增收。《万宁市国民经济社会发展第十四个五年规划和 2035 年远景目标纲要》，提出将万宁打造成世界最大的槟榔交易市场，槟榔加工产业链产值达 100 亿元。

随着槟榔市场需求旺盛，促进了槟榔加工业的发展。从 20 世纪 90 年代开始开发出高质量、多口味的产品，衍生有芝麻、奶油、花生、桂花、椰奶、薄荷等多种风味。光海南省就有 7000 多家槟榔企业，特别是湖南省湘潭市，槟榔作为该市食品工业第一支柱产业，所产商品不仅遍及全省，而且面向全国各地。2016 年产值亿元以上企业 7 家，2017 年增加到 30 家，年产量 20 余万吨，解决就业近 30 万人，产值突破 150 亿元。近期他们还提出，争取未来五年实现 500 亿元产值的远大目标。

据不完全统计，目前全国企业名称或经营范围含“槟榔”的有 1.4 万余家，从业人员达 1000 万以上，咀嚼人群有 8000 万人，整个产业链产值超千亿。

在一些地区槟榔被视为“摇钱树”“黄金果”，当前我国槟榔产业已形成海南种植，湖南深加工，湖南省消费并向全国乃至全球扩散的发展格局。

非危言耸听

咀嚼槟榔的人群越来越多，已成为烟草、酒、咖啡因之后的第四大嗜好品，随之而来健康问题也越来越受到关注。

经医学研究表明，不当食用槟榔对人体的危害不容置疑，以下已形成共识。

1. 口腔损害。

（1）牙齿损耗。槟榔质地较韧，长期咀嚼槟榔会导致牙齿损耗，造成龋齿以及色素沉着。

（2）牙周疾病。槟榔汁与口腔钙质混合易形成结石，会导致牙周炎、牙周脓肿等感染性疾病。

（3）口腔黏膜病变。长期咀嚼槟榔，可使口腔黏膜白斑及纤维化，严重者会引发口腔癌变。

（4）颞下颌关节疼痛。长期咀嚼槟榔增加了颞下颌关节负担，出现僵硬、疼痛、张口受限等问题。

2. 消化性疾病。咀嚼槟榔会使唾液分泌减少，从而造成消化不良。

3. 心血管系统损害。槟榔中的麻黄碱类物质有兴奋神经、收缩血管的作用，严重者可引起心肌缺血、心悸、心律失常等问题。

4. 神经系统疾病。过量食用槟榔会产生中毒症状，产生头晕头痛、精神亢奋症状与走路不稳等表现，长期食用具有依赖性和成瘾性。

槟榔的毒性研究还表明，不当食用槟榔不仅对口腔黏膜细胞有害，对免疫细胞、生殖细胞亦可造成损害。因此，2003 年世界卫生组织将槟榔列为一级致癌物。

有报道称，印度有 10 亿人口，其中三分之一食槟榔，口腔癌发病率居世界第一。此前，印度 29 个邦 6 个联邦属地中，有 24 个邦和 3 个联邦属地已立法禁止销售槟榔。

巴布亚新几内亚从 2013 年 11 月，开始禁止销售和食用槟榔。土耳其法律规定，槟榔所含的槟榔碱具有致幻性，被认定为毒品，不能携带入境。

我国厦门市政府 1994 年曾发布，在本市内禁止生产、销售和食用槟榔的通告。

◆《中国牙科研究杂志》2017 年刊登的论文《预测槟榔在中国诱发口腔病人类产生的医疗负担》中提及，到 2030 年，湖南与槟榔相关的口腔癌患者将累计超过 30 万例，在全国则可能超过 100 万例，造成的医疗负担可能超过 2000 亿元人民币，这大大抵消了槟榔产业带来的经济效益。

◆ 2017 年国家食药监总局发布致癌物“完整清单”，槟榔与砒霜（砷）并列为一级致癌物。

◆ 2019 年国家卫健委发布的《健康口腔行动方案（2019—2025 年）》中，将咀嚼槟榔与吸烟并列为两大口腔疾病高危行为。

◆ 2021 年 9 月 17 日，国家广电总局办公厅发布通知，要求自即日起，停止利用广播电视和网络视听节目宣传、推销槟榔及其制品。该消息发布后得到医学专家的力挺。有称此次国家广电总局叫停槟榔广告，是对行业治理迈出了“关键一步”。

恰择善而从

千亿级市场的槟榔产业走到了十字路口，敢问路在何方？

它将因噎废食，还是适可而止；它是扬长避短，还是忍痛割爱；它是等待观望，还是另辟蹊径。这是诸多企业和农户面临的迷茫困境与艰难的抉择。

有人认为，尊崇历史、着眼现实，槟榔产业引发的震动不容忽视，恐怕一刀切难以从根本上解决问题，其背后庞大的市场需求和体量不可偏废，会牵一发而动全身。也有人认为，槟榔是海南第二大产业，是 320 万农民的小康路，是 30 万从业人员的饭碗，海南槟榔产业面临西风瘦马，必须认真研究、从善而行。还有人认为，随着一波盖过一波的舆情海啸不断来袭，我们有理由相信，这个产业或许从上到下会发生沧海桑田般的变化。更多人则认为，面对矛盾纠结，信心赛黄金、科技是动力，既要依靠市场谋出路，又要拓宽视野辟蹊径。

增加制度自信。党和政府始终把人民群众的温饱冷暖牢记在心，必定多方施策、因势利导、化解矛盾，方能走出困境。

开展科普宣传教育。让全社会了解槟榔的利弊得失，引导群众养成良好的消费习惯与卫生习惯，促进综合利用和深加工研发力度，使槟榔产品更科学、更卫生、更安全。

组织技术攻关，提升种类品质。海南槟榔与东南亚等地产品相比具有肉质厚、纤维细、柔软易咀嚼的特点，生物碱含量高，更有利于口腔健康的优势，通过技术改良，仍有提升空间，应建立健全良种苗木繁育体系和种植技术培育体系，让“琼”字品牌锦上添花，形成标准化种植。

推行槟榔园科学种植管理。槟榔无主根但须根发达，是适合在林下间套种的理想树种，如蘑菇、斑兰、竹荪、益智等经济作物均可栽种，对增加槟榔园生态系统的循环利用，提高经济效益能相得益彰。

加强科技开发，提高产品附加值。药用研发价值潜力巨大，要注重对槟榔药用有效成分的提取，一方面改进生产工艺，提高产品质量，降低引发口腔疾病与罹患癌症的风险，占领高端市场。另一方面加大对槟榔药用与食用综合利用研究的力度，让药品、保健品、美容产品和日用品等系列产品竞相绽放，拉长产业链，打造庞大的药源与食源市场，弥补食用市场的萎缩，从而确保资源的承接与利用。

争取国家产业政策扶持。淘汰落后产能，实现整体向深加工转型，避免资源浪费，保护生态环境，提高综合经济效益，引领槟榔产业走上新型可持续发展道路。

成立行业协会。树立品牌意识，制定行业标准，规范市场管理，扶植名优产品，扩大知名度，提高市场竞争力。

现在全省实行耕地“非农化”整治，退林还田，此举将会制约槟榔种植规模，应提前选择好替代物种，及时进行种植结构调整，为槟榔产业发展受制谋求新的出路。

为避免广告“叫停”给槟榔产业带来的洗牌式影响，曾有政协委员提出提案，建议必要时启动海南地方特色食品认定管理立法工作。明确槟榔的“地方特色食品”身份，指导制定海南自贸港地方特色食品槟榔的管理条例和槟榔食品安全地方标准，通过地方立法解决槟榔产业身份证问题，为该产业平稳转型过渡争取回旋余地。

令人高兴的是，省里已委托专家团队研究槟榔产业体系工作，尽快在新形势下明确槟榔产品定位，回归药源，实现稳定生产，保障市场刚需的双赢，这无疑是老百姓翘首以待的福音。

2022年04月23日发表于海南

记叙会文风情　讲述身边故事　弘扬乡土文化

新疆行

新疆美，美得让人欲罢还休。

在政府工作期间，我曾几次到过新疆，深深为它的美陶醉！湛蓝的天空、沁人的空气、广袤的土地、无际的戈壁、茫茫的沙漠、青翠的森林、碧绿的湖泊、漫长的边境、飘香的瓜果、民族的风情，总让人流连忘返，每每想起，还诱惑多多。

新疆美景（图片来源网络）

都说新疆的八九月更美。这一年与几个朋友约定，再次开启新疆之行。

新疆有不少朋友，老乡老程在那边经营矿业十几年了，听说事业发展不错，我们已经多年未见面，这次打算到达乌鲁木齐后与他联系叙叙旧。可偏偏无巧不成书，启程那天清晨一踏进美兰机场贵宾室，四眼相望，顿时愕然！老程和我同乘一个航班飞新疆。

有老程做伴，大半天的飞行不觉得久闷。抵达乌鲁木齐时，尽管还处于疫情防控阶段，这里已经是游人如织。

乌鲁木齐市夜景（图片来源网络）

热情的朋友邀请我们在具有浓郁民族特色的“丝路苑”饭馆用晚餐，大家一高兴，话难免多起来。老程笑称：“你们新疆之旅建议按‘三多一少’方案游。”当过医生的我一头雾水，这哥们儿怎么把游玩扯到糖尿病症状上来？瞅着我们不解他接着掰：“就是多吃牛羊肉，这儿的肉特香；多品瓜果茶，这季节特甜；多览美风景，这时候特美。”顿时又提高分贝：“少问为什么！”同行的老邢不禁一怔（他心脏放过支架），还没待问，他又嬉戏道：“新疆地域辽阔，眼下游人又多，出于防控需要，实行以州为政措施，沿途各种查验、检测特别多，要适应不能烦。”老邢暗地里嘀咕：“是这事儿啊，差点把人吓出心脏病来。”

用餐过程中，不时飘来“那夜的雨……心上人，我在可可托海等你”……的歌声。一个男歌手用带着悲伤腔调的嗓音歇斯底里地煽情，这是一首当下网络流行曲《可可托海的牧羊人》。老邢也是个音乐爱好者，中音域很好，他时而跟拍手，舞足蹈。我虽然来过几回，但对可可托海非常陌生，既然歌中唱得如此神秘，不如先赴那里看看，这一提议得到大家的一致赞同。

可可托海风景区（图片来源网络）

乌市到可可托海有 485 千米的路程，开始驾车在宽阔笔直的公路上感觉很好，欢声笑语不断，但慢慢开始视觉疲劳，无际的戈壁滩上几乎没有行人，平坦的道路车流极少，两侧罕见草木和驿站，前面尽是野苍苍、路茫茫。进入可可托海境内情况变化又千差万别，路面明显变得窄小，勉强能两车相让，路在群山峻岭之间蜿蜒盘旋，一侧是青灰色陡峭的山崖，悬吊上面的石块似要弹掉下来，另一侧是百丈深渊，一不小心随时会翻滚进去，加上天色已暗，行车如履薄冰，窗外月色发白，车内鸦雀无声。

可可托海位于新疆北部，属阿勒泰市富蕴县管辖，距离县城 53 千米。我们停驻在这里，深切了解到，它纬度高、深居内陆、严寒干旱、土地贫瘠、经济欠发达，这里有浓郁的地质文化及民族风情，蕴藏着丰富的绿柱石、钽、铌、铍、铯、锂等稀有矿产，尤其是铍的产量居世界第一位。这些稀土在20世纪50年代为我国偿还苏联债务作出了巨大贡献。如今稀土不再开采，但著名的3号坑还保留着原貌，被辟为一处旅游景点。参观时，当地导游对我说："王琪的一首歌《可可托海的牧羊人》现在每天在景区唱得震天响，吸引来不少游客，但山风陪着牧羊人哭泣，养蜂女还是嫁到了伊犁。"

既然可可托海已逐本溯源，伊犁也不能雾里看花，伴随着养蜂女的足迹我们一路前行。喀纳斯的湖光山色、禾木的层林尽染、魔鬼城的雅丹地貌、克拉玛依的"黑油"飘香都美美一掠而过，独库公路的经历却让人动容。原因有四：它是一条纵贯天山脊梁的景观大道，是公路建造史上的丰碑，全长562千米，由数十万名官兵奋战十年建成，168名战士为此献出宝贵生命。它的开通使南北疆直接距离缩短近500千米，对增强民族团结、开发建设边疆、巩固国防具有重大意义。沿途可观赏那拉堤草原、乔尔玛景色、克孜利亚山地、天山神秘大峡谷，一天之间把戈壁绿洲、高山隧道、现代冰川、优美森林、山顶湖泊、野花繁妍的四季景色尽收眼底。它地形特殊、急弯陡坡众多，一半路途悬在海拔2000米以上，受山区降雪结冰等自然的因素影响，一年仅开放五个月。

进入了伊犁境内，我长长吁了一口气。老邢说他预见准备不足，上车仅身着短袖薄裤，寒冷时全身冻得抖抖发瑟，惊险处心窝扑扑直跳，伴随着汽车轱辘转弯发出的吱嘎声，犹如在演奏柴可夫斯基的《悲怆交响乐》第六乐章。古人云：读万卷书不如行万里路。这一次穿越横亘的崇山峻岭、雪原荒野，既开阔了视野，又增长了知识，风沙的砥砺能让人在心中滋生出自己的独库公路，另具一种别样的美。

伊犁河（图片来源网络）

伊犁哈萨克自治州，得名于伊犁河。与哈萨克斯坦接壤，边境线长达464

千米，这里人文蕴厚、遗迹众多，历史上是古丝绸之路北道要冲，今天是我国向西开放的桥头堡，曾经是新疆的首府。伊犁地域辽阔、交通方便、河流遍布、土地肥沃、气候湿润、物产丰富，素有“塞上江南”之美誉。它还是新疆重要的粮食、油料、蔬菜、林果、畜产品生产基地，是世界上少有的生物多样性天然基因库，不仅是全疆最大的绿洲，还是祖国西北重要的生态屏障。目睹这一切，不难理解，养蜂女为何不辞而别还断绝了所有的消息而远嫁到伊犁。

陪同的伊犁朋友小鑫神秘兮兮地说：“大西洋最后一滴眼泪就在这里，没有看见等于没到伊犁。”这勾起我们的强烈的求知欲。

赛里木湖（图片来源网络）

其实说的是赛里木湖。它位于天山西段，准噶尔盆地西南端，湖面东西长30千米、南北宽25千米、面积453平方千米，湖水清澈见底，集雄、奇、秀、幽于一身。书写诸多传奇：因为是大西洋暖气流最后眷顾的地方，被称为大西洋最后一滴眼泪。因为是海拔最高、面积最大的高山冰水湖，还被誉为“高山明珠”，又因传说有一对为爱殉情的年轻恋人的泪水在此汇集成湖，又称为“天池”和“乳海”。赛里木湖一年四季都是景：春天来了，野花遍地、绿草如茵，远处白白点点的毡房如繁星缀在其中；三伏盛夏，碧水与蓝天一色、白云与天鹅共舞、草原与雪山交映的美景吸引来自世界各地的游客；深秋时节，草地的金黄与湖水的湛蓝形成鲜明对比构就一幅精美油画；隆冬腊月，瑞雪飘飞，苍松与白雪辉映，银装下的“天池”又多了一点儿活泼。

我们站在湖边的海西草原环顾四周，心潮腾涌。小鑫又绘声绘色道：“这里三面环山、一面朝湖、地势起伏，是草原民族风情最烂漫的地方，每年的‘那达慕’盛会（蒙古族传统节日）就在此地举行。今年刚刚过去的节日更是热闹非凡。”随着他的比画，我们仿佛置身在惊险刺激的赛马、令人赞叹的射箭、争强斗胜的棋艺、引人入胜的歌舞娱乐中。

海西草原（图片来源网络）

又回乌鲁木齐，再游览周边的达坂城、吐鲁番与天山天池等地，所到之处无不感受这里物华天宝，让人赏心悦目；所逢之人无不由衷赞叹景色宜人，让人乐而忘返；所遇之事无不肺腑发声新疆边陲，祈盼国泰民安。我们几个都说如有机缘，还会重来。

2021年10月28日写作于海南海口

会文镇——依山傍海，绿水青山

象山庵

象山庵就迴龙寺，
会文西行有八里。
万历年间初建成，
探花岳崧把名题。

遐迩闻名讲佛法，
济世黎民把福祈。
传说神奇好灵验，
影堂香火长相续。

历经沧桑多变迁，
祸泱鱼池战乱史。
千刀万剐洋鬼子，
大火一把烧灰烬。

一九九七逢胜世，
政府百姓共聚力。
三殿两阁矗庙宇，
文化传承春满地。

“象山庵”是会文象山迴龙寺的俗称。它陡经了六百多年的历史沧桑，记载着中华民族的血泪屈辱，如今又印证了伟大盛世的繁荣昌盛，是会文之行的好去处。

2021年04月20日写作于海南文昌

记叙会文风情　讲述身边故事　弘扬乡土文化

会文镇——依山傍海，绿水青山

冯家湾

冯家湾是温柔乡，
濒临浩瀚太平洋。
茂林云遮椰树高，
海阔天空鸟飞翔。

景色天成绝美地，
孙猴雕像又徜徉。
欲觅悟空出没处，
坐石观潮在此方。

埠内海鲜很知名，
鱼虾螺蟹都倍香。
石菇炒菜食不够，
鲻子香煎吃郁肠。

绿荫掩映红楼房，
夜半歌声传悠扬。
后生来得多优秀，
方可娶俺俊姑娘。

冯家湾是一个受到大自然青睐的海湾，它有着不加修饰的苍翠的林木、湛蓝的天空、明媚的阳光、嶙峋的礁石、清澈的海水、雪白的浪花、传世的美食和美丽的姑娘。既往拍摄《西游记》，这里是孙悟空横空出世的地方。※ 石菇是章鱼的海南美称。

2021年04月20日写作于海南文昌

久违的山柚树

山柚树自明朝年间传入海南，种植至今已有六百多年历史，它也叫油茶，别名还有茶子树、茶油树、白花树。海南山柚树果实所榨取的山柚油民间赞誉“宝油”，学者称“液体黄金”。本来珍如龙肝凤胆，但长期以来价值利用却判若云泥。

正本天生丽质

山茶油（又名山柚油）是世界上四大木本油料之一，种植在中国南方亚热带地区的高山及丘陵地带，是我国特有的一种纯天然高级油料，海南种植的山柚树，集大自然千万宠爱于一身，更加光彩夺目。

1. 树种极为长久获益

山柚树种植一般三至五年便可收获，八年就进入丰产期，持续时间可达百年以上，而且粗栽易长，果实丰盈，备具特色。

琼海市会山镇中酒村有一棵被称为“山柚树王”的古树，专家考证树龄在三四百年以上，是国内罕见、海南最古老的山柚树。该树周边还有 3 株两三百年的古树，依然枝繁叶茂，保持着旺盛的生命力和结果能力。

在澄迈县加乐镇也有野生二百多年树龄的山柚树，每年都鲜花盛开，果实累累。

2. 品质甚为珍稀高贵

海南山柚油产量稀少盛传久美，它所含丰富的亚麻酸是人体代谢必须而又不能自身合成的物质。美国国家医药中心实验证实，山柚油中的茶多酚和山茶甙对降低胆固醇和血糖及调节血脂有明显功效，这两种物质是山柚油所独有的，惊叹它是“打开健康之门的金钥匙”。

山柚油弥足珍贵，历史上把它当作上等贡品进献于朝廷，皇帝大悦，并赐封为“御膳奇果汁、益寿茶延年”，足可显示是一种身份的象征。

3. 营养最为恩泽丰富

植物油营养成分的高低，取决于它所含单不饱和脂肪酸的比例，山柚油中油酸的含量高达 85%~97%，比橄榄油高出 7 个百分点，在各类油脂中名列前茅。山柚油还含有丰富的蛋白质和维生素 A、B、D、E 等营养成分，对人体健康十分有利。

它一枝独秀，得益于宝岛山清水秀、气候清新、土地涵养，是集日月之精华、天地之灵气、人间之智慧而成。

4. 花韵极为美丽动人

山柚树花开美丽芬芳，家在琼海市的陈先生这样描绘祖传的那片山柚林：

每到秋季果实成熟的季节，山柚满树开花，花色白中带黄，满林飘香，蜜蜂嗡嗡、蝴蝶翩翩，各种昆虫忙着采蜜传粉，忙得不亦乐乎。整片山柚林生机勃勃、一片繁忙景象，那是各路飞禽走兽的乐园。

自古诗文名家也为之倾倒，北宋大文学家黄庭坚在《白山茶赋》咏叹道："丽紫妖红，争春而取宠，然后知白山茶之韵胜也。"明代文学家王世懋在《闽部疏、花疏》记载："山茶花大而韵亦茶中贵品。"清代诗人段琦说它"独放早春枝，与梅战风雪"。

5. 功效最为食药同源

山柚油食药同源，清代医学家、食疗养生名家王孟英的《随息居饮食谱》认为："茶油，烹调肴馔，日用即宜，蒸熟用之，泽发生光，诸油唯此最为轻清，故诸病不忌。"李时珍的《本草纲目》记载："茶油性偏凉，凉血止血，清热解毒，主治肝血亏损，驱虫、益肠胃、明目。"现代医药学研究还具有抗病毒、增强人体免疫力、预防中风和美容养颜之功效。

山柚油可用作工业滑润油、防锈油；茶饼既是农药又是肥料，可提高农田蓄水能力和预防稻田虫害；果皮是提制栲胶的原料；果实的渣也是宝，过去少有肥皂、洗发液的时候，家庭中都用来洗头发，是天然的护发素。

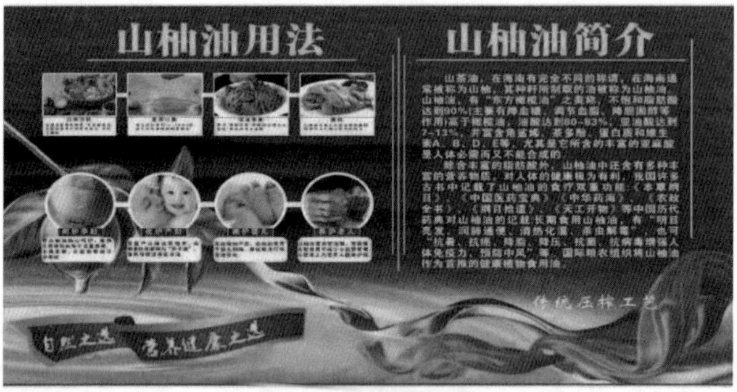

6. 风味最为香甜独特

海南山柚油风味独特，物种为海南特异地理小种，生长在独特环境下，油中富含吡嗪类杂环化合物（稀有芳香烃），形成香醇浓郁风韵，被赞为"百年臻品"。

在黎族人饮食生活中，最难以割舍的就是山柚油。女人坐月子用山柚油炒童子鸡是一道挡不住的美味。热炒时蔬、烹饪山珍海味时香味更上一层楼。

无鸡不过年是海南人的生活习俗，山柚油配生盐、姜末作为蘸料搭配白切文昌鸡，满嘴留香、堪称一绝。哪怕是在热气腾腾的白米饭倒上一勺山柚油，小孩吃了胃口大开，老人用后神爽肠舒。

7. 经历甚为传奇美妙

山柚果实完全成熟要十二至十五个月，在同类植物中绝无仅有。这个过程经历烈日暴晒、暑热郁蒸、台风扫荡、雨侵露湿，经受十灾八难方才结成。从吐蕊扬花到果实成熟，从春暖夏热到秋冬霜寒，有哪种植物开花结果要经受如此漫长的岁月煎熬，可以说山柚油的好品质是岁月熬炼出来的。它一年几次花期轮番绽放，山柚树在采摘果实前便开花，花果同树是奇观。花瓣雪白、花蕊杏黄、果实显深褐、籽仁泛黑彩、油呈金黄色。

奈何久藏深闺

如上所述，山柚树是奇、特、佳风景树，山柚油是居家必备的“万能油”、广施妙用的“圣油”、科学认定的“健康油”。

曾几何时，它好像徒有虚名，藏在闺中，报纸上少篇、广播声少言、电视中少影、餐桌上少显、市场里少现，它的美誉只在坊间流传。物忧如此，情何以堪。

诚然，任何事物的发展，难免存在着认知、机遇、培育的过程。海南山柚树尽管潜质好，长期以来也是处于零星性种植、作坊式加工、小范围使用，没有规模效应，难以形成产业气候。

真正引起重视是在中华人民共和国成立后。1960 年在政府主导下，山柚树作为重要的经济作物在海南岛的中部及北部山区大量种植，面积达到 10 万亩，另一方面作为橡胶园地的防护林，与木麻黄、台湾相思、母生、火力楠等树林形成密型结构以提高防风效果。一方面加工挖掘山柚树蕴含的经济价值。琼山县旧州镇曾制定在全境内种植万亩山柚林的目标，反映出当时政府对山柚重视以及对其开发的决心。

不可否认，由于生产技术条件所限，当年的种植欠标准化，种苗比较混杂，都是无性系，尚未开展杂交育种，优良品种少。生产工艺落后，传统使用“低湿冷榨”“物理压榨”方法生产成本高、出油率低。经营管理缺少经验，没有制定产业加工标准，市场化严重受制。产业发展缺乏科学总体规划，经济效益不明显，难以激发农民种植积极性，发展后劲不足。

进入改革开放时期，随着槟榔、香蕉、芒果等高价值经济作物异军突起，山柚树似乎相形见绌，树木遭到大量砍伐，种植面积大幅减少，资源受到破坏。树之不在、油之焉存，山柚树种植跌入低谷。

2000年以后，尤其是近年来，随着科学技术的进步，生活水平不断提高，食品健康安全越来越受重视，人们从农耕文明过渡到现代文明，在过度享受物质生活的同时，也带来了环境污染、能量摄取过度、化学添加剂过多、身体承受的有害物质叠加等负面问题，敲响了健康警钟。欧米伽“新健康膳食文明”指出，山茶油富含延缓动脉粥样硬化形成的单不饱和脂肪酸，这些惊人发现让消费者在采用欧米伽膳食油类时有更合适的选择，该计划最重要的改变就是食用健康油脂。山柚油的真经念得恰逢其时，这也引发油价不断攀升，市场售价超过400元／斤，产品供不应求。在政府支持与农民自发的双重驱动下，出现新一轮的种植热潮。

据统计，截至2021年年底，海南山柚树收获面积达10万亩，年产山柚油近100吨，远远不能满足庞大的市场需求。做大、做强做优该产业，海南具有气候优势、环境优势、品质优势和后发优势，而栽培区域的限制性和油品质优的特异性决定了海南山柚油产业不可替代。

拭玉奇光异彩

山柚树种植发展集农业结构调整、打造特色农业、挖掘林地潜力于一身，对促进农业增效、农民增收、农村增秀意义重大。据有关专家分析，海南可利用种植面积达300万亩，年产油可达10万吨，面对巨大的消费市场，做成百亿产业不成问题。

为加快海南油茶产业健康发展，省有关部门编制了《海南省油茶产业发展规划（2017—2025）》，明确用九年时间新增油茶种植面积30万亩，力争到2030年油茶产值达到60亿元，油茶深加工、综合开发旅游文化产值达到40亿元，海南油茶等重大科技项目已按计划实施，油茶良种选育步伐明显加快。近期召开的省委八次党代会明确指出：进一步做好“六棵树”（橡胶、椰子、槟榔、黄花梨、沉香、油茶）文章，使之成为海南百姓的“摇钱树”，鼓励大家策马扬鞭踏征程。

海南自然禀赋发展山柚产业具有不可比拟的优势。首先，山柚树的适应性好，山坡、丘陵均可种植，它枝条柔软树形小，台风对其的破坏力相对较低。其次，山柚树生命力强，种植与管理成本比槟榔、橡胶等作物低得多。品种也有别于内地山柚树，果籽出油率高达40%。此外，海南独特的生态环境，土地富硒，产油中蕴含人体必需氨基酸且香气袭人，是公认食物油类的“王中之王”，因而价格高、效益佳、前景好。

1. 山柚油香致富路

如今走进海口市琼山区红旗镇的荫生村，沿途的山柚树连成一片，树上挂满圆圆的小果实，在阳光的照耀下，显得晶莹碧绿，长势喜人。这片占地近500亩的良种栽种基地，是海口山柚树种植示范园。近年来，该市积极引领乡村发展山柚种植产业，突出特色农业，拓宽致富道路，让农民的钱袋子鼓了起来。

基于海南山柚油品质好、不愁卖，村委会咬定青山不放松，着力调整土地结构，将其整合为大块面积分包经营，提高综合利用率，调动了村民生产积极性，采取“五统一分”模式，即统一规划、统一机耕、统一种苗、统一技术、统一销售，分户管理，成功探索因地制宜发展山柚产业行之有效的新路子，一亩地收益达万元。

2.“一村一品”展英姿

乐妹村是东方市大田镇一个少数民族贫困村，村民过去以种甘蔗为主，全村 120 户就有 103 户 475 名贫困人口。自 2015 年以来，随着脱贫攻坚工作深入开展，在海南大学驻村工作队的动员与技术指导下，第一批 20 余户贫困户改弦易辙种下了 240 亩山柚树。

得益于专家们的精心帮辅，山柚树茁壮成长，三年后喜获丰收。辛勤种植山柚树的贫困户人均收入超过千元，次年又翻了一番。摆在眼前的鲜活事例让村民认识到，这是一个高效持久的“造血型”产业，大家都主动加入了种植行列。现在全村进入了小康生活后，他们又有新的目标，继续推广带动周边共同种植，打造万亩山柚林，形成“一村一品”的特色产业。

3. 党旗在柚园飘扬

2021 年被评选为“海口市优秀共产党员”称号的吴雄，是三门坡镇中心小学的副校长，2018 年被派驻到清泉村开展乡村振兴工作。他深入调查研究，大胆摸索借鉴，认定种植山柚树非常符合清泉村的实际，创新组建“工作队 + 返乡青年 + 党员干部 + 脱贫户”种植山柚项目组来开展工作，强调“党员干部带头干，说话才有说服力”，自己更是率先垂范购买山柚树苗回家种植。在他们的带动下，村民们打消思想顾虑，摒弃传统旧俗，全村至 2020 年年底，共计 22 户村民种上了山柚树 260 亩，产油量达 120 多斤，经济效益可观，让大家尝到了好日子的甜头。吴雄还被省委组织部授予“海南省乡村振兴工作先进个人”称号。

4. 黎寨山柚发新芽

“今天种什么都比不上种山柚好，种植山柚让农民走上了致富路”，这是五指山市新生新种养农民专业合作社农户的由衷之言。为了发挥区域农产品公司在打造热带特色农业品牌的引领作用，海南五指山丰扬油茶开发有限公司携手五指山市新生新种养农民专业合作社，共同打造五指山市山柚油名优产品，将过去的手工作坊生产，改造为集去壳、磨粉、焙炒、榨油、沉淀、提取、检测等于一体的先进工艺生产，具有集产品加工、经营、运输、贮藏于一体的服务，他们生产的“丰扬益”牌山柚油以优良的品质通过质量认证，一改过去没有生产许可证不能市场销售的瓶颈，不但农民种植山柚通过深加工提高了附加值，而且生产的山柚油有了合法身份证，以其物美质优在 2021 年海南冬季农产品交易会上购销两旺，得到广大市民点赞。其间要经过精心选籽、晾晒、去壳、磨粉、焙炒、榨油、沉淀、提纯、检测等一系列精制工序。

5. 循环经济谱华章

屯昌县坡心镇高朗村民刘宏承包一片长在坡地上 70 余亩的山柚林，经过精心劳作，生机盎然。功夫不负有心人，这片山柚林让他回报丰厚，还给附近村民们提供就近务工机会。每到收获季节，刘宏每天组织 20 至 30 名村民采摘山柚果，帮助他们增加收入。他除了管护山柚林外，还不断拓宽致富路，利用自己的养殖经验，大力发展林下养鸡产业，并以鸡粪作为优质有机肥种植山柚树，实现生态循环种植饲养。鸡吃虫花籽肉肥脚香，所种植的山柚林不施化肥、不喷农药，产出绿色无公害山柚油金黄色亮、醇香浓郁，是当地的金字招牌。

6. 搭乘高科技快车

长期以来，海南山柚树本地种品种较为单一，缺乏良种提纯和种植推广技术，这在一定程度上制约了产业做精做大。近几年，科研实力雄厚的海南大学热带油茶科技创新与产业应用团队潜力攻关，自主选育已通过省级技术认定的速生、高产、优质、适应性强的山柚树 8 个良种，分别为海大系统 1、2、4 号，万海系列 1、3、4 号与侯臣 1 号、3 号，现在每年可提供优质山柚树良种嫁接苗数十万株。为进一步推动我省山柚树种植的良种化、标准化生产，助推产业升级提供强大的科技支撑，他们在东方市大田镇示范种植了 366.4 亩，收效甚好。

7. 用标准示范引领

行业要发展，标准须先行。在省农科院与技术监督等部门共同组织实施下，全省首个省级山柚树种植标准化示范区在琼海市建成。示范区以 1500 亩示范基地带动琼海市标准化种植山柚树 3 万多亩，并提供种苗和种植技术，辐射白沙、昌江、琼中、定安、澄迈等 7 个市县。该市康联食品有限公司引进先进技术与设备，生产的“量子牌”山柚油达到国家质量标准，成为海南省首家制定山柚油行业规范标准的优秀民营企业，荣获国家金奖。产品畅销北京、上海、广州、香港 10 多个省市及地区，还远销新加坡等国家，被指定为博鳌亚洲论坛名牌食品供应商。如今，作为“山柚树之乡”的琼海市打造的海南山柚油产业文化博览馆业已落成，向世人展示蕴厚文化与美好未来。

民以食为天，食以油为先。中国特有的油茶已经走进世界科技研究的领域，以更加科学的眼光和态度看待它的价值，海南山柚油身为家族中的“长子”，势必会成为全球健康食油的“巨无霸”。

2022年5月28日发表于海南

记叙会文风情　讲述身边故事　弘扬乡土文化

健康为本，快乐为要，闲情逸致

秋

天高，风飕。
山隐隐，水悠悠。
虾戏浅滩，燕舞江洲。
日出照东沃，月斜映西楼。
碧宇丽影流连，红笺难书思愁。
一壶浊酒朝天喝，葱花菜段汤亦稠。

秋的人生体验——秋是收获的季节。江南沿海地区物产丰富、经济发达，人文蕴厚、山水秀美。这一年我与几个好友结伴秋游，所见所闻，情触心思，留记回味。

游沪

秋高气爽东南飞，
徘徊落宿铂瑞间。
白日酒高说鸟语，
晚喝姜汤洗红颜。

第一站到上海，入住铂瑞大酒店。朋友们很热情，带我们领略了都市的繁华，精神的愉悦。我们相形见绌，不经劝地喝高了，席梦思床的舒服没有感觉出来。

无语

满园花开金菊黄，
庭有翠竹披绿装。
没心关注红酒席，
老翁误入少年场。

到了扬州，纵观城市规划，游览名胜瘦西湖，参观朋友开发的园林景区。感慨江南水乡发展真快，很多地方值得我们学习借鉴。

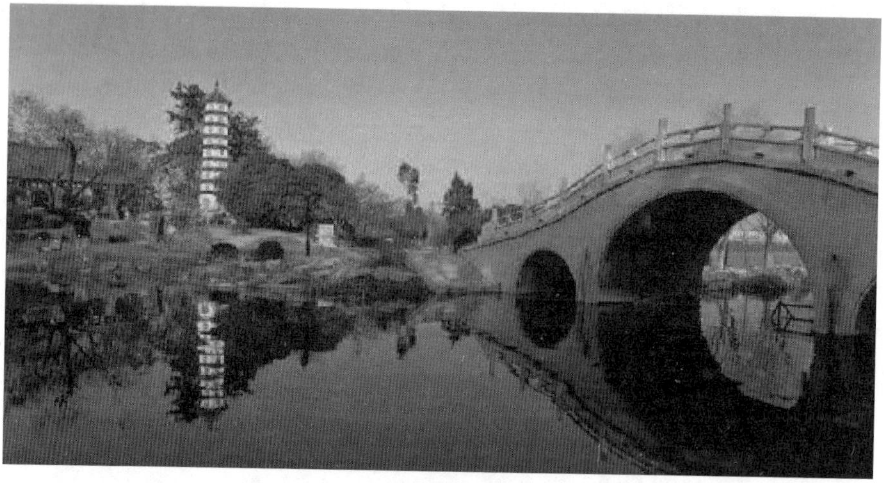

玄武湖

环瞻后湖荡清波，
红莲迎霞路坎坷。
洪武藏藉圈禁地，
如今雅俗入烟萝。

下榻玄武湖边，环行观看红莲，细品它的变迁，陶醉它的美篇，寻思家园丽景，渴望雕琢巨变。

归来

落叶满院入冬凉，
离别他域回梓乡。
禀赋天成人心向，
故园蓄发情绵长。

走过几个地方，外面的世界变化很大，让我们几个共同惊叹。对比之下，家乡急待直追！好在故土禀赋天然，优势独具。冬去春来，借助改革开放东风，把良策谋成，自贸港风景一定这边独好！

2021年08月25日写作海南海口

难忘的鄂尔多斯

以前曾有几次机会到鄂尔多斯，我都放弃了，没有感觉那里有多美丽、多稀奇。这两年闲了下来，听朋友说现在鄂尔多斯变化很大，恰逢老羊邀请同行，我欣然应允。

不去不知道，看了让惊撼。鄂尔多斯风光旖旎，蓝天白云，绿草如茵。有一首歌唱道“天苍苍、野茫茫、风吹草低见牛羊”，这正是鄂尔多斯的真实写照。草原两旁，峰峦叠嶂、林木葱茏。那翠坪如毯的大地配上雪白的羊群和星星点点的蒙古包，衬托在丽日霞光之下宛如一幅天地壮阔的景画，展望那莺飞草长、牛马信步及飘忽云彩让人心旷神怡，置身于此让人觉得自己已经与大草原融为一体。

当地朋友老王在到达的第一天就带我们到了鄂尔多斯草原，安排了一整天的活动。虽然远离市区，但一大早已经宾客如流，做了半辈子梦第一次到草原的小程，心情异常激动，不禁振臂欢呼：“我来啦，美丽的鄂尔多斯。”

这里是内蒙古中西部庞大的休闲度假胜地，旅游产品非常丰富，神秘美好的鄂尔多斯婚礼表演就是不可或缺的节目。老王兴致勃勃地为我们占了最佳位置，这台演出展示了独具魅力的地域风情和婚俗文化，浓缩的精华洋溢着迷人的情怀，表达了人们对幸福的追求，对美好生活的向往，剧情特别感人。结束时，小程与一帮年轻人纷纷涌上前与新郎新娘留下靓影。

飞天草原的技艺扣人心弦，它是目前国内杂技表演中难度最大、危险系数最高的项目之一。那飞速旋转的大飞轮、空中跳绳、空中飞人及大变活人魔术既让人趣味刺激，又血脉喷张。

那达慕实景马术剧别具一格，它场面恢宏、声势浩大，在隆隆的炮火声中50多位男女健儿骑着各种马匹参加表演，内容包括敖包祈福、单人单马、单人双马、多人多马、马上射骑等精彩表演，体现了蒙古族的高超马背技术。

比较有意思的是，我们全程参与了诈马宴排演。诈马宴是蒙古族的“宫廷大宴”，每逢重大庆典才能置上，也叫绵羯整羊诈马宴。按照习俗，我们换上王公贵族礼服正襟危坐，体验强烈的视觉效果，享受舌尖上的美味。然而，繁文缛节太多，加上臃肿的着装别扭又夸张，相互对视显得十分滑稽。我瞄了小程一眼，他已经一本正经地进入角色，让人忍俊不禁。幸好有其他游人加盟，出洋相的不仅仅是自己。我进场后总跟不上节奏，不是祭拜的手势错了章节，就是扮装滑脱乱了方寸，说是来品尝美味佳肴的，但现在已全然没有胃口，直至终场还稀里糊涂。步出大厅经凉风一吹，顿觉饥肠辘辘，但想想难得此行也就乐在其中。

夜幕降临，草原上燃起篝火晚会，一位老阿爸唱起悠扬的祝词，虔诚向长生天祈福。众人跳起安代舞，接受圣火的洗礼和祝福。在用烧烤食物的过程中，大家手拉手围着火堆跳舞，表达自己的欢心喜悦。

这一天记忆难忘。回来的路上，司机以每小时180千米的速度（当地常见）奔驰，我紧扣安全带，双手握住把手，眼瞪前方屏住粗气。小程却一直津津乐道，陶醉在揽新娘、当大汗、骑骏马、献哈达的怡情中，美得乐不思蜀。

鄂尔多斯的壮观不仅有天然禀赋的美丽草原，高原沙丘的开发巨变也让人惊叹。它2004年撤盟建市后，在康巴什一块沙丘荒原上用了几年时间建起美轮美奂的新城区。一起陪同我们的老马同志是一位易经学者，参观新城时他站在成吉思汗广场制高点绘声绘色地介绍：“鄂尔多斯新城区规划超前、布局合理、设施齐全、交通方便、绿树成荫、美观大方是全国首个以城市景观命名的AAAA级旅游景区。”广场上几尊栩栩如生的巨型塑像，述说着成吉思汗辉煌的一生，沿广场两侧坐落并排的建筑群各具特色。

国际会议中心气势宏大，与周边地形相结合，建成后整体外观类似蒙古包、马鞍、哈达，宣示这里热情好客。

艺术中心建筑上半部乳白色的轻盈变形体象征天空、白云和乳汁，下部浮动的方形象征草原与大地，构成天人合一的宇宙模型。

图书馆建设与环境层叠，仿佛卷页展开，散发着浓郁的书香文化，设计造型酷似蒙古族三大历史典籍。

大剧院的蒙古族男女头饰造型，线条流畅而富有动感，彰显歌舞民族特有的文化内涵与精神风貌。

新闻大厦用简约的横竖建筑，体现新闻行业的真实与理性，中央砌造的“新闻眼”，凝聚了行业的精神价值。

博物馆远眺如一块坚固的石头象征永恒，古铜色的金属外衣记录着鄂尔多斯的悠久历史。

广场后方是集电、声、光、水、色于一体的音乐喷泉，喷射水柱高达209米（国内最高），蔚为壮观，显示出欲与天公试比高的气概。

广场上秋风拂面，老马还意犹未尽，当年他的老师曾仕强大师（已故）曾到此讲学，原计划授完即走，但仙境留人住了半个月之久。

鄂尔多斯的震撼还在于其厚重的历史文化底蕴。毛泽东主席在诗中曾说“一代天骄、成吉思汗、只识弯弓射大雕”的成吉思汗陵就坐落在这块土地上。

一代天骄成吉思汗，他发动的蒙古帝国对外战争，促进了欧亚大陆间互相影响，对以后世界历史进程产生了深远影响，对蒙古族共同体的形成起到重要作用，被尊为民族英雄。他戎马一生，打下历史上面积最大的蒙古帝国版图，并且创造多个世界第一：千年来最富有的人；人类历史上最伟大的成功者之一；历史上第一次建立横跨亚欧大陆的政权；两千多年来影响世界最大的人物之首（依次彼得大帝、恺撒大帝、拿破仑）。但他也备受争议，实行的铁血政策给无数国家带来灾难，至今仍有谈“黄祸”色变。

蒙古族盛行密葬，成吉思汗肉身葬于何处至今仍是个谜。成陵是衣冠冢，于1953年从青海省塔尔寺回迁重建。为何坐落鄂尔多斯，历史上也莫衷一是。大多数人认为，成吉思汗最后一口气——也就是灵魂的驼毛几百年就收藏在这里。理由有三：一是当年他到过斡难河、克鲁河与土拉河的发源地肯持山，曾在一棵大树下流连忘返，说过死后要葬于此。二是当年运送他灵柩的大车到木纳忽格合黎（鄂尔多斯境内）时，车轮陷入地里，五匹骏马也拉不动，因不能请出金佛，逐葬此处。三是当年他率领军队西征西夏时，路经鄂尔多斯，目睹这里水草丰美、花鹿出没的美景十分陶醉，流连之际失手把马鞭掉在地上，马鞭是蒙古族最重要的随身物品，他认为掉地仍天意，嘱左右身后葬于此地。史书上对葬地争论还有：蒙古国境内特山以南、克鲁河以北的地方；蒙古国的杭爱山;我国宁夏六盘山和鄂尔多斯境内的千里山。无论何种辩解，不可否认的是，鄂尔多斯是一片圣土，横扫六合的秦皇嬴政走过去，铁马金戈的成吉思汗走过去，还有王昭君、郦道元、司马迁从这里走过去，都走出别样的精彩。

成陵由三座蒙古式的大殿和与之相连的廊房组成，建筑雄伟，具有浓厚的民族风格，金黄色的琉璃瓦在阳光照射下熠熠发光。整座陵园的造型犹如展翅欲飞的雄鹰。殿中摆放着成吉思汗的雕像、盔甲、战袍、宝剑及马鞍用品，以及三位夫人的灵柩等珍贵文物。在蒙古人心中，成吉思汗陵是圣地已经根植于每个蒙古人的内心深处，成为民族文化中不可或缺的组成部分。

鄂尔多斯山川壮丽，煤炭的开发又翻开它日新月异的一页。鄂尔多斯煤田是中国最大的多纪煤田，世界特大型煤田之一，全煤炭资源约有 1800 千兆，也无烟煤产地，而且地质水文条件简单适合建设露天矿场，是我国煤矿开采条件最好的地是著名的优质方。现已探明天然气储量达 100 千立方米，成为中国陆上最大的天然气田。煤炭的开发利用不但促进了鄂尔多斯经济的快速发展，而且为我国煤炭工业战略西移作出巨大贡献。

他们站位长远发展战略，着力建设绿色矿区。不求矿山简单的披绿，而是重视地下、地上资源的可持续利用，将生态环境整治与培育作为重点，建立绿色立体矿山体系。宜草则草、宜林则林、科学种养提高植物覆盖率，使很多矿山呈现出树木成林、繁花点缀、鸟啼回荡、百里飘香的新景象。

鄂尔多斯人性情爽朗，能歌善舞。临别前推不掉参加了朋友安排的聚餐，羊肉与歌舞是主旋律，鄂尔多斯的羊肉被当地人誉为肉中人参，宴客必敬。他们说这里羊吃的是中草药、喝的是矿泉水、跑的是马拉松、穿的是羊绒衫，在草原上沐浴阳光，追逐嬉戏快活堪比美少年，又呼吸可装罐出口的空气，其肉质鲜嫩细腻绿色环保，具有滋阴补肾之功效，当年是宫廷贡品。说得我们馋涎欲滴，赶上小程年壮胃开，大呼过瘾。我若有所思问身边的老王，羊肉这样好为什么不制作干制品或腌制品，便于携带经销与普及。他迟疑片刻作答：“首先是新鲜肉质口感好，人们享用追求唯美。其次是羊肉干制品膻味难去除，影响质量。”民间还有传说“羊肉过百变成毒，牛肉过百变成宝”，不主张肉质长期贮置。且不说是否有科学依据，市场上羊肉干制品罕见是不争的事实。

席间又歌又舞，北调南曲其乐融融。蒙古族少女的舞蹈伴随着音乐，她们双臂舒展、收放自如，柳身前倾后翻，展示出婀娜多姿又刚中带柔的气质。马头琴的悠扬，时而带有穿透时空的凄凉，使人荡气回肠，时而飘荡散发欢快涟漪，让人怡情悦性。不巧的是老羊既不会唱歌，也不会跳舞，只能闷头喝大酒，问题是酒量也不咋的，几个回合就面如关公、神随逗娥。一直到登上飞机，我们几个还一直分享着他的满身酒气。

别了鄂尔多斯，你给我们揭开了神秘的面纱；谢了鄂尔多斯，你让我们丰富了难得的知识；再见鄂尔多斯，我们期待着目睹你来日的风采。

2021年10月16日写作于海南海口

记叙会文风情　讲述身边故事　弘扬乡土文化

会文物产——官新温泉

官新温泉

白延古墟故事多，
西行有一上苑坡。
阴天远望烟缭绕，
丽日云下像小河。

悟空打翻炼丹炉，
借裙开罪水仙婆。
村里老叟指天地，
神龙活现对你说。

官新温泉多特色，
鸡蛋泡浸能剥壳。
富含硫黄多元素，
灭菌妙胜曼陀罗。

池中泡浴除疲惫，
春风和煦雅居乐。
广场舞处人闪烁，
百岁老者有好多。

“官新温泉”有很多美好传说。有说是孙悟空大闹天宫打翻太上老君的炼丹炉掉到该处水中而成;也有道此温泉有个水仙，慈善济世、赠人罗裙、美化生活，不可怠慢，故而也称之“官仙温泉”。但不论怎么注解，官新温泉确实水温高达74℃，富含硫黄、硝酸钠等多种微量元素，具有消毒杀菌，止痒祛湿解疲劳之功效。在此温泉的滋润下，周围方里，山青水碧，秋高气爽，物产丰茂，百岁老人随处可见。洽谈深度开发温泉康养，旅游度假的有识之士蜂拥而至。

2021年04月17日感怀于海南文昌

记叙会文风情　讲述身边故事　弘扬乡土文化

健康为本，快乐为要，闲情逸致

乐水

雨刷污浊溪河清，
滋养万物润苍生。
高山流水涌向下，
人间博爱仁上牵。
天若有情风雨顺，
柔中带刚写坚贞。

前天回老家恰逢下了一场大雨，雨后清风拂面，让人心旷神怡。站在重新修建一番的白延溪旁，眼望潺潺河水顺东而去的情景，让我想了起千年古训“强山不强水”才有感而发。

2021年07月12日写作于海南海口

健康为本，快乐为要，闲情逸致

服老

江河滔滔岁月流，
青丝难阻白鬓求。
红尘陌上有摆渡，
清心寡欲少去留。
懒问尘世纷扰事，
莫管冬夏与春秋。

参加老人组集体打疫苗，场面千人百态，你长我短，莫衷一是。感悟还是少咸吃萝卜淡操心，顺其自然好。

2021年07月12日写作于海南海口

五彩斑斓

五彩斑斓这里说的是斑斓叶。

斑斓叶又名香兰叶，是原产于马来半岛、斯里兰卡与菲律宾的一种热带草本绿色植物，它晶莹翠碧，具有天然独特芳香气味而享有“东方人的香草”之美誉。

它像一片神奇的土地

东南亚国家盛产斑斓叶，生活中也不可或缺，孕育出脍炙人口的“娘惹”文化。在10世纪初，定居在马来西亚、印度尼西亚和新加坡一带的华人移民和当地人结婚所生的后女性后代称为“娘惹”。她们生活虽然远离中国本土，但仍然遗传着民族基因和传统文化，注重孝道、讲究礼仪，通俗习惯及宗教信仰十分中国化，把语言、服饰和饮食融入自己的日常生活。

马来西亚的娘惹们就喜欢把斑斓叶这种植物加入食物里，因为它有一种特殊的天然香气，能使食物增添清新、香甜的味道，经过几百年的铢累寸积，形成了独具一格的“娘惹菜”，后来又演变到以新鲜椰汁混合斑斓叶来制作各种糕点，不仅香味扑鼻，还具有青翠诱人的颜色，让人看着垂涎欲滴，吃起来更是爽口、香甜、美味。

新加坡曾经拍摄过一部电视连续剧《小娘惹》，以绚丽多彩的娘惹文化与娘惹美食为背景，讲述一名心地善良的小娘惹“月娘”的奋斗史。故事情节跌宕起伏、扣人心弦，播出后引起轰动和热议。

在新加坡用斑斓叶制作的绿蛋糕被称为“国糕”，是将斑斓叶榨汁后加入椰浆和糖搅拌，放进面粉、蛋清和匀精制而成，以其绿油油的色泽、软绵绵的口感、甜蜜蜜的滋味、香喷喷的诱惑让人欲罢不能，成为东南亚一带最时髦的伴手礼。

斑斓叶享尽高贵，又特别接地气。斑斓叶的适应能力强，对土地沙质要求不高，从育苗、种植、采收到生产环节都操作简单，技术门槛低，还无须专业的施肥、病虫害防治及整枝修剪管护，生产成本和劳动力投入不大，一次种植可收获十年以上，被赐予“懒人农作物”的雅号。

它如一页洁白的纸张

斑斓叶在东南亚一带食用时间长久，是名气很大的植物香料，随着对生活品质越来越高的追求，对健康养生认知越来越看重，其使用范围涵盖也逐渐扩大，辐射影响的地域也越来越广。

在东南亚国家中海南籍华侨众多，联系密切。早年就有华侨回归故里时携带斑斓叶种植的历史。斑斓叶一词对海南民众并不陌生，村前屋后常可见到，茶余饭后偶有提及，但均呈零星散种，缺乏综合的开发和利用，对华侨来说，这一株远渡重洋的清新绿色，不仅是吃货的最爱，更充满了时空的记忆以及对故乡的眷恋。

我的老家文昌会文镇，是侨乡中的侨乡，过往的“番客”常用斑斓叶来蒸饭、熬汤、制作糕点，色鲜味美，也让乡亲们受斑斓叶饮食文化的熏陶，他们认为这种独特的味道不但是华侨文化的符号，更是感情的纽带、沟通的桥梁。

听华侨们说，近几年来，斑斓叶在泰国呈旋风式爆红。在这个香料飘逸的王国里，它贵如皇宫里的公主，若少了它，多少食品会因此“黯然失色”。他们所钟爱鲜绿欲滴的颜色，基本上都是从斑斓叶中提取的，被认为是最好的绿色“染料”，菜肴汤水有了它，风味清新怡人，尝过一次便难以忘怀，因此在泰国有不少以斑斓叶为主题的饮品，更是把这个原料推上了热搜。

斑斓叶在东南亚诸多国家和其他一些地区需求量巨大，其产品市场已经具备规模，国际上有多家上市公司大举进入。美国和加拿大已经形成初步市场，其他区域市场也正在逐步推出。可以说国内乃至全球的消费者对斑斓产品的关注度快速上升，且原来主张消费斑斓香精和便宜斑斓粉的用户也开始把目光转向对高品质的诉求，斑斓叶正迎来了前所未有的风口。

它是一条金光的大道

斑斓叶与海南不仅深蕴华侨情愫，而且种植环境得天独厚，发展前景看好。

海南全省各地均可种植斑斓叶，相对于国内其他地方，具有难以匹敌的区域与气候优势，可作为斑斓叶的种植地和中间产品深加工基地，辐射全国烘焙饮食行业及香精香料消费市场，培育拉长产业链。

斑斓叶加工相对简单易行，可以直接或简单加工后应用于食品饮料和日化行业中，加工过程无须添加其他香料、色素或保鲜剂，产品具有纯天然、无污染、零添加、富营养、保健康的特点，符合我国当前市场消费的环保理念和升级潮流。

作为一种“海南味”十足的香料植物，它适宜林下种植。在橡胶、椰树、槟榔、沉香树下种植，可缓解这些作物林下土地资源闲置严重、生产周期长、价格波动导致收入不稳定的难题，发挥农村土地资源效益最大化。

种植斑斓叶，可谓一箭三雕，不仅集约土地，提高经济效益，还可促进生态环保。农村房前屋后的椰树、槟榔树下容易杂草丛生，养护需要投入大量成本，如果使用除草剂等化学药品还会造成毒物残留与污染。在这些地方种植斑斓叶会有助于除掉杂草，使闲置土地变成“绿色海洋”，并散发着幽草香。

在推进风情小镇与新农村建设中，我省一些地方以探索斑斓叶利用与南洋文化交融为载体，结合本地阳光、沙滩、椰风、海韵与青山秀水，在特色餐饮、观赏园艺、休闲旅游行业利用传播斑斓糕点、清补凉、冷饮品等传统美食，打造消费新潮和休闲旅游的特色品牌。若进一步借助国际旅游岛、建设自贸港优势，让斑斓叶披上五彩盛装，定会分外妖娆。

它写一本有趣的好书

斑斓叶在琼岛还演绎出一个有趣的“草痴”。

琼海市的中原镇也是著名侨乡，在三更村有一位叫梁文彬的青年人，大学毕业后经营二手车生意，在商海打拼中感悟，立足本地资源优势营商，方可有“春来更有好花枝”的局面，比选中看准了海南黄灯笼辣椒酱，认定它辣度高、香气好、颜色靓、销路旺，经觅行家里手，汇智改良推出新品种，投放市场后果然不俗，捞到了人生第一桶金。

踌躇满志的他在 2015 年来到了华侨聚居的新加坡等地，考察黄灯笼辣椒酱的销售市场，而后在新加坡成立了贸易公司。一段时间后，他发现在东南亚一带除了“海南鸡饭”以外，最熟悉是斑斓叶，故乡的味道是舌尖的感应，更是心灵的跳动。这片神奇的叶子，让他毅然做出回老家种植斑斓叶的决定。

2016 年他在三更村种下了 2 亩斑斓叶，逢人便动情说道斑斓叶的好，有人听之前往观看，看后却大失所望。“两亩地能种出大产业？”给他冠上名号“吹牛王”。但梁文彬乐在家乡“种草”，导致远在新加坡的贸易公司经营不善，出现了问题，对“草”情有独钟的他所性将公司转卖掉，亏了 100 多万元。

这一“闷棍”也让他幡然醒悟，要在家乡做大斑斓叶产业，光凭自己一腔热血单打独斗不行，必须汇集社会力量。于是，他忍痛卖掉了两套住房和两辆汽车筹措一笔资金，成立斑斓叶种植联合体、产业协会和集团公司，制定种植和收购标准，统一收购价格，运筹发展规划。他的一意孤行，得不到妻子理解，婚姻也走到了尽头。

为了这棵“草”，他百折不挠、愈挫愈勇，终苦尽甘来。现在走进三更村，道路上停满了前来取经的车辆，斑斓创业示范基地里人头攒动，空气中弥漫着阵阵斑斓叶香。到 2019 年初，梁文彬身边汇集了 100 多名种植带头人，在 10 多个市县、50多个乡村都种上了斑斓叶，面积上万亩。目前公司已拓展股东50多个，遍布全省的种植斑斓热潮中。

他还通过抖音平台推广斑斓叶的赋能效果，切实地汇拢很多青年人一体创业，获海南省第一批海南乡土人才荣誉称号。他认为有了斑斓叶这个产业载体，既可将资源人才汇集在一起，通过政府“政、产、学、研”协同发展热带高效农业，让乡村振兴走上可持续发展道路，又可结合海南自贸港建设契机，让这棵闪烁着“侨光”的草通过博鳌论坛这扇窗走出去，变成“相思草”“联谊草”“财富草”与“梦想草”。

它似一坛香醇的美酒

斑斓叶作为一种植物能够被人类使用千百年而长久不衰，不仅是它的美食基因让人难以忘怀，还由于所蕴含成分有利于人类健康而芳名远扬。

经研究发现，斑斓叶含有绿叶醇、亚油酸、维生素K3和角鲨烯等珍贵营养成分。具有“三降”“三抗”和“三养”作用，就是降血压、血脂与胆固醇；有抗衰老、抗疲劳，养颜、养肝和养肾功效，难怪我的好朋友添哥在成都的产业如日中天，也矢志不渝，斥资几百万元回来老家文昌市重兴镇文魁村创办斑斓共享农庄，手持彩练当空舞，精彩一路斑斓梦。

不久前应他之约，我与一拨朋友来到了文魁村。刚好是一场大雨过后，走在整洁的村道上，春风和煦，两旁的椰子树下、槟榔林间斑斓叶葱翠茁壮，水珠还在绿叶上滚动。村子里大小有序的树林、果木把绿色打扮的错落有致、生机盎然。

添哥把大伙儿领到村里的休闲小广场，这里设有咖啡屋、音乐茶座、烧烤园、文化室和小舞台，来自各地的游客在绿荫下悠闲观光，在茶歇中谈笑风生，怡然自得。我们加入其中，品尝他们配置的斑斓红茶与九层粿、绿蛋糕等，果然非常美味。环顾四周，山清水秀，让人仿佛走进了一幅恬静安详的田园山水画。

到了傍晚，休闲小广场华灯初上，夜色阑珊，这里又自发成了一个乡村大舞台，村民夜生活丰富，周围很多村民和游客也被吸引过来喝茶、跳广场舞、唱海南戏、表演文艺节目，场面热闹非凡，人们像是不约而同地都喝了香醇的美酒般愉悦。

添哥对我们说：“文魁村得益于政府美丽乡村的建设，得益于斑斓华侨文化的浸润，村民们凝心聚力，通过发展斑斓叶产业，很多村民摘掉了‘贫困’帽，过上了好日子。如今，村民人均收入近 2 万元，高于全镇平均水平，小斑斓成就了乡村振兴大产业，美丽乡村变成了美丽‘香村’，这就是这个偏僻小山村的幸福密码。”

五彩斑斓，多彩多姿，它拥有翡翠般的碧绿，荡漾着淡雅的清香，承载了动人的风情，有着说不完的故事，让人陶醉在梦幻的世界里。

2022年07月24日写作于海南海口

记叙会文风情　讲述身边故事　弘扬乡土文化

多彩芒果

我国史书上不乏关于水果的故事。人们熟知的有“孔融让梨”、“二桃杀三士”等。有关水果的成语也比比皆是，如“望梅止渴”“投桃报李”“囫囵吞枣”。诗词中涉及者更众，杜甫有“一年好景君须记，最是橙黄橘绿时”；杜牧叹“一骑红尘妃子笑，无人知是荔枝来”；苏轼题“花褪残红青杏小，燕子飞时，绿水人家绕”。都广为传诵。

而在成千上万种果品中，独步天下、占尽风光、知名度极高，甚至成为重大历史事件主角的就是芒果。

演绎传奇故事

芒果原产于印度，在当地人眼里，芒果被视为“虔诚之果”“爱情之果”和“至尊之果”。芒果的名字就是来源于印度南部的泰米乐语，又叫“望果”，即取意于“希望之果”。

在骄阳似火的印度，人们敬奉的释迦牟尼佛备受酷暑的折磨，而郁郁葱葱的芒果树可提供连片的绿荫。有个虔诚的信徒将自己的芒果园献给释迦牟尼，好让他在树下乘凉。现在印度的佛教和印度教的寺院里，都栽种着高大的芒果树，佛堂中都能见到芒果树的叶、花和果实图案。印度教徒认为，芒果花的五个花瓣代表着爱神卡玛德瓦的五支箭，衡量信徒的尊崇程度在于能否做到每天用芒果枝叶来接清水淋洒在神龛附近。他们选用品相兼优的芒果供奉智慧的萨拉斯瓦蒂女神，她生长于印度，祈祷她能给人们带来平安快乐的生活。

芒果在印度人心目中象征着爱情，曾传颂有一个英俊勇敢的阿姆拉普利王子和名叫阿拉姆里的美丽仙女相爱，但却遭到“众山之神”的妒忌，于是派遣战将捉拿王子和仙女。骁勇善战的王子虽然战胜了无数兵丁，但却无法抵挡压来的巨大山石，阿拉姆里的下肢被压住了，王子竭尽全力用双臂撑开大山，保护心上人，但他们始终没能解脱出来。最后，阿拉姆里仙女变成一棵芒果树，用巨大的枝丫帮助王子撑开两山夹壁，迎着太阳绽放鲜丽幸福之花，结出累累爱情之果。印度古典文学著作中记载着这一动人的传说，芒果也成为印度文学作品中讴歌爱情的主题。

古代印度人还以占有芒果树数量显示身份。有记叙 16 世纪英卧儿帝王阿巴克的皇后，炫耀她有一个种植着 10 万株芒果树的芒果园，并常常在芒果收获的季节举行宴会，把最好的芒果赏赐给有功之臣，可见当时印度种植芒果的规模之大。时至今日，印度的贵族阶级仍然把拥有芒果树的数量作为衡量社会地位的一个标志。

世界上第一个把芒果传到印度以外的是中国唐朝的高僧玄奘法师，他的原型就是《西游记》中唐三藏。白龙马蹄朝西，驮着唐三藏跟从悟空、八戒、沙僧三徒弟，西天取经路上一走就是几万里，不仅取回经书，还传播了芒果。在《大唐西域记》中有“庵波罗果，见珍于世”这样的记载。他们不但把芒果传入中国，还将其传到泰国、马来西亚、菲律宾和印度尼西亚等东国家，甚至远到地中海沿岸国家和巴西、西印度群岛与美洲各国。

亚洲的芒果产量占到全球的80%，在我国海南、广东、广西、云南、贵州、四川、福建与台湾等地均有种植，不少地方弘扬着浓郁的芒果文化，如云南省丽江市华坪县就将芒果称为县树，广西百色市田东县荣获国家颁发的“芒果之乡”称号。

菲律宾人最喜欢吃芒果，他们说虽然世界上芒果产地众多，但数菲律宾芒果品质最佳，它以其气味香甜、果肉多汁、品行靓丽让人看一眼顿觉心旷神怡，闻一下令人垂涎欲滴，咬一口味道终生难忘。现在菲律宾大学研究人员还用人工遗传方法培育“无核”芒果，已取得初步成功，芒果在菲律宾被尊为“国果”。

崇尚美食的泰国人并不认同此说法，他们声称泰国的芒果才是真正的无与伦比。受人热捧冠名“婆罗门米亚”的品牌传说就足以印证。轴汉婆罗门酷爱吃芒果，又苦于没有足够的银两支撑，无奈之下，他把老婆卖了换钱来过足芒果瘾，由此落下笑柄，却意外使芒果扬名。

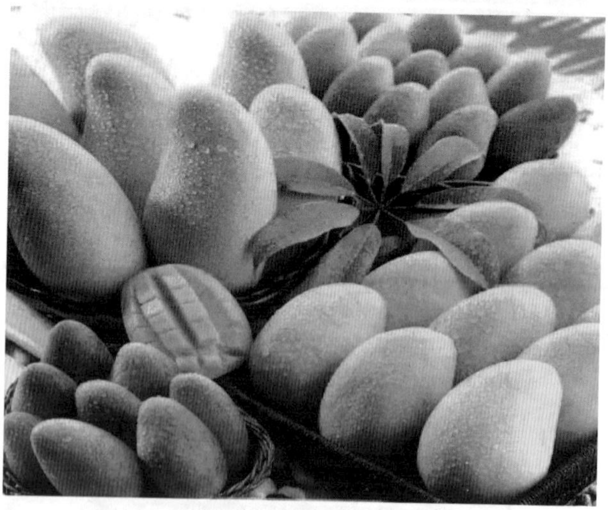

蕴含丰富特质

芒果之所以集千万宠爱于一身，源于其蕴含特质丰富。提起“芒果”，很多人的味蕾会涌上一股甜蜜，眼前出现黄澄澄的模样。这种来自热带地区，散发芬芳香气、沉淀丰润糖分的佳果，品尝过后让人难以忘怀，素有“热带果王”之美誉。

芒果树为常绿乔木，树高挺拔，冠幅丛翠，是遮风挡雨、纳凉的景观树，不仅在房前屋后、寺庙庭院种植，一些国家与地区还崇尚用芒果树树枝和叶子搭建通往婚礼现场的通道，以喻婚姻的美满和希望婚后生活幸福。

芒果树在世界上 80 多个亚热带国家与地区都可见到它的芳容丽影，它粗生易植，喜光耐旱，润泽丰实，具有极高的经济价值而备受推崇。

芒果在果类中品种数最多、差异性最大，计有 1000 多个品类，最大的如椰子有几公斤重，最小的直径仅 2 厘米，似葡萄。它形状有圆形、椭圆形、锥形、心形、肾形、蛋形、细长形、丰厚形、鹰嘴形与象牙形，大者称奇道绝，小者剔透玲珑。

芒果外观颜色绚丽多姿，红黄绿青紫赤橙均有，还或红黄相间，或青橙一体，或紫赤并存。大街小巷，琳琅满目，芳香四溢，吸引着人们的眼球，冲击着人们的味蕾。

芒果早、中、晚熟品种齐全，而且时间跨度长，品果贮藏容易，运输便捷，一年四季都占据着水果橱窗的显赫位置。它熟、生食皆宜，熟食唇齿留香，生吃削去表皮，果肉切片，加入椒盐拌食，酸中带脆，风味独特。若用之腌酸，配茶送饭也别具一格，妙不可言。

芒果营养成分卓乎不群，富含维生素、蛋白质和糖类。吃芒果可以补充人体所需要的营养物质，可快速恢复体力、消除疲劳、促进代谢。它具备胡萝卜素、叶酸、电解质等成分，吃芒果可帮助人体摄取膳食纤维，在肠道内产生大量水分，刺激肠道黏膜，促进肠道蠕动，起到润肠通便的作用。它还富含氨基酸、微量元素与矿物质，吃芒果还可以滋润肌肤、养脾护肝、增强记忆力、提高免疫力及降血脂、降胆固醇、预防心血管疾病等功效，是老少皆宜的水果。

A10 专题 | 关注2017·芒果飘香昌江情

海南日报

种植面积5.6万亩，农旅融合初具成效，芒果成农民稳定增收产业——

昌江：芒果之乡美名扬

立夏过后，农作物进入迅速生长期，位于海南岛西部的昌江黎族自治县，沉甸甸的芒果已然压弯了枝头，散发出诱人的果香。经过数十年的精心培育，昌江芒果产业不断发展壮大，已成为当地农民持续稳定增收的重要来源。而昌江，也成了远近闻名的"中国芒果之乡"。

芒香醉人情更浓　昌江——芒果之乡美名扬

勾画美好人间

海南岛盛产热带水果，芒果尽管不是原生物种，也处处绽放着异彩。不仅品质优良，而且年产量达 100 万吨以上，是全国之冠。

每年的 5 月仲夏，走进素有“中国芒果之乡”美誉的昌江黎族自治县，山坡地头连片的芒果园，沉甸甸的芒果压弯了枝头，散发着诱人的果香，吸引着一拨又一拨前来观光、品尝与洽购的宾客。

昌江芒果“树王”超过三百岁，树高 15.1 米，位于昌江县七叉镇乙劳村

昌江早在唐宋年间就有种植芒果的记载，如今在霸王岭脚下的七叉镇，还生长着数百年树龄的野生芒果树，历经了风霜依然枝繁叶茂、硕果累累。现在，芒果已成为昌江一大产业，特别是海南建省后，经过数十年的精心培育，芒果成为农业主导产业之一，是农民持续稳定增收的重要来源。全县种植芒果 5.6 万亩，有 20 多个品种，年产量 6 万多吨。从 1996 年开始，每年 5 月举办“芒果节”，通过宣传促销，昌江芒果的影响力和知名度不断攀升，历经二十多年的营造，“昌香牌”芒果已成为全国著名品牌，荣获“全国优质芒果基地县”“全国高产优质高效芒果标准化示范区”等荣誉称号。

山海黎鄉
Beautiful ChangJiang
® Natural Li Land
纯美昌江

中国芒果之乡邀您品芒香赏风光游昌江

在地处海南南部的南田农场，人们由衷赞叹这里出产的芒果果形靓、果皮薄、果核小、汁水丰沛，轻咬一口，果肉绵蜜，果液浓郁，果香满嘴。正因为因势利导种植芒果，南田农场从全省最贫困农场之一变成国家级龙头企业，从贫困面高达 95% 到 6500 多栋“芒果楼”拔地而起，成为海南农垦系统的一面旗帜，向着率先全面建成小康社会目标奋进。这些得益于芒果，坐落在林间水边风格各异的二三层小洋楼，已成为南田农场最靓丽的一道风景。

南田农场芒果地以及芒果地内的“芒果楼”

在我过去上下班每天路经的椰城国兴大道，首先映入眼帘是一棵棵芒果树，并排肃立驻守在道路旁，像一个个坚定的哨兵，昂首挺胸，展开绿色大伞，遮挡着烈日与风雨，吸附着尘埃，把美好洒向人间。

海口国兴大道两旁的芒果成为城市里一道靓丽的风景线

春光明媚，万物竞新。芒果树抽出了嫩绿色枝条，然后慢慢长出叶子，尔后又开满金黄色的小花，散发出淡淡的幽香。阵风吹过，小花左右摇摆，好似对着人们微笑，一簇簇花朵引来无数蜜蜂，它们在阳光照耀下采着蜜，快乐地穿梭在车流人群中。

炎热盛夏，无情的太阳把“严厉的目光”投向大地，而芒果叶子已经长成大片大片，像一把长长的绿色扇子，不断地扫着凉风，树上结下的嫩粉带绿的小芒果，颇具特色。

金秋时节，芒果树上偶有叶子变成金黄色，飘落下来就像一只只黄蝴蝶在翩翩起舞，一颗颗硕大成熟的芒果垂了下来像千百盏小灯笼，金灿灿、红彤彤，在绿叶下灼灼闪光，好像是等待着参加盛装舞会，又像是刻意来粉饰市井街容。

寒风习习，随着北风吹来，芒果树叶又在沙沙作响，它一边领略冬天的冷酷，一边窥视身着厚厚毛衣的过往人群，自己只披着粗糙的树皮矗立原地，让人在钦佩你不畏寒峭的同时，你又在积蓄力量，为了明年结出的果实更加丰硕。

冬去春来，睹物思情，不禁轻吟《咏芒果花》：“外出采青，偶见芒果花盛开，花满树冠，葳蕤压枝，煞是好看。”

还有人感慨，来世情愿做一棵芒果树，一年开一次花，一年结一次果，不畏严寒，不惧酷暑，随风的柔和，随雨的清凉，随光阴的更迭，随大地的脉搏，静处人间宁谧。

2023年01月26日写作于海南海口

五指山下弄茶人

五指山茶（海南大叶种），源远流长，闻名遐迩。有史书记载：“气味香美，冠诸黎山。”被列为朝廷贡品。

茶家人

知道我爱茶，在五指山市文昌商会担任会长的老乡黄先生多次邀请我前往参观体验五指山茶，还说蜚声省内外的水满乡弄茶人王雄青是他的挚友，热情好客，拜访他讲茶论道往往让人大喜过望、收获满满。

盛邀之下，我和川哥、小谢等几个朋友不久前欣然赴约，黄会长特邀百忙中的王雄青在该市的“旅游山庄”热情接待了我们。

第一次见到传说中的“茶家人”王雄青，感觉人如其名。他个头不高，约 1.65 米，已近中年，皮肤黝黑，长得很壮实，大眼睛、小额头、发质乌黑粗硬，浑身充满着朝气。他脸含笑意，带着敦厚纯朴的表情。听说我们将到水满乡茶区一行，他异常兴奋，伸出一双粗壮的大手紧握不放，我发现他的手指甲修剪得非常整齐，给人留下了很好的印象。

用餐后，小王从挎包里拿出一袋精致的红茶冲泡，正好店里工具一应俱全，他非常流畅的煮水、洗杯、测温、烫茶、冲泡，整套操作流程一气呵成，当汤色红亮的茶水端至我等跟前时，只觉一股清香扑鼻而来。他让我们几个先闻闻茶香，领略其茶道的魅力，见我们咻咻喝得欢但说不出个所以然，遂娓娓道来："这抹香正是他自己亲手制作的红茶，特点是色泽乌润，内质汤色红浓、香气高而鲜甜，滋味浓厚。"这一解答，不由得让大家啧啧称赞。

交谈中得知，今年 46 岁的王雄青出生在五指山市水满乡方龙村，祖传茶业，种有茶山，可以说他是闻着茶香长大的。小时候看着爷爷奶奶做茶，等到再大些就给爸妈打下手，在耳濡目染中练就了一身过人的"茶功夫"，他自然而然成了"茶三代"。

他还笑称，自己与茶的缘分算是与生俱来。从小就喜欢喝茶和琢磨茶，不仅热爱种植，还跟着大人们进山采摘茶。这得益于父母亲将一门好手艺传授，让他对茶更为着迷。为百尺竿头，王雄青后来又向中国农业科学院茶叶研究所的专家拜师学艺，闲暇之余他还喜欢书海阅览茶界春秋，博采众长，不断丰富自己的茶文化内涵。

茶农王雄青在手工制茶

王雄青话中坦陈，制茶是个辛苦活儿，更是个技术活儿。刚开始学制茶时，采摘、揉捻、发酵都把握不好，制出的茶叶苦涩难喝。传统手工制茶需要有足够的耐心，更需要学会观察茶叶的状态变化。可以说从采摘到加工全凭一双手，尽管耗时费力，一家人围着铁锅簸箕忙碌得大汗淋漓，一整天下来制出的干茶也不过几斤。若揉捻茶叶劲力运用不够细致，发酵茶叶成色判断有失精准，对季度、气温、光照采量悟性不高，憧憬精品又变雾里看花。好茶叶得益于一代代茶人锲而不舍的经验积累和与时俱进的创新集成。

随着产业机械化不断普及，传统手工制茶面临严峻挑战，就经济效益而言相形见绌，使如今不少茶农放弃手工制茶，选择直接出售茶青。为留住这缕茶香，传承独具一格的黎族传统技艺，王雄青觉得肩上的担子更重了，尽管前行很累，他依然乐此不疲地坚持了近二十年。由他开发的五指山众富水满茶业有限公司始终致力挖掘弘扬传统茶文化，令人倍感欣慰的是，黎族传统手工制茶已被纳入五指山市级“非物质文化遗产代表性项目”，一批有志新人将脱颖而出。

五指山下看非遗黎族传统制茶技艺：品一香茗感悟惬意人生

茶山行

次日一早，在黄会长与王雄青的陪同下，我们来到了五指山脚下的水满乡茶产区。放眼眺望，这里雨林茂密，怪石嶙峋，细流涓涓，满目青绿，空气中弥漫着一股清香。

水满乡地处五指山市生态核心区，属典型的低纬度、高海拔热带海洋季风气候，它冬春雾罩，夏秋云绕，夏无三伏，冬无霜冷，土壤肥沃，得天独厚的自然气候环境孕育出优良的茶叶品质。

我们一行乘坐越野车在一片片茶园中盘山而上，仿佛置身于绿野仙踪。从高处向下望，像是一座座巨大的、出路清晰的绿色迷宫，又像是大地新修剪的发型，让人震撼。半山中下车近距离目睹，低矮的茶树像是排列整齐的士兵，而偶见几棵突兀的直立在茶园里的高大茶树更像是带领队伍的军官，茶乡人把茶场装扮成了绿色天使。

在毛纳村泊车小歇，这里依山傍水，苍翠尽收，花茶飘香，令人陶醉。王雄青绘声绘色对我们说：“毛纳村是中国美丽休闲乡村，村民们凭借特殊的地理条件，大力种植本地优良的大叶种茶，成为黎乡群众脱贫致富的‘金叶子’，并打造‘全域旅游示范村’项目，美化了环境，让潺潺山泉穿村而过，蝉鸣蛙叫不绝于耳，茶香花沁满山飘逸，吸引大量游人光顾这个原本远离喧嚣的黎族村寨。”我们流连于小桥凉亭、曲径通幽美景中，由衷赞叹勤劳智慧的黎族乡民妙用园林和自然山水间，搭设茶室览亭，展示歌舞，给人一种诗情画意之感，不由兴趣盎然。

五指山脚下的海南大叶种古茶园

来到山水交融的黎寨深山，王雄青指着几棵高大粗壮的野生茶树，无不动情地说："这些珍贵的自然资源就是充满传奇色彩的'海南大叶种'茶。它具有海岛生态赋予的独一无二的'基因'，成为茶叶中的瑰宝。"

随着他的激情讲述，我们深切体会到，幅员辽阔的神州大地为茶文化的延续发展提供基础，即使是地处大海之南的海南岛，也悠悠茶香延绵千年。寻茶之旅起源于三千多年前，古百越族群渡过凶险的琼州海峡，孤悬海外的海南岛迎来了第一批居民——黎族人，他们在五指山一带的原始丛林间搭起船形屋，从采集、渔猎发展至刀耕火种，当"神农尝百草，日遇七十二毒，得茶而解之"时，茶就与先人"相依为伴"。

民间有传说，唐天宝七年（748）六月，鉴真师徒和日本僧人荣睿、普照及水手一行第五次渡海时遇台风，漂至如今三亚大小洞天景区一带登岸，因水土不服，不少人出现腹泻、呕吐、疲乏的症状，幸有一名来自五指山的黎族医者，采来水满乡茶送给鉴真师徒一行煮水服用，几天后体力恢复，精气神大振，不禁赞叹："真可谓水满神叶也。"

五指山热带雨林深处一株“树大盈抱”的野生古茶树

诗人王佐有称誉海南大叶种茶佳作《野茶》：“谁识炎州一种茶，天教灵产閟烟霞。建溪斗美非吾事，阳羡先尝自一家。闽客错猜龙换骨，国风休咏鼠无牙。”诗中“炎州”指的就是海南，道出海南野生茶沐浴仙露，笼罩烟霞，茁壮成长，虽少为人所知，但可以与福建茶相媲美。

此行让我们不难理解，为何五指山茶早在明代已是“土贡品”，清代驰誉岛内外，民国时期陈铭枢总纂的《海南岛志》称其为本岛“最有名之茶”。难怪它隐深藏秘，虽山道崎岖，野兽出没，蚊虫众多，但冒险采摘者自古不绝，至今当地还流传着“早早带上饭，相伴去采茶；山里茶好多，山高好辛苦；来来呀来来，你要摘就来；阿嫂快来摘，不摘要变老”的动人歌谣。王雄青也印证，他为赶在晨雾下采摘春茶，经常和伙伴不畏山高林深，在山洞里过夜，在洞口烧堆火取暖，同时火堆也能防止野兽靠近。有时赶上天色已晚，来不及也认不得回家的路，又饿又累，但为了这杯茶，他们情愿付出。

五指山所产的茶为大叶乔木种，后被称为“海南大叶种”

巧茶匠

在王雄青看来，一杯好茶的“秘诀”，首先得益于难以复制的珍稀品种。而同一类别的茶青，例如早春茶和夏季茶的差异就很大，春茶芽苗壮、品质更好；夏季茶青水量充沛，在萎凋时则需要更长的时间与足够的耐心。其次，天地造化亦离不开一双巧手。茶青从采摘、萎凋、揉捻、发酵、干燥到提香，每个加工环节都至关重要，不能出错。根据不同的环境、天气和时间，制茶的手法和功力的运用都有所区别，这样才能充分地把茶青的清香之气激发出来，茶叶内含物质发酵、茶叶颜色把握恰到好处。另外，精心细作冲泡，将茶叶秉性之美妙瞬间萦绕充溢，盈盈弥散出如花如蜜的清香，回甘翻转如同余音袅袅。

基于这样的理念，王雄青从不放过制茶的任何细节，哪怕看似最平常不过的采摘，都非常讲究。采茶青的时候，除了选择好的天气时节外，必须用拇指和食指将一芽两叶掰断下来，不能用手指甲掐，因为用手指甲摘茶青容易留下很深的颜色，会影响茶叶的品相，也会影响茶汤的味道。怪不得他任何时候都把手指甲打理得格外精致。

巧手翻飞，茶香四溢。王雄青如是说，制作红茶时，将茶青采摘回来后，要立即将其均匀摊开，薄薄的铺放在竹编的圆簸箕上，这一过程称作萎凋，期间茶青会发出一系列的物理变化和化学变化，随着水分、热量的减少以及内含成分的转化，叶质逐渐由硬变软，叶色由绿色变为墨绿，青草气也随之散失。

通常要等到10多个小时后，才会将萎凋的叶子投入木质的揉捻机中，沿顺时针方向一圈圈转动起来，揉捻中叶片会形成卷曲状茶条，同时力的作用让其细胞壁破裂，溢出的茶汁附在已形成的叶片表面，与空气中的氧气接触后，为下一步的发酵做足准备。而发酵则是制茶工艺中至关重要的一环，发酵率越低，茶越接近自然状态，发酵率越高，内含物质转化越多越彻底，越能释放出更多奇妙滋味。等到茶条见红，即可赤手打散，之后用竹笼子盛放到烧着木炭的火膛口，不时用手翻动，将其缓缓烘干。

王雄青认为，制作红茶的每道工序都要遵奉“看茶做茶”的原则。摊晾萎凋的状态、揉捻的程度、发酵的时长、烘烤的过程都必须密切关注，不能疏忽大意，否则一个环节出现差池，就会使整批茶叶累卵之危，只有方法正确、技术到位，才能获得汤色红艳明亮如同南国红宝石、甘甜清香伴有花果气、鲜爽醇厚耐冲泡的优质红茶。

如果说制作红茶是与天时比耐心，那么制作绿茶则是力气活。

将晾过的茶青倒入铁锅，用小火反复翻炒，待到茶变软时，将其倒在簸箕上轻轻揉捻，接着再次入锅翻炒出锅压揉，三个流程后，再以木炭为热源进行烘焙生香，绿茶制作才告完成。别看过程没有红茶烦琐，但铁锅前蒸气缭绕，灼热异常，来回反复，倍觉辛苦。不少茶匠玩笑言："不爱绿装爱红装（茶）。"

讴茶韵

本是几片普通的树叶，历经揉捻烘焙的磨合后，竟能在水的呼唤下演绎出百般滋味，从而登上世界三大饮料之首。

每当提起这波茶韵，王雄青总意犹未尽对我们说："茶的世界很精彩，这不仅是因为茶在许多方面有着养生的作用，更因为自古以来，茶就有‘待君子、清心身’的意境。”

当客人来访、好友相见，都会以一壶茶来相伴，大家在泡茶和喝茶的时候，畅叙友谊的真诚、岁月的美好，忘记了生活中的烦恼。百忙之中，泡上一壶浓茶，择雅静之处自斟自饮，可以消除疲劳、减轻压力、涤烦益思、增进食欲。喝茶要随性细啜慢饮，方能达到美的享受，让精神世界升华到高尚的艺术境界。古往今来，不少士大夫和文人雅士为此创作脍炙人口的诗赋就有四百多首。

五指山茶的美妙在于一杯香茶入口，就能品酌出海南生物多样化孕育的山水风味。一旦端起茶杯就舍不得放下，非得拆解这片树叶的味觉密码，正所谓品茶重在品鉴。

首先是品香气。五指山茶属不落地加工，净度极高，闻香气主要看，有没有异味，香气的浓淡是否持久。其次品滋味。茶汤到达口腔之后，将茶汤在嘴里打散，让其分布到舌头的不同位置，然后用味蕾去感受茶的鲜甜苦涩与醇厚度。再就是品后劲。好茶喝了后，感觉喉咙很舒服，口腔生津，甚至身体会微微发热，这就是五指山茶所蕴含的“清、甜、香、润”山韵。

泡茶也很讲究。王雄青一再强调，要选用山泉水或活水，让茶叶在蒸汽和注水作用下，慢慢苏醒，舒展激活，汤色鲜艳明亮。茶汤入喉，鲜爽顺滑，生津回甘，茶香层层叠叠在味蕾中绽放，弥漫到整个口腔。好的五指山茶持久耐泡，六泡之中，叶底柔软，韵味犹存。

在王雄青的心目中，五指山茶不愧为我国茶叶的臻品。他如数家珍般予以论述。

△ 早在1882年10月至11月间，美国传教士、植物学家香便文(Rev. B.C.Henry)和他的好友、美籍丹麦人冶基善(Carl C. Jeremiassen)一起对海南岛进行了为期45天的徒步考察，在所著的《海南纪行》中认定海南野生茶树为海南本土原生，非常珍贵。

△ 此茶在20世纪五六十年代就走向国际。1959年，由广东省外贸局组织完成的《海南岛茶叶勘察报告》中提到，海南大叶种品质优异，经试制成茶可与世界上著名的印度红茶、锡兰红茶媲美。当时的“远洋”牌CTC红碎茶，曾远销美国、新西兰、日本、法国、新加坡等18个国家与地区，名扬四海。

△ 在2021年中国国际进口博览会上，五指山茶凭优越的生长环境、稀缺的种质资源、独特的滋味口感，成为往来宾客盛赞的“茗星”，其拳头产品“金鼎”红茶荣获茶叶协会2022年茶叶品质五星评价。

△ 五指山茶已成为五指山市一大产业，走出一条具有地方特色的高质量发

展之路。仅水满乡就拥有工商登记注册的茶企17家，大小茶厂也有十余家，茶文化更加丰富多元，各种茶产品早已飞入寻常百姓家。

是呀！茶道，就如人生之道。与王雄青结缘于茶的这几天，我受益匪浅。握手道别后，注视着他的背景，宛如与一杯清茶对视，只要将其投入沸腾的水中，必将自身的能量和价值释放。人生百态，难免跌宕起伏，矢志不移者，最终安好。

2023年02月18日写作于海南海口

（三）乡土风情

记叙会文风情　讲述身边故事　弘扬乡土文化

俗中有雅老爸茶

老爸茶在海南民间经久不衰，已成为别开生面的一道风景线

历史上的老爸茶，顾名思义，是上了年纪的男人喜欢喝的大众茶。伴随着时代环境的变迁，生活习性的多元，它亦逐新趣异、与时俱进。

如果说过去的老爸茶是老爸们谈天说地的至爱，现在却有各路神仙纷至沓来。因为它的随意、安逸、热闹、美味，不仅让一拨退休人员、歇工时段的工人、农民以及一些生活比较闲适的工作人员和其他闲杂人员都喜欢惠顾；一些学生在空闲时间也会三三两两过来帮衬，权当作为了解社会百态及外界沟通的重要场合；甚至不乏老妈子的身影，她们一手摇着蒲扇，边呷茶边东家长西家短，谁家媳妇孝顺、谁家儿子发财、谁家孙子乖巧，鸡毛蒜皮的小事也聊得津津有味。随着国家改革开放、海南建设国际旅游岛、设立自贸港，各方来客接踵而至，老爸茶作为海南特色民俗，宾客们觉得到了宝岛不体验一番会留下遗憾，因此人流中又挤进流连的他们。

咖啡（哥必欧）

一天下午，我和邻居的林工程师及几位朋友慕名光顾海口市兴丹路附近的一处老爸茶。虽然店面是大众化装潢，但场地宽敞、人头攒动、座无虚席，我们好不容易才挤到边上桌子坐下。我环顾四周，果然茶客风采各异，虽然老爸们相对占主流，也有不少年轻人及女性同胞结伴同行，还有外来客商在此领略风情，众声鼎沸，生意一派兴隆景象。这里的各类点心、特色小吃种类繁多，茶奶及各色热食冷饮琳琅满目。空气中除了热气升腾，还飘逸着奶茶芬芳和煎油的酥香。

奶茶（茶滴）

顾客都很闲情随性，有的谈古论今，有的读书看报，有的喜跃抃笑。服务员笑容可掬来回穿堂，给这个添茶水，给那个端小吃，忙前忙后服务周到。我们邻桌的几个年轻人一直在笑语盈盈，我不由侧目留意，恰逢一小俊男又在谐谑：“一个人骑摩托撞到了宝马车，美女司机下车后笑眯眯安慰被吓坏的他说：‘帅哥，车不重要！关键是你伤到了没有，要不要去医院检查一下，千万别紧张，先喝点这个压压惊。’面对美眉，感激涕零的摩托司机马上将她递来的大罐啤酒一饮而尽。这时，美女朝车内喊道：‘老公，现在可以报警了。’”言罢哀叹现在靓女水深，引发桌上又一阵欢笑声。没想到林工也被逗乐，转而给我们上眼药，他说曾经茶桌上听几个老叟调侃：有家姑娘长得很漂亮，众男生去提亲，女方家长让各自介绍情况。甲男自豪地说：“我有两千万存款。”乙男自信满满道：“我有一栋豪宅价值三千万。”家长很满意，转问丙男：“你的优势在哪里？”丙男腼腆讲：“我什么都没有，只有一个孩子，他就在你女儿的肚子里。”甲、乙二人面面相视，无语走人。老叟还颇有感触地说：“这实际比的是核心竞争力，钱和房子固然重要，起决定作用的是他关键岗位上有人。”林工鹦鹉学舌般的幽默，让我们不禁哈哈叫绝，又引来周围诧异的眼光。

点心

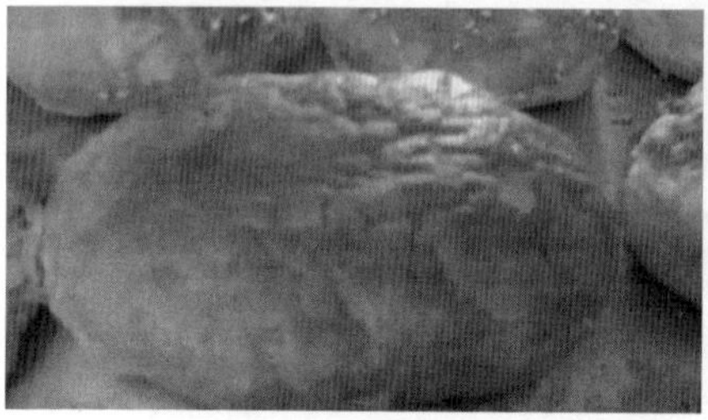

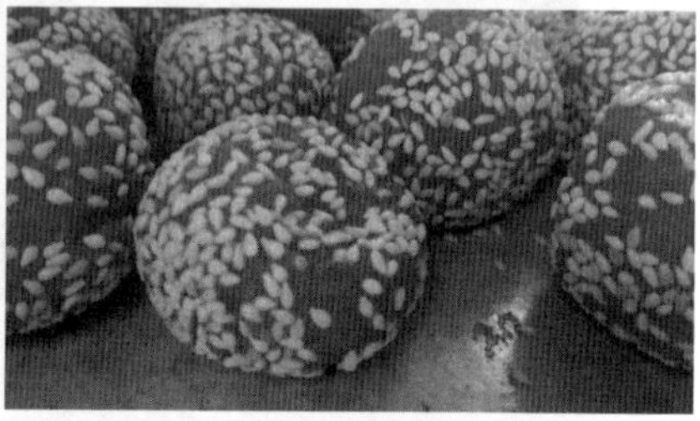

老爸茶

茶趣的所见所闻所为，深切领悟到老爸茶里别有洞天。

有人认为，海南老爸茶是舶来品。它起源于西方社会，西方人喜欢喝点加糖或淡奶的红茶，配以西点怡情消遣。20世纪初这个习惯传到马来西亚、新加坡等国家及我国香港地区。海南人多下南洋外出谋生，久而久之回乡时也将这些习俗带了回来，慢慢地把这种喝茶的方式演变成自己的生活习惯。

也有人云，老爸茶是本地祖公。早期海南人多以打鱼为主，男人们通常天没亮就出海捕捞，直到中午才回来，晌午觉后空余时间大家就聚在一起喝茶聊天，这种消遣方式便自然而然地在民间市井流行了下来。

还有人说，老爸茶是适逢海南气候炎热、四季无冬，喜荫下乘凉的环境，承蒙喜欢自由、崇尚轻松、追求闲适生活方式的秉性应运而生，而非外地传入。

且不论老爸茶来自何种源头，岁月如梭使它蜕变为饱蕴地方民俗文化是不争的事实。

咖啡奶（哥必奶）

老爸茶备受大众青睐，几乎随处可见，场地有大有小，装饰有简有繁，盛热时甚至路边树荫下也摆摊经营，大都生意红火。店面简约者，以红茶、绿茶、鹧鸪、苦丁茶与咖啡等本地品种为主打，配以包子、薏粑、烧饼、花生与瓜子倒也门庭热闹。店面宽阔装修讲究者，品种异常丰富。除了各式茶奶、热品冷饮和果冻外，其他如面包、饺子、馒头、酥饼等一应俱全。尤其是特色小吃番薯汤、绿豆爽、清补凉、鸡屎藤粿仔、猪血杂拌、鹌鹑蛋羹、砂锅粥、粿条汤、糯米粿等应有尽有。通常店里摩肩接踵、烟气缭绕、声浪阵阵、其乐融融。不论消费丰俭、时间长短、人员众寡，哪怕一壶茶、几个饼、一碟花生从早坐到晚，都绝对不会有人下逐客令，顾客乃上帝是他们灵活经营的法则。

我有一位朋友叫谢哥，尤其喜欢喝老爸茶，闲来无事，一个人照喝不误。有一次他兴冲冲拉着我说去见识老爸茶的新大陆，我们驱车到文昌市区高速公路出口处一间老爸茶，神秘兮兮道："这里刚开张不久，制作的煎堆、裂糖、大心薏粑、排骨大包和牛洗（高粱）粕按脍炙人口，岛内无双。"店里熙熙攘攘，得排队候座，虽然等待近二十分钟，果品的确名不虚传。走时索性每人打包一小袋（不给多带），分享者也都交口称赞。

薏粑

海南人现在把喝老爸茶称为“吃”老爸茶，一字之差，这除了本地方言因素的影响外，也与吃茶更能延伸其韵味有关。现在涉足茶店对很多人来说茶是配角，主角是馔食精美的包点和特色小吃，如海南粉、海口核桃酥、儋州米烂、文昌三角馏、抱罗粉、琼海粿炒、万宁后安粉、定安粽子和陵水酸粉等都深受欢迎。早上光顾，一碗粉汤加一个包点就是一顿美餐。晌午觉后，一杯清茶一个烧饼打发一个日斗（晌饭后餐）。傍晚，几个朋友相聚店里，泡上一壶浓茶，点上酱汁凤爪、抱罗粉汤、肉蛋粽子与香煎春饺舒舒服服就把晚饭圆满解决。

三角馏

尽情陶醉在无拘无束的环境下，悠然交流、排遣烦闷、缓解压力、分享信息、谈天说地，老爸茶应景而兴，它并非人们无所事事、碌碌无为而行成的产物。它的存在，让人由喝茶而沟通，由沟通而理解，由理解而和谐，变成了民众的“沙龙”，坊间的“议政厅”，学古的“讲堂”，彩经的“研究所”，民俗风情的“展厅”。它的流行，不仅是纯粹的喝茶，也不单单表现为一种人与人之间休闲方式，它的意义在于揭示了老爸茶可成为人们思想上交流碰撞的场所，喜怒哀乐一切尽在深壶浅杯之间，人生甘苦充分透析入或浓或淡的茶水中，所有大事小事、风风雨雨、曲曲直直无不弥漫在热茶袅袅的轻烟里。

会文乡亲云敬军先生经营的位于海口市琼山区博雅路的四方大茶楼

老爸茶一把茶壶、一只茶杯，它是一种寄托、一种眷念、一种风雨兼程中难得的恬静。它令人不拘泥于饱暖物欲，伴随着春夏秋冬、诗词歌赋而流光溢彩，昭彰精神与灵魂的欢愉。

2021年11月2日写作于海南海口

记叙会文风情　讲述身边故事　弘扬乡土文化

家乡的椰子树

文昌是著名的椰子之乡，我的家乡就在文昌市会文镇的十八行（大概念），这里绿树环绕、椰林婆娑。

椰子树是家乡的一道风景线。它原产于马来群岛，在海南种植已有两千多年历史，如今椰子总产量占全国80%以上，其中一半出自文昌。在会文镇随处可见一排排高大挺拔的椰子树，它树干笔直、无枝无蔓、具环痕，宽大的羽毛状叶片从树干顶端垂下，远远望去就像一把把绿绒大伞，笼罩下的串串椰子青翠夺目，任凭风吹雨打它都不会倒下，即使被狂风刮弯了腰，同样钢铁般稳扎大地，一年四季开花结果。

椰子树是宝树，家乡人对它情有独钟，不论是房前屋后，还是路旁田边、或是山坡丘陵都喜欢种植。它粗生易长、物阜民丰，与这方土地上生活的人家密不可分。

椰子树属常绿乔木，是热带地区美化、绿化环境的重要树种，是夏暑的空调机，也是氧气加工厂。椰林下是乡亲们休闲娱乐的好场所。椰子树具有极高的经济价值：椰子水清凉爽口、生津止渴，富含矿物质和多种维生素，还可作为护肤品原材料；椰子肉白甜醇香，以它为原料可以加工多种食品饮料，如闻名遐迩的椰树牌椰子汁以及春光牌椰子粉、椰子饼干、椰子酱、椰茸等系列产品；利用椰子壳制作的多种工艺品也驰名中外，海南椰雕如碗、酒杯、猴头等，古时候是“天南贡品”，现在是外国游客的必买伴手礼；它还可以生产用途广泛的活性炭；椰树树干可作为檩条和铺板；椰子叶可以编织篱笆盖草房；椰树皮可做地毯或绳子；椰丝加工的沙发与床垫畅销省内外；椰树根具有消炎利水的功效；

椰子树的落叶、外壳当年是家乡人的珍贵柴火。

椰子树好处多，采摘椰果是辛苦活，孩儿时一听说摘椰子就打哆嗦。跟着母亲一路翻山涉河，她扛着长长的竹竿钩在前面走，我拖短竿钩在后面紧跟着，树高长竿钩够不着把短竿绑上加长。大人主钩摘，我们姐弟主采收。续钩还不够者只能请爬树的师傅来挑头，当年村里头“椰子贺”应运而生（爬摘椰子拿报酬、沿村叫喊而得名）。我曾经模仿过“椰子贺”的动作，因太过危险被母亲叫停。如今人们很聪明，用铁打造一双带半圈箍的鞋套，腰部再套上一个半箍，像猴子上树般轻松登上树梢，还能解放双手自由自在采摘椰果，大大增强了工作效率。但心痛的是，近期我发现老家稍高的椰子树都是钉痕累累。好在它生性顽强豁达，不因此影响结果。

椰子树是英雄树。在乡亲们眼里，它如傲骨挺立，似松柏高大。有一个远古的传说：一位英勇的海南黎王，一次征战获胜凯旋时，因疏于防备，被奸细谋害，他们把黎王的头颅悬挂在旗杆上，并通知黎王的敌人来领取首级，并想因此获得奖赏。当敌人队伍来到时，旗杆突然升高，黎王的头颅怒视群敌，来敌用乱箭射向黎王头颅，旗杆又不断升高，此景让敌人惊恐万分，落荒而逃。后来，旗杆变成了椰子树，黎王的头颅变成了圆圆的椰子，飞箭变为羽状的椰树叶。椰子树以坚贞不屈的高大形象深深烙印在海南黎民的心中，并最终将敌人消灭。故事可能也感动了古代一位名叫沈佺期的诗人，他赋诗一首《题椰子树》：“日南椰子树，香袅出风尘。丛生调木首，圆实槟榔身。玉房九霄露，碧叶四时春。不及涂林果，移根随汉臣。”这首诗表达了作者对椰子树英姿的仰敬以及内心深处的悲催情怀。

诗人当然无法知晓，他赞美有加的椰子树，后来作为琼涯人民在浴血抗战的艰苦岁月里的主要物资。人们用椰子肉制作各种食品适时补充能量，用椰子水作为血液代用品直接输入伤病员的血管中，挽救了无数的生命，为在共产党领导下，坚持二十三年红旗不倒立下汗马功劳。

椰子树是感情树。家乡人与椰子树朝夕共处、相伴而居，它挂果满树，刮风下雨时有掉地，却从不滋事。因此，长期以来人们趣说，有户外飞鸟粪便洒人，有天落石头不幸伤人，没有树上椰子掉下砸人。所以，椰子树不伤人，椰子不打好人也就自圆其说。不过也有人认为，被椰子打到的人怕沦为坏人，自然也不想说。

关于椰子树，乡亲们还描绘了一个动人的爱情故事。很久以前，有一个妇女生的第五胎是个圆圆的椰子壳，一迟疑就将其丢到了河里，椰子壳在河里漂

流时被一个农民捡到了，椰子壳对农民说："收下我吧，我会帮您放牛和种地。"农民摸了摸椰子壳把它带回了家。椰子壳果然勤快，放牛、种地都是一把好手。老农民有个漂亮的女儿，每天给椰子壳送饭，它总嫌饭吃不饱，生疑的她在一天送饭后躲在树后观察。原来在她离开后，从椰子壳里蹦出一个英俊的小伙子。姑娘把此事告诉了父亲，农民难以置信，第二天他尾随女儿一道而去，亲眼看到了这一幕。老农民便提出想将女儿嫁给椰子壳，椰子壳对姑娘说："我本是一条龙，因为厌倦水里的生活才来到岸上，遇见你就像看到了婀娜多姿的椰子树。"从此，他们夫妻相亲相爱，勤恳劳作过着甜蜜的生活。

椰子树品种有青椰、黄椰与红椰，一年四季穿梭扬花挂果、有需而为，给家乡人带来无限温馨享受。椰青嫩果，汁水丰盈肉长薄，此时的嫩肉非常好吃，劈开外壳后用勺子轻轻把肉刮下与汁水一起装入盅里，加少许盐放进冰箱，秋夏盛暑入口即化，有挡不住的风情。椰青长老后，果肉长厚水最甜，肉质松软适度，是椰子煮鸡的最佳材料，汤浓肉白，男士冬季强体，女宾春来丰胸。老来俏的椰子摇晃时有水响声，它壳坚硬肉紧实，是榨汁、炼油和雕刻工艺摆件的不二之选。

椰子树是神秘树。它在人前光环耀眼，身后也扑朔迷离。椰子树怕鬼的传说就曾不胫而走，还有不可思议的喜欢盐之说。世界本来没有鬼，椰子树怕鬼之说也是未解之谜。为什么椰子树都是种植在村里田边、众人流连、日照灯亮的地方？为什么少有椰子树单棵独种、只身孤影的情景？为什么一棵兀立的椰子树大多都是发育不良、难结有果？以此作为它图热闹、爱群居、喜亮光、恐落单、害怕鬼的佐证。其实不然，椰子树是热带作物，趋光是秉性，它适合在温度高、二氧化碳含量浓的条件下生长，在人多车多、灯多树多的环境中自然长势昌茂，与怕鬼的无稽之谈八竿子都打不着。关于椰子树喜盐之说，是因为它在生长的过程中需要较多钾肥，所以有经验的乡亲才会经常在椰子树头撒盐。

椰子树真还有一个少为人知的秘密，大家都知道椰子水解渴，椰子奶补养，其实椰子树身上最好吃的部分是椰芯，即是椰树顶端的部分。把外部的枝茎剔除后，那层层像芦苇茎般包裹的中心就是椰芯。一棵椰芯长约 50—60 厘米，外表与竹笋相似，但口感清甜脆爽，有一股独特的香味，赛过大多数水果，市场上绝对无处可买，实属可遇不可求。乡下人深谙其妙，小时候刮台风偶尔有椰树折断，我们首先抢的不是椰果，而是争先把椰芯刨回家。

有刚到海南的朋友问过我，这边多台风，风过树遭殃，唯有椰子树高耸入云又挂果累累，虽还没有其他大树的根系粗深疏长坚硬，却在狂风暴雨中左右摇曳、宁折不拔。我与他们说："根不在大，有量则灵。"椰子树的根系像手指般粗细，一根根密密匝匝地并排着抓进土里，"手指"越远越粗，越会坚如磐石。这般君不见之光景，正是它在台风肆虐中展身飞舞从未向灾害屈服的力量所在。

家乡的椰子树，你总是默默矗立在人们身边，不用刻意培护，就能茁壮成长；毕生深情奉献，无须回报知恩；既可抵御风寒，又能美化家园。

2021年11月09日写作于海南海口

记叙会文风情　讲述身边故事　弘扬乡土文化

中国历史文化名村——会文镇十八行村

十八行村荣获《中国历史文化名村》荣誉称号

湖峰十八行

晨曦初露映湖峰，
十八行村隐绿丛。
坐南朝北扇形摆，
青砖黛瓦刻凤龙。

高墙深院幽小巷，
老宅怡情乡俗浓。
林家宅前上马石，

九牧堂匾殿正中。

凤凰涅槃贤辈出，
江西美名高安公。
举人进士古名录，
林英级伴张岳崧。

水田碧漾多白鹭，
椰树摇曳荡春风。
荫下古井涌甘泉，
错落庭院花嫣红。

村院建筑独特：整个村子平面呈扇形，坐北朝南纵向排列十八行民居，且小巷曲径通幽，院落宅子相互独立，却又阡陌相连。每行多则七八户，少则三四户，为多进封闭式院落。

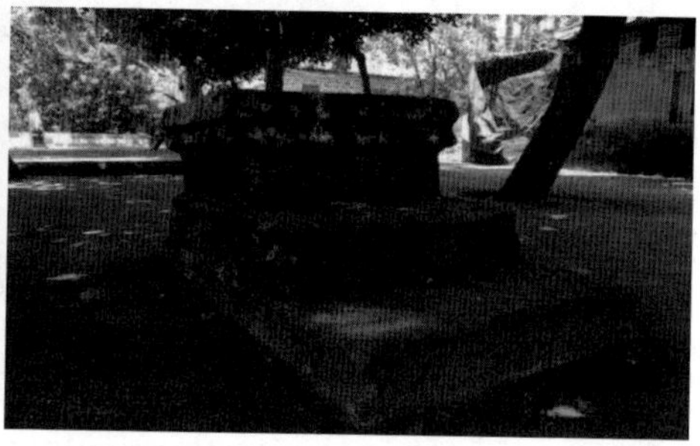

古迹文物众多：村中有一对抱鼓石、一对石制上马石、“林家宅”石墩，以及石制金鱼花池等，还有珍藏许久的多块屏风和有四百多年历史的“九牧堂”牌匾。建于民国初年的“屏湖泉”水井还在使用，一些残存的柱墩石、台阶石等都透着古老的沧桑，展现百年的风云变幻。

先贤名士辈出：这里乡俗厚朴、学风优良，明清时期出过不少官宦名贤，诸如江西省高安知县林运粢，林英级曾祖会同挚友张岳崧探花赴殿试同中进士，以及近年著名乡绅林建卿公等。

村容多姿迷人：这里绿荫环抱、春风习习、流水潺潺，夏无酷暑、冬无严寒，鸟语花香、游人如织。

2021年04月17日写作于海南文昌

记叙会文风情　讲述身边故事　弘扬乡土文化

健康为本，快乐为要，闲情逸致

温泉浴

四月官新林荫密，
腾雾缭绕醉温泉。
裸身享用热汤宠，
闭眼塞聪深呼吸。
心旷神怡喜自得，
堪比贵妃华清池。

近期听说有一家大公司频到会文镇官新温泉考察洽谈开发旅游康养项目，我老家与此近在咫尺，美好传说如雷贯耳，却从未身临其境体验一番。前些天赶紧去感受了一下，果真妙不可言。

2021年07月12日写作于海南海口

海南黄花梨吟唱

中华民族历史悠久，所凝聚的文化博大精深，创造出无数璀璨的艺术瑰宝，涵盖着物质与文化两个领域，既包括大自然的特殊禀赋，也彰显国家与民族长时间积累的文化传承。海南黄花梨就是其熏陶下脱颖而出之臻品，被誉为木中黄金，尊称国宝。

海南黄花梨树位于海口市海垦路，树龄近六十年，2018 年拍卖成交价为 264 万元人民币

独领风骚

世界上号称花梨木的有多处产地，非洲、南美洲、东南亚一带均可见到，但这些产地的花梨木与海南黄花梨有云龙井蛙之别。

海南黄花梨原产地在海南中西部的俄贤岭、吊罗山、尖峰岭与霸王岭等低海拔阳光充足的地方。海南黄花梨成材缓慢、花纹漂亮、用途广泛，与小叶紫檀、鸡翅木、铁力木并称中国古代四大名木。故有世界黄花梨看中国，中国黄花梨看海南一说。

海南黄花梨自古以来是制作高端家具的主要材料，是世界众多名贵木材之首，奉若红木家族中的大熊猫。它以其罕见的可塑性及耐用性，在工匠们的匠心独运下，打造出了美轮美奂的家具，这些家具服务并改变着人类的生活，其中不乏令人肃然起敬的艺术经典。美国汉学家伊佩霞（Patria.BuckleyEbrey）在所著《剑桥插图中国史》一书中对黄花梨家具评价为："其典雅，至今未有超越者。”

中国古典家具是世界上唯一使用黄花梨和紫檀这样珍贵原材料制作家具的国家，并且历经数百年不倦不悔的智慧投入，不仅使家具极具功能性和科学性，而且把自然赋予树木的天然形态，融入人类的哲理追求，为天人合一的思想境界找到了形神兼备的表达形式。从明代开始，海南黄花梨就成为中国皇室和官宦家居的首选用材，一直受到上流社会的追捧和崇拜。这种情况一直延续到明末清初，黄花梨的风行在明代中晚期几乎到了令人痴迷的程度。

2006 年我在北京党校学习期间，有幸被现任北京故宫博物院院长的同学邀请，前往紫禁城参观明清皇家御用的海南黄花梨家具，各式床、椅、柜、桌、琳琅满目，让人叹为观止。

海南黄花梨家具之所以木质温润如玉，其唱绝的纹理、醇厚的色泽令世倾人，形成文化、形成历史，备受青睐，皆因它出自地理、气候、风光独特的海南岛。

海南岛属于热带亚热带气候，全年气温高，自古便有“四时皆是夏、一雨便是秋”的说法。除了天气炎热，降雨还分布不均，有着东涝西旱的地区差异。黄花梨既受强台风常年的肆虐，又面临少雨干旱的环境，因此生长速度缓慢，从幼苗开始约十五年才结有心材，三十至五十年方取得小件料，大料则要八十至一百年以上，实属不易，所以非常珍稀。清朝的《崖州志》记载：“峤南之地，太阳之精液所发，其木多香。”意喻海南黄花梨采太阳之精华，吸大地之灵气，自然天成被称为香木。

热光干旱练就了它的韧实，台风摧折扭曲铸成鬼脸鬼眼以及麦穗、蟹爪、山水等纹路，孕育出黄花梨不温不燥、不卑不亢、不寡不喧的特点，特别适合打造简洁凝练的素身家具，在彰现自然本色的同时，给人以充分的想象空间，而且黄花梨气味辛香清幽，历久弥醇。它的纹路如行云流水，华丽且绚烂；它的意境让人心领神会，沟通古今；它的品质让来者望其项背。有一尊崇者深谙其道，曾赋诗一首：

九五之尊逊紫檀，
黄花梨木守中坚。
道德修养许多年。

暗暗降香沉正气，
幽幽鬼脸怨天然。

花梨默默已而焉。

黄花梨方背椅和茶几（黄花梨图片为上品阁黄花梨店提供）

爱情传奇

人们赞叹海南黄花梨的美好，常常用来诠释凄美的爱情故事。传说在黄花梨之乡东方市大广坝境内的俄贤岭，有一对黎族男女彼此爱慕，男的叫阿贵是黎峒峒长的儿子，长得伟岸帅气、富有正义。女的叫娥娘出落得貌若天仙、勤劳贤惠。不幸的是他们族支不同（黎有五个族支），语言不通，被族人禁止通婚。情投意合的两个人，难以割舍逐私订终身。

一天正当阿贵与娥娘在僻远的石洞内相会，不料天降大雨，山洪暴发把山洞淹没。他们急中生智砍下藤蔓和圆木随着洪水相拥漂泊，二被冲到了俄贤岭，夹在两棵并排的黄花梨古树中间方才得救。待二人醒来后山下仍是茫茫泽国，失去家园与亲人的二人相依为命，坚强地活了下来。

随后阿贵与娥娘就在恩泽他俩的黄花梨古树前结为夫妻，相亲相爱。没想到山上有只山熊精对娥娘的美貌垂涎三尺，多次祸害阿贵欲夺娥娘为妻。勇敢的阿贵面对顽兽，为爱而战，他浴血搏击最终山把熊精杀死，自己也身受重伤奄奄一息。娥娘为救阿贵，翻越俄贤岭九座山峰，采集灵芝草药拌着黄花梨的树皮与树叶，最终治好了阿贵的伤。

后来他们夫妇养育了九个儿子，孩子们长大后个个身强体壮，各自下山去各地娶妻生子，成为九个黎峒的峒长。阿贵与娥娘百年之后，孩子们按父母的遗愿将他们葬在了黄花梨古树旁。为了惦念黄花梨搭救先人之恩，九位峒长发动同胞族人分别在俄贤岭九座山峰和其周边大量栽种黄花梨，使这珍稀树种由此广植。

感人的爱情故事，曾引发海南黄花梨的名称之争，他们认为黄花梨应该叫“黄花黎”。因为出产黄花梨的地方是黎区，当地居民是黎族，熟识普种此树皆因黎人而起，不论从地理学还是植物学的角度，都应该将黄花梨更名为“黄花黎”。既可将“黄花黎”从平凡的黄花梨木中分离出来，又可避免让为数众多的花梨类木材混淆视听。尽管民族情结言之有理，终因海南黄花梨已独步成仙，口口相传，以至约定俗成。

黄花梨圆背椅和茶几（图片为上品阁黄花梨店提供）

文化蕴含

海南黄花梨开发历史最为悠久，自唐代开始就被熟知，在明代是明式家具的顶梁之柱。到了明代后期，由于黄花梨材料短缺，才开始使用小叶紫檀。有资料考证，在清乾隆中后期小叶紫檀也告濒危，大红酸枝才以替补的身份登上历史舞台。从历史文化沉淀的角度来看，不论是欣赏还是它的实际价值，海南黄花梨永远是收藏者心目中的至尊，老家具更能体现黄花梨历史弥新的特点。

一种木料能够承载着丰富的历史文化和人文内涵，能够对艺术界作出的突出贡献，在中国乃至世界都不多见。明清鼎盛时期，人们利用海南黄花梨天然色成的特点，集中国哲学思想、建筑、书法、雕刻、绘画、艺术设计等多种文化元素于一身，在宋代经典家具的基础之上，形成了明式家具的传统礼仪文化，将中国传统家具推上巅峰，也体现了海南黄花梨对中国文化艺术所做贡献，是继青铜器、玉器和陶瓷后又一载入中国文化艺术史的国粹。

2010 年在中国嘉德秋季拍卖会上，让与会者瞩目的高光的时刻，一套明式的海南黄花梨家具（大小共 61 件），拍出了 2.59 亿元人民币高价。只有海南黄花梨家具才能傲里拔尊，震撼业界。还有报道称，单张海南黄花梨条案有卖出超亿元的价格。

各种文化的交流往往伴随着硝烟弥漫的战争。清末欧洲列强入侵中国，使得黄花梨家具大量流入西方，开始了海外的百年流传。现在国外许多著名的博物馆都有黄花梨家具藏品，世界各地的收藏家都以拥有黄花梨家具为荣，甚至一些知名的博物馆还专门辟有黄花梨家具的展馆。20 世纪 20 年代中期，我曾在英国伦敦维多利亚及阿尔伯特博物馆亲眼看到其收藏老祖宗制作的明式海南黄花梨家具珍品，虽说同工却异曲，内心难免憾叹万分。

数百年以来，明清黄花梨家具已经成为中国文化不可缺少的分支，在世界文明史上也占据着重要地位。

黄花梨矮凳（图片为上品阁黄花梨店提供）

辨伪存真

海南黄花梨一枝独秀，各路玩家趋之若鹜，难免五虚六耗、鱼目混珠。说起这个，海南黄花梨业界知名专家林先生深有感悟地对我坦陈，海南黄花梨现在市场上论斤卖，老料已逾万元大关，其中也不乏暗度陈仓、唱筹量沙者。他一再声称开设在海南迎宾馆 2 号楼层的华怡店铺，展台中均为货真价实的物件，还教我如何判断真伪。

一看颜色。海南黄花梨主色调为金黄色，树心的颜色会深一点，呈紫色、红褐色和深褐色，迎合国人“姚黄魏紫”之吉祥，有一种极致的富贵感。

二看纹路。海南黄花梨的纹路排布较为清晰细密且规律，尤其是在光线的照射下会出现奇特的荧光现象，非常漂亮。

三闻其味。海南黄花梨的木质中透出辛香清幽，闻吸有沁入心肺的舒适感，没有夹杂其他酸味。

四看形变。正宗的海南黄花梨产品，常态下绝不会变形，因为其材质硬实紧致，没有开裂弯曲等情况发生。

五看手感。经打磨抛光后海南黄花梨的手感在所有木材中堪称天下第一，因其毛孔细、油质多、韧性好，触及有如抚摸婴儿肌肤之感。

六看光泽。它富含油质，成品光洁度高，常有如玻璃镜面之感，拿在手上摇晃或随着视野挪移，面上荧光随之留影闪烁。

七看鬼脸。鬼脸是一种自然形成的美丽花纹，海南黄花梨生长周期长，恶劣的生长环境使得木质纹理扭曲变形，从而出现很多鬼脸花纹，而且鬼脸四周多伴波纹状纹理，以鬼脸为中心一圈一圈四散开去。

诚然，家具工艺品的价值与材、形、艺、韵分不开，材的重要性不能以点概面，但材质就是财富无言而喻，细辨真伪、成竹在胸可避免陷入皮之不存、毛将焉附的窘局。

黄花梨雕塑（图片为上品阁黄花梨店提供）

几度劫难

海南黄花梨拥有尊贵富丽、天然合一的独特潜质，自唐朝成为贡品后，其身价上升百倍。到了明代郑和七下西洋尽显国威，也是黄花梨名扬四海的巅峰时期。收藏家马未都先生说过，彼时一张黄花梨床价值白银十二两，而一个丫鬟还不到一两，一张床抵十余人，可见其价值之昂贵。正因为皇室对黄花梨情有独钟，达官显贵们大肆搜罗，将其视为珍宝，致使海南黄花梨原木及野生林被大量砍伐，黄花梨遭遇了第一次浩劫。

明末清初，朝廷更迭，动乱不断，万马齐喑，大量的名贵硬木、古董珍宝从宫廷王府流入民间，在华的外国传教士、西方商贾对这种珍稀家具古玩颇为心动，趁机大量采购运往欧洲，让中国古典家具第一次大规模进入欧洲市场，殃及海南黄花梨。这是经历的第二次劫难。

自清代始，海南黄花梨日渐稀少。鸦片战争爆发，中国如砧板上的肥肉，任凭西方列强宰割，无数名贵器物被掠夺抢劫，祸卷大江南北及长城内外，黄花梨珍品又首当其冲。这是经历的第三次劫难。

民国时期，军阀混战、民不聊生、社会动荡不安，黄花梨家具藏品又不可避免地跌入呼天抢地的局面之中，连同流落寻常百姓家的精品也被一些外国商人借机收购，穷困潦倒的国人为了养家糊口，只能倾囊而出，以极其低廉价格将这些精品卖给外夷，致使海南黄花梨遭遇了第四次劫难。

中华人民共和国成立后，政府开始重视对珍稀文宝的保护。对外发布相对规章制度，禁止名贵家具出境，海南黄花梨的砍伐在一定程度上得到了遏制。但由于客观原因，一些时期黄花梨还是重蹈覆辙。

好在时间更迭、气象变新，传统文化一经复辟回潮，再次大放异彩。

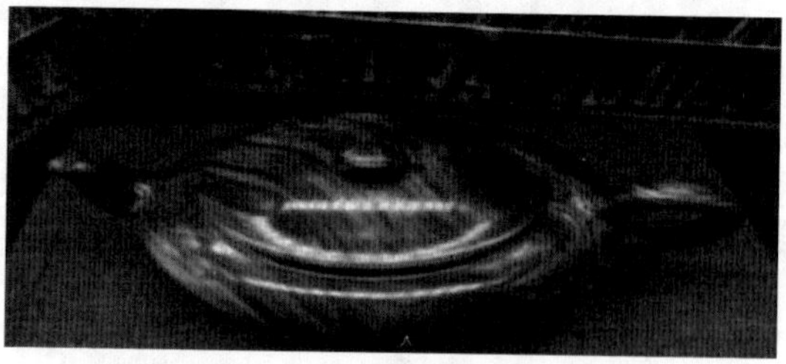

黄花梨茶壶（图片为上品阁黄花梨店提供）

凤凰涅槃

历经沧桑足见海南黄花梨的弥珍，如今野生林已踪迹难寻，据说五十年以上树龄的野生黄花梨全岛存量不到 50 棵。国家经历了经济的快速发展，人们衣食足而知礼仪，开始尊崇文化、敬畏历史，想要找回中华文明史的原貌和中华民族曾经的优雅。随着传统文化的复兴，国家的历史文物保护力度日益加大，曾经流失的黄花梨古典家具也开始向国内回流。

人工种植黄花梨无疑是一件造福后代的善举。俗话说：“前人栽树，后人乘凉”，沐浴着民族复兴的春风，在党和政府的大力扶持下，黄花梨保护、种植、开发进入了新的发展阶段。

海南黄花梨看东方。近年来东方市把感恩福地黄花梨之乡作为城市文化，发动村民家家户户在门前屋后种植。2016年启动“品牌农业”创建活动，通过扩大黄花梨种植面积、建设黄花梨苗圃基地、举办黄花梨文化节等多种方式，使黄花梨产业成为农民增收致富的“绿色银行”。

我曾经循着黄花梨的爱情传奇来到俄贤岭山脚下，参观号称“东方黄花梨第一村”的东河镇南浪村。行走在村道两旁，一棵棵呼吸着山区清新空气的黄花梨树正迎风摇曳着翠绿茂叶，好像在一边欢迎客人的到来，一边述说着幸福生活。在这里黄花梨无处不在，据说多达30余万株，村里人均占有量达500多株，人们通过黄花梨过上小康生活，有50多户村民开上了小轿车，盖起了一大批新楼房。

在东方市东部的东河、大田、天安等乡镇，“花梨种几行，家家有银行”成了当地老百姓的致富经。目前，全市种植黄花梨达10万亩超1200万棵，初步形成了黄花梨种植、育苗、工艺品开发、会展旅游的产业链，黄花梨被确定为东方市的市树。

黄花梨盘子（图片为上品阁黄花梨店提供）

海南黄花梨是一张靓丽的名片，全岛各地种植黄花梨蔚然成风。据不完全统计，目前我国海南黄花梨行业成交量已经达到1100亿元，并不断处于上涨趋势。海南全省种植黄花梨近100万亩，这不仅意味着海南黄花梨市场投资进入白热化，而更预示着因其独特的历史文化底蕴及养生功效，黄花梨会有更大的发展前景。

洗尽铅华的海南黄花梨，与时俱进迸发出内在的魅力，成为与羊脂玉、田黄石同样身价飙升的自然珍品，疾步登上了物华天宝的奢侈品殿堂，接受人们的膜拜与叹赏！

2022年03月09日写于海口

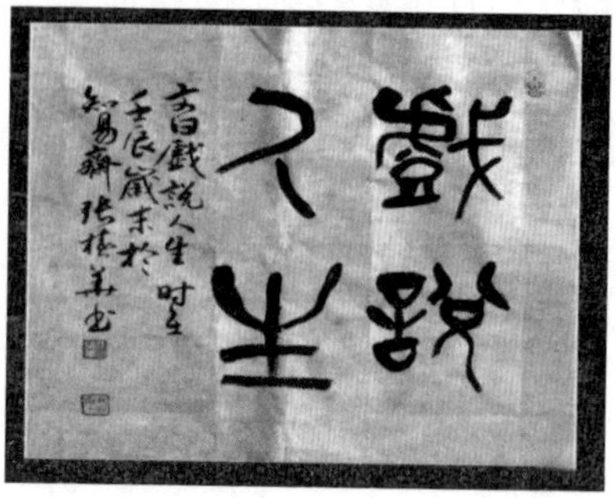

戏说人生

路徒万里，千情百态，人生如戏。同龄不一定同趣，同桌不一定同爱，同食不一定同味，同事不一定同心，同难不一定同福，同床不一定同梦，同行不一定同向，同乡不一定同志。我庆幸有几个朋友，分从不同职业，几次同行，他们个个精彩，谈笑风生！看似绝圣弃智，实是大智若愚，聊以记叙，人生有趣。

有缘

乡音域曲同化缘，
税法国医一线牵。
年长日短都有梦，
云华雨韵藏心田。

神雄

秋拂溪尾水悠悠，
同是君子都好逑。
坤堂诗书风雅颂，
智者不敌领九州。

天哥

青山寂静位自高，
泉水无须比浪涛。
品性贤诚行天下，

义薄云天是英豪。

川颂

无须五斗竞折腰，
鸿鹄之志在九霄。
以德服人礼相待，
闻鸡起舞乐逍遥。

赞叹

欣赏雄哥潘安容，
同映诚天花丛中。
德川叫醒韶华梦，
方知老骥已暮冬。

2021年08月07日写作于海南

意外的意外——杭州千岛湖行记

中秋节过后，我们几个朋友决定，近日取道广州到杭州千岛湖走走。

杭州千岛湖之行出于三个情结。其一是古今传颂的清官海瑞是海南人，他初入官场就在浙江省淳安县当县令，在当地留下美名。其二是熟悉的浙江首富钟先生，20 世纪 80 年代在海南闯海，创办养生堂。后挥师东移，所创建的饮用水品牌一炮打响，它正是取自千岛湖之水。其三是千岛湖鱼头闻名全国。海南海鲜誉满神州，它是否浪得虚名？

广州的行程顺利，想见的人、想说的话、想办的事都异常圆满，按计划明早 6 点半启程赴杭州。傍晚，我将行程与原定从海口直达杭州的哥静对接，未料他张口就说："近日外地朋友来琼已不能成行。"由于事发突然我非常意外，本来是秣马厉兵，他给来个三缺一，无奈之下临时在广州拉着阳哥与我们同行。

早上 6 点我提前出现在酒店大堂，远远看见昨天还神采奕奕的琼哥满面愁容地靠椅子上，一只手还紧紧捂着一边脸。我疑惑不解地问："琼哥是什么情况？"他口齿不清应道："昨夜里牙痛突发通宵未眠，现在仍满目星辰，杭州是免谈了，到机场后我换票回海口。"传哥与我暗叫意外，戏未正式开锣，两位主角已缺席。

按既定方针办，我们三剑客准时抵达杭州，接机的朋友小索领着我们在西湖附近的旅馆入宿。

10 月的杭州秋高气爽、风和日丽，我们下榻的旅馆周边都是桂花树，一簇簇金桂银桂竞相绽放。随着一阵风吹来，一股清香萦绕在鼻间，不似玫瑰的浓郁，也不似雏菊的淡香，却有一股迷人悠长的馨香沁人心脾。桂花的香气让我涤荡一路的阴霾，好奇地问小索："都说 8 月桂花遍地开（阴历），现在 9 月底花还开？"他风趣地说："是你们运气好，今年夏秋季炎热时间长，花期延迟一个多月，这几天正是嫣妍盛时。"桂花是杭州的市花，身影遍布大街小巷，空气中不时地飘逸着扑鼻的幽香。意外赶上迟来的桂花开，让我油然想起古人的诗句："兰风桂露洒幽翠，红弦袅云咽深思。"我由衷地感叹这里是花的世界，绿的海洋。

下午 4 点，传哥急匆匆找到我，深表遗憾地说："家里老人身体不适急电催返程，已定好晚 8 点半的航班……"话未说完又让我晴天变多云。

意外频出，看来行程多舛，千岛湖还是别去了，我找到阳哥商量他不置可否。正犹豫之际，前来看望我的台州朋友老游进言："别说丧气话，千岛湖烟波浩渺、洞天福地、美不胜收、值得一看，我陪你们一起走！"拗不过他的热情我们继续前行。

千岛湖之景

从杭州驱车两小时抵达千岛湖，站在湖边高坡上远眺，果然湖光秀丽、碧波万顷、千岛竞秀、景色宜人。阳哥喜上眉梢又念又唱："风景这边独好""其实不想走，其实我想留。"老游对这里非常熟识，趁机向我们娓娓道来。千岛湖风景区又称新安江水库，于1957年开建，1960年建成，坐落在杭州市淳安县境内，东距杭州129千米，西离黄山140千米，面积982平方千米，有1078个形态各异、罗列有致的大小岛屿，是国家级森林公园，AAAAA级景区。主要水源是新安江及其支流、黄山的水系汇入其中，库容量达178立方米，相当于3184个西湖，与加拿大金斯顿千岛湖、湖北黄石阳新仙岛湖并称世界三大千岛湖，被誉为"天下第一秀水"。

安顿下来后，我们寻租一艘游艇游览。在波光粼粼的千岛湖，导游小陈讲解说："千岛湖的水质居中国大江大湖优质水之首，达到国家一类地面水标准，直接可以饮用，沿湖周边的环境保护非常严格，能在千岛湖设取水口并非易事。"望着清晰见底的一湖秋水我发自内心感慨，难怪海南有人说钟董事长眼光独到、魄力超群；难怪农夫山泉畅销南北、口碑载道；难怪他荣膺浙江首富、踵事增华。

我问小陈："清官海瑞是海南人，曾在淳安当过县令，当地黎民对他有否永志不忘？"小陈绘声绘色道："海瑞是明嘉靖年间在淳安当县令，被称为杭州历史上家喻户晓的清官，至今还津津乐道他任上所做的三件事：一是他官至县令，生活如寒士，过着穿布袍、吃粗粮、让老仆人种菜，过着自给自足的生活。为母亲祝寿时，仅买了二斤猪肉加餐而已。二是他在任上接待上级官员，严格按朝廷标准办事，决不行贿讨好，对一些胡作非为的贵胄官亲严惩不贷，受到百姓交口称赞。三是他看到淳安富豪享有三四百亩田产，却户无分厘之税；贫者户无一粒之收，虚出百十亩税差的不均之事。海瑞决定重新清丈土地，规定赋税负担，使淳安农民税赋减轻，生活好转，受民心拥戴。我不失时机应上一句："他 72 岁病逝葬海口时，朝廷佥都御史王用来吊丧，见其宅中清贫至极，率众人凑钱为他办了丧事。"小陈还唏嘘："淳安古县城（狮城）已被淹没在湖中，若有兴趣可去潜水参观仿原生景象的水下古城以缅怀先人。"

脍炙人口的"一个和尚挑水喝，两个和尚扛水喝，三个和尚没水喝"的故事就发生在千岛湖的密山岛。在好奇心的驱使下我们来到山脚下，但见密山岛相对高耸，已被禁止攀登，庙宇依旧但和尚无存。只是故事揭示做人应该勤劳一点，不要总是想着推辞责任；办事要让制度管人，责任不落实，人多反而办不成事；团结就有力量，集大成者无不真诚协作的哲理永恒。

次日一早，阳哥又紧催慢赶来到千岛湖中，游客满意率最高、旅游节目最丰富、年接待游客最多、经济与社会效益最佳而荣获千岛湖最优景点"五龙岛"。其实五龙岛是将蛇岛与周边的锁岛、鸟岛、水貂岛和宰相岛用浮桥或吊桥相连。

把蛇岛放养的十几个品种300多条毒蛇，如蝮蛇、五步蛇、竹叶青蛇、眼镜蛇等盘缠在草丛和树上展现争食斗殴、昂头吐信的险象；锁岛挂放开心锁、连心锁、同心锁、友谊锁、吉祥锁及功德锁为特殊文化内涵，将人们对美好生活的向往和祝愿留在锁上，锁岛聊心；把鸟岛中50余种禽类、6万多只鸟展示出来，让整个岛沉浸在鸟语花香之中，仿佛“人行明镜中，鸟度屏风里”；宰相岛上展示明代“三元宰相”商略，辅助英宗、代宗、宗治理社稷、抗御外侮的昭天政绩，让游客心生缅怀之情。打造集锁文化、石文化、花鸟鱼虫及自然风光于一体，融知识性、趣味性、参与性为一炉的景区，是观光游览、休闲娱乐的绝佳场所。这种别出心裁的民俗布景，让人大长见识又颇为意外。

华灯初上时，来到老游提前预订的一家很有名气的鱼餐馆。老板娘是个三十刚出头的小媳妇，长得很标致，特别会说话。看出我们是远方来客，她马上打开了话匣子，说：“千岛湖是淡水鱼的‘大仓库’，有90多个品种，盛产鳜鱼、花鲢、石斑、鳊鱼、鳙鱼、鲤鱼与鳗鱼等等，是中国第一个有机鱼养殖基地，这里的鱼以大、肥、鲜、嫩出名，远销全国各地。”看我们听得如痴如醉，她愈发兴奋：“吃肉不如吃鱼，鱼儿在偌大的湖中运动量大，水体优质，主要食水中的浮游动植物，如草籽、小虫和虫卵等，既没有腥味又有极高的营养价值。个头越大、年限越久，越是肥而不腻、等级就越高。秋吃胖鱼头是大自然的馈赠，餐桌上必备，不但味道鲜甜，而且寓意美好。”说得我们不多要多吃都不行。在她的建议下，我们来了个全鱼宴，拿一条十几斤重大花鲢做“一鱼三食”。

所谓“一鱼三食”，是鱼头炖汤、鱼身剁椒蒸、鱼尾搞红烧。砂锅鱼头炖汤历史悠久，是味觉盛宴，据说经过洗、烫、炒、煮、炖多道工序，鱼皮紧紧锁住鱼肉的汁水，汤汁自然呈现白色，鱼肉的鲜美配上姜的微辣入口留香，鲜得眉毛都要掉下来了。汤中含有丰富的蛋白质与不饱和脂肪酸，可健脑益智、增强记忆力，孕妇多食可促进胎儿大脑发育，老年人常食可降低血脂，预防老年痴呆症。

菜上齐满满一桌，色、香、味俱全，让人馋涎欲滴。老游以主人公姿态首先瓜分最精美的砂锅鱼头炖汤。说是出自对我和阳哥的敬重，把大鱼头两侧的胸鳍（海南多砍弃）各拔下一边，端置我俩跟前，还美其名曰："这个地方叫'划水'，是鱼儿活动最多的部位，肉紧致最好吃。"这个举动让我大跌眼镜，心中渴望的鱼鳃肉、鱼腩肉变成了雾里看花，他所谓的美味"划水"基本上没有肉，骨头还硬，比鸡肋还鸡肋，真让我哭笑不得。阳哥也心生迟疑，勉强露出粗涩的微笑。小索估摸出我们的窘态，连忙附和说："'划水'在此是贵宾首先享用的佳肴，希望二位喜欢。"看出他是一片好意，鱼宴的确美馔味蕾，笑谈中大家都觉酣畅淋漓。过后我还一直对"划水"敬客颇感意外。

几天的杭州千岛湖之行如白驹过隙，内心的收获似探骊得珠。我们依依不舍地前往萧山机场准备回程，在办妥登机手续、托运完行李后，阳哥的行程码出现了问题，需复查方可登机。最后是我孤单一人打道回府，绝对是意外的意外。

2021年11月15日写作于海南海口

记叙会文风情　讲述身边故事　弘扬乡土文化

健康为本，快乐为要，闲情逸致

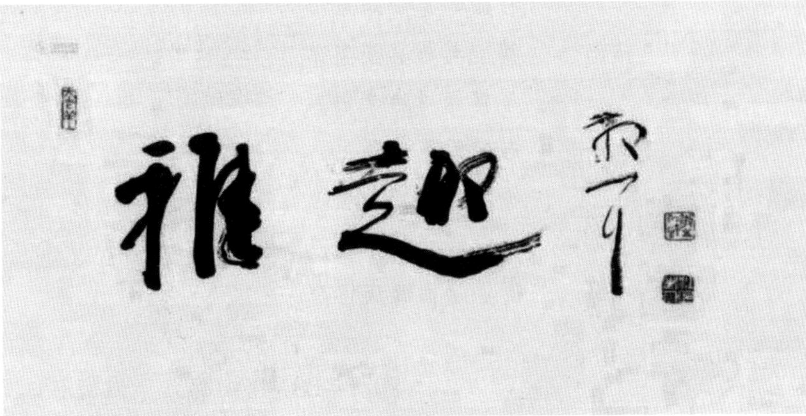

雅趣

人生雅趣——退休以后，人们相逢问候最多的一句话是："现在都在忙啥呀？"尽管话语恳切，我往往语塞。原因有三：一是我确实无啥可忙，也觉得忙不了啥，浑浑噩噩又过一天。二是我不似有些同志退而不休，错峰再发，发挥余热，做得风生水起。相比之下，我无言以对。三是话语中蕴含着希望自己能构建好生活轨迹的期待，而我一直还都是"嘴里吃过猕猴桃，其他食欲不引爆"的状态。后来闲聊觉得何不遵循古训"民以食为天"！因此，吃就成了我尊崇的雅趣。

品茶

晨早起床跑几步，
淋漓全身凉水漱。
取来椰树矿泉水，
白沙绿茶八成煮。
端上地瓜与烧饼，
早餐都在自家厨。
下午红袍泡一壶，
喝至寝息真舒服。

喝酒

中华文苑百花开，
杜康领跑一路来。
铸就英雄真豪杰，
举杯邀月道李白。
吾惜天禀量不足，
每逢佳酿把心埋。
尽管逢场是作戏，
舒筋活血喜庆摆。

2021年08月07日写作于海南海口

会诊的趣事

1982 年，五年大学毕业，我被分配到海南人民医院（现在的省人民医院）当医生。20 世纪 90 年代初期又在海口市人民医院普外科担任主持工作的副主任，当年的普外科实际上是个大外科，对应的业务比较多。

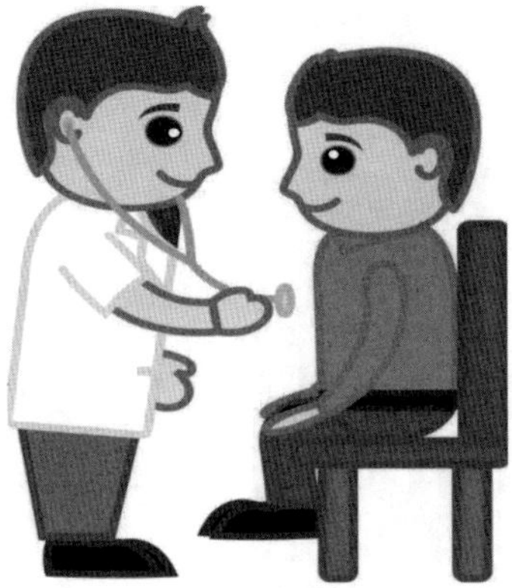

有一天上午，院部接到某专科医院来电，称有一位车祸外伤疑腹腔大出血的危重病人送进该院，请求市医院派医生会诊。接到任务后，我简单了解病情，带上输血员老洪同志即刻发车前往。

为何要带上一个输血员同行？那是当年特色。过去医院的设施比较落后，没有血库，社会上也没有输血与供血机构，抢救危重病人与手术治疗用血全部都是现场抽取新鲜血液。因此，在各大医院都会自发聚集一批输血人员以备不期之需。这些人参加输血的原因多样：有些是赶上开支吃紧用于应急；有些是下岗了来临时兼职；有些是爱心慈善自愿救急救难；也有一些少数人权当职业谋生。不管出于何种原因，在当时的条件下，他们是不可或缺的，工作有现实意义，外科医生们与输血员之间称得上“哥俩好”。

这次与我同行的老洪，在这个行当里算得上老资历。年纪不到 50 岁，身强体健，平时总显脸色红润，最具特色是与年龄不太匹配的稀少头发，整个大脑门发亮，又腹部微凸。老洪比较憨厚、不善言辞，一着急说话就爱口吃，业务上我们有过几回合作。

一路无语，到了该院只见院子里候了不少人，个个神情焦虑，估计是患者家属与相关人员。车停下，我们俩分别从两侧车门下车，家属们见状蜂拥向老洪围拢过去，有伸手欲握手致意的，老洪两只手显然不够用；有拉着老洪衣角颤音说话的，尽管人多声杂，内容基本都是那几句话："主任呀，可把你盼来了，请一定要把手术做好，救年轻人一命"；还有挤不上去却充满着伤痛、焦急、期待目光默默地跟随后面。老洪知道情况弄错了，家属们把他当成了主任（输血救人也难能可贵），情急之下，他的老毛病又犯，可越是说不清楚家属情绪就越激动。我非常感谢老洪营造出这种氛围，但没心留意这个场面，而是关心着病人的病情变化，想到手术救治必须争分夺秒，便急忙快步拉着该院的迎接医生向手术室奔去。

病人已经推上了手术台，处于严重休克状态，正在置双管输液补充血容量。考虑到患者有明显腹外伤病史，又呈全身末梢微循环收缩，判断腹腔脏器破裂出血概率大，在与该科主任商量后决定即行剖腹探查术。术中发是肝、脾脏严重破裂大出血导致失血性休克，经及时对肝脏破裂修补加全脾脏摘除术和积极抗休克治疗后，病人被抢救了过来。

手术完成后，我们都长吁了一口气。其实这种手术并不复杂，对外科医生来说属实常见，关键之处唯时间就是生命，必须当机立断、争分夺秒把血止住。老洪当天非常辛劳，连着抽取了两个半单位血。看着他冒着虚汗、脸色苍白，我深深体会到了同行老前辈曾经说过的一句话："对一个外科医生而言，麻醉师是你的幕后英雄，输血员是你的前台贵宾。缺少他们，你有再大的能耐，也不敢轻易耍刀。"

将病人推送回病房，家属们看见老洪一脸疲惫，又握着他的手说："您辛苦了，感谢救命之恩。"也有人看到我这个年轻人总跟着一进一出，跑前跑后，猜想也是个参与者。出于礼貌，跟上来拍下我的肩膀说："医生你也辛苦了，手术做得怎么样？”我轻声对他说：“放心吧，手术进行得顺利、很及时，病人已经脱离了生命危险。”

在科主任办公室里，家属们才闹明白，我才是今天会诊的主角。他们为刚刚用错表情而显得有点尴尬，担心怠慢了我有失礼节，这时纷纷给我递水点烟、扇风抹汗，让我都来不及制止。本来那时候我还不会吸烟，面对恳切的他们，不得不将其接过故作练达地吸起来。虽然初觉味道不怎么样，却由此开启了长达几十年的吸烟史，其间家人几次要求我戒烟都没有成功。紧接着，家属又盛情邀请我们一起用餐。我非常理解他们的心情，亲情守护是天性，病急求助是真诚。只能怪本人在老洪的影射下形象大打折扣，不怪他们误解。我委婉地谢绝了众人的好意，介绍了手术的情况，交代一些术后治疗与护理的注意事项就离开了。

这件事老洪觉得奇怪，偶尔提起还不好意思。其实，我一点儿都不觉得奇怪，说到底，医生、与患者和社会是守护健康的利益共同体。为了救死扶伤，需要互相理解、互相配合、互相信任和互相支持。因为，离开了白衣天使的仁心臻技，生命将面临危险；缺乏了患者及家属的理解包容，往往华佗妙刀难下；没有了文明社会的友爱呵护，杏林难妍济世之花。

会诊过后的那年春节前夕，我们科室按惯例，让大家登记家中所需购买的年货品种，统一派人在市水产码头农副食产品批发市场团购（省事且优惠）。那天，刚好我也闲着，便跟随采购人员一起出发，万万没想到，最后选定采购的那家店主正是那次会诊病人的父亲。我对他已经没有什么印象了，是他把我认了出来，又是让座、又是倒茶。问起他孩子的近况，他喜溢于言表，连连说：“非常好、非常好。”硬是把团购的年货全部按成本价给我们，还派车送我们回来。

2021年09月29日写作于海南海口

健康为本，快乐为要，闲情逸致

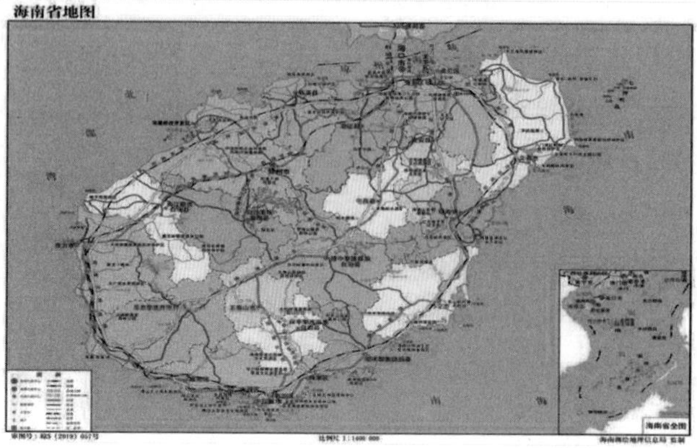

琼州环岛行

新闻报道，海南东西南北中，高速行车路路通。约上几位朋友，选择中秋节假期间，沿途驱车随意行走，游览沿途风光，感受交通巨变，拜会旧友新朋，品尝风味小吃，参观山川名胜，享受旅游乐趣。

会文华侨路

回家乡

秋高气爽奔老家，
探望高龄老爸妈。
驱车百里高速到，
椰子木瓜大把拿。

我们从东线出发，第一站途经文昌市文城到会文镇老家。近百千米路程，一个小时便到达。此前要耗时两个钟头，真是想象不到的快捷。恰逢赶巧家里收获椰子及瓜果，装满后备箱在途中享受。

晚聚万泉河

玉兔嘉积映夜光，
万泉河畔对华觞。
欢声笑语随风去，
七星伴月案上装。

到达博鳌又绕道回嘉积，与一拨朋友聚集万泉河畔赏月换盏，欢庆之余，齐声感谢党恩带来好日子，也为我们这次别出心裁的节日安排称奇。

心醉神迷

琼浆一樽晃悠悠，
巧借椰汁解酒愁。
倚栏极目望天涯，
浪漫陵河醉今秋。

在陵水，热情的朋友拿出珍藏多年的特产金岳玉液。瓶盖打开，芳香四溢，呷上一口，醇厚柔绵，难得的陈酿好酒，大家不禁多喝了几杯。尽管酩酊高阳下，情似花月使人迷。

访玫瑰谷

亚龙湾有玫瑰园，
亚洲第一气象新。

曲径幽廊听鸟语，

绕谷芬芳人流连。

车到三亚停靠在亚龙湾的玫瑰谷。这里的玫瑰花五彩缤纷，号称规模亚洲最大的玫瑰产业基地，面积达 2800 亩。这里是繁花的海洋，候鸟的世界，游客的天堂。

进保亭

布帆无恙进保亭，

七仙岭上透神灵。

温泉汩汩蜂蝶来，

乐泡瑶池享泰宁。

人们都说保亭是一个你来了就不想走的地方。在这里可以漫步雨林吸氧洗肺，跋涉七仙岭眺望美景，体验黎村苗寨风土人情，领略温泉泡浴美妙感受。

登五指山

山青水碧人爽凉，

五指山菊开嫣黄。

翡翠城中含韵逸，

留得淡雅散幽香。

走进五指山，没有了昔日的盘山眩晕，一路上心旷神怡。五指山山峦叠嶂、层林尽翠，是海南海拔最高的中心腹地群山，是全省水脉资源的发源地带；是绿色宝岛主要是热带植被，是让人悠悠忘返的天然场所。

遇同学

同窗五载共求知，
事隔多年相见喜。
无意东方寻旧梦，
人生如戏多传奇。

车行西线，在东方市不期遇到曾经的同学。我们分别多年，各奔东西，少有联系，意外巧遇，倍感欣喜。因为既是同学，还是同行，更是老乡，难免长叙。

游棋子湾

昌化江出棋子湾，
万亩沙漠落海南。
阳光明丽天浴场，
乐在黎乡不知还。

棋子湾位于昌江黎族自治县西部，西接昌化江入海口。这里石多沙白水清浪静，林木苍翠，山花烂漫，四季如春，也是海南唯一保留着原始、天然景观的旅游度假区。历史上苏东坡、赵鼎、郭沫若等文人墨客都足涉身览，留下脍炙人口的诗篇。现在这里是国家级海洋公园。

饮福山咖啡

夕阳西下到福山，
面朝田野背栅栏。
游人如织无席坐，
也端一杯咖啡香。

环岛行最后一站，停留在福山咖啡风情小镇。这里是海南最早种植咖啡的地方，以精工制作、浓郁芳香、味含绵长而驰名国内外。我们这一行虽说有点儿辛苦，堪称如意称心，又感意犹未尽。

2021年08月16日写作于海南海口

记叙会文风情　讲述身边故事　弘扬乡土文化

又到橘子洲头

想当年，毛泽东一首词《沁园春·长沙》“独立寒秋，湘江北去，橘子洲头……”引起多少热血青年的心灵共鸣，扣动着无数仁人志士的爱国情怀。钟灵毓秀的橘子洲头，蕴润着一代旷世伟人，吸引着众人的眼球。

我第一次到橘子洲头是在海口市人民医院工作期间，陪同陈院长参加在长沙举办的 1986 年秋季全国医疗器械展销会。会务之余，我选择一个丽日晴天了却萦绕心头多年的渴望之游。

橘子洲头地处碧波浩渺的千里湘江之中，四面环水，延绵十里，是世界城市中最长的内河绿洲，距今已有一千七百多年历史。它占地面积达 17 万平方米，由南至北、横贯江心，西望岳麓山、东临长沙城，宽处模约 140 米，状如一个长形岛，宛若一颗明珠，浮于袅袅水波之上，风景怡然自得，更因为毛泽东主席一首诗词而名扬天下。

橘子洲种有柑橘数千株，还生长着数千种花草藤蔓植物，其中名贵植物就有 143 种，还有鸥、鹤、狐、獾等珍稀动物。春来水光潋滟、沙鸥点点；胜夏天高云淡、林木葱茏；秋至柚黄橘红、清香一片；深冬凌寒剪冰、江风戏雪，是潇湘八景之一“江天暮雪”的所在地。

首次走进橘子洲头，满目都是精奇、赞美与震撼。耳畔不时传来鸟叫虫鸣声，一阵微风吹过，送来阵阵清凉，湿润的空气中弥漫着淡淡的花香，令人神清气爽。

沿着洲头绿道漫步，大道两旁参天古树高耸挺拔，精致的楼台亭阁掩映其中，池柳水榭，秀丽清幽。一排排橘子树上挂满了青绿色果实，观景植物千姿百态，有的像圆溜溜的小球，有的像红彤彤的小灯笼，还有的像张开了大伞的蘑菇，给人一叶知秋的意象。

一直往里走，来到橘子洲最南端的问天台。当年胸怀大志的青年毛泽东在湖南省第一师范学校就读，为寻找救国救民真理，经常与同学游达湘江，到橘子洲头开展各类活动，经常站在橘子洲头思考改变旧世界、建立新中国，后来他的愿望终于变成了现实，建问天台就是这个缘由。站立此地，望着滚滚北逝的湘江之水，我似乎耳到了“问苍茫大地，谁主沉浮”的诗诵，仿佛看见了一位意气风发的青年正与同伴们一起搏浪击水、纵论天下事，深切感悟到革命先驱浴血青春的壮阔波澜。难免勾忆起曾经熟读的红军长征“血战湘江”之峥嵘岁月。1934 年 10 月，中央革命根据地第五次反围剿失败后，中央红军被迫从江西瑞金进行战略大转移，在突破了国民党军三道封锁线后，于 11 月 27 日至 12 月 1 日在湘江上游广西境内的兴安县、全州县与蒋介石调集的 30 多万兵力决战五昼夜，最终从全州、兴安之间强渡湘江，撕开了企图借助天险围歼中央红军于湘江以东而精心编织的第四道封锁线。但是，中央红军也付出了极为惨痛的代价，部队由长征出发时的 8.6 万人锐减仅剩万余人。

湘江战役是中央红军突围以来最关键的一战，在和4倍与（于）我之敌浴血拼搏战况惨烈。红军的5军团和在长征前夕成立的少共国际师损失过半，8军团损失更为惨重，为阻击敌人的重重包围，全体指战员英勇奋战，直到最后弹尽粮绝，绝大多数同志壮烈牺牲。血战湘江以红军惨胜告终，数万红军将士长眠在湘江两岸。

广西兴安有句民谣“三年不饮湘江水，十年不食湘江鱼”，指的就是悲壮的“湘江战役”。寄示着老百姓心灵的痛殇与宣泄出悲愤的情怀。它虽凄犹伟，如果没有湘江战役的惨胜就没有之后的红军四渡赤水、巧夺金沙江、飞夺泸定桥等气吞山河、可歌可泣的革命历程；就没有经历劫难参悟命运的遵义会议的召开，确立了毛泽东同志在我党的领导地位，共和国的历史将被重写。湘江续写了共产党人百折不挠、剑指苍穹的壮丽凯歌。

5月的湖南石榴花开，气候凉爽，于是萌生出岛旅行访友之念，我邀请宣哥、琼哥、勤哥等友人同行长沙。大家乐于出行又表疑问，为何我总喜游潇湘？尽管我仅示笑意，其实理由相当充分。湖南是伟人的故乡，历史上曾国藩、左宗棠、蔡锷、黄兴等名人辈出，尤其是共和国功劳簿上闪烁着毛泽东、刘少奇、任弼时、彭德怀、贺龙、罗荣桓等勋星，他们都雁过留声、名垂青史。有意思的是，一笔难写两个南字，海南和湖南都有南，我曾经工作过的单位与熟识的人士都有湖南人，或同事，或朋友，或领导，他们聪颖、勤奋、坚韧、敬业的品格给我留下了深刻的印象。当年，我的孩子还在湖南读大学，身为独生子女家庭的父母，难免挂惦离家在外的孩子，乐于奔波忙碌两地之间，热衷搭建异域他乡的古道热肠。更何况，如今的长沙城市建设日新月异、经济发展突飞猛进、文旅产业大放异彩，已成为旅游打卡圣地，与此种种足够让人刮目相看。当然，还要重游橘子洲头。

最美五月长沙快乐行顺利开启，橘子洲头依然一派热气腾腾新气象。与过去相比，园中不仅增添许多新的游乐设施，环境打造得更加井然有序。成片的李子园、栗子园，以及茶、桃、山楂、枇杷、海棠树相映成趣，翠绿匝地，煞是景色宜人。人行道上、树林丛中，到处是游人。在那些乘坐游览车的站点，游客排起长长的队伍，两边的道路上一列列小火车来回穿梭，美丽的湘江浸染着橘子洲头旖旎风光。

我们几位兴致勃勃流连在翠绿盎然的步行道上，由衷赞叹祖国的江山多娇。在一方池塘边，听从勤哥提议小憩欣赏风物。多情的风儿轻轻拂过，塘面碧波轻漾，泛起圈圈涟漪，柳枝在微风中轻舞身姿，弯出许多微微的纹线，倒映到池塘上，使塘水也染上了绿色，仿佛一塘碧绿的翡翠。池塘里的青蛙也不忘凑热闹，不时嗷叫几声，也想夸赞一下这里的美丽。

随着人流，循着洲头方向远远就看到青年毛泽东的雕像，它是橘子洲景区最大的景观工程，标志性建筑，位于公园的中央。雕像坐西北朝东南，背面立有大型汉白玉纪念碑，碑的正面镌刻着毛主席手书的“橘子洲头”，碑的背面为毛主席1925年挥斥方遒的《沁园春·长沙》，我们肃然起敬伫立在这座高32米、长83米、宽41米，采用钢筋混凝土框剪结构，外表材料为花岗岩石塑造，于2009年12月建成的巨幅雕像下，仰望着伟人的风采。那沉思的表情、飘逸的头发、俊朗的面容，显得无比生动又亲切传神，他双眼深不可测地凝视着远方，那心忧天下的神情，深深感染着我们的心灵，大家情不自禁地举着手机拍照留念。

橘子洲头周末烟花也芳名远扬。在每年5月至10月的每周六晚上，包括元旦、除夕和元宵三个重大假日，会燃放20分钟的烟花。火树银花不夜天，良宵盛会喜空前，璀璨焰火点亮长沙夜空，湘江两岸灿若星河，已成为长沙重要的旅游名片。

无巧不成书，就在我们参观橘子洲头次日，长沙周边连降暴雨，受湘江水位上涨影响，橘子洲头景区亲水平台被淹没而紧急限时闭园。我们亲眼看到了湘江长沙段第三次洪峰奔腾而下的情景。据报道水位为38.46米，比1998年抗洪的最高水位39.18米仅差0.72米，此次洪水还将“湘江抗洪纪念碑”淹没，但市民们生活安康如歌。

长沙地处湘江下游，1998年遭受了中华人民共和国成立后最为严重的洪涝灾害，240万人受灾，农业、水利、交通等设施严重受损，在党中央坚强领导下，全市党政军警民齐心协力、团结奋战，展开了一场抗天灾、战洪魔、保长沙、卫家园的惊心动魄的大决战，以血肉之躯筑起抗洪的铜墙铁壁，以辛勤的汗水保卫了长沙的安全，夺取了抗洪的全面胜利，谱写了一曲震天撼地的光辉篇章。

橘子洲头似一座承载历史的桥，横跨在古代与现代之间，朱熹、张轼、杜甫在橘子洲头留下千年佳句；曾国藩水练湘兵的号声依稀徘徊耳旁；一代伟人毛泽东的问天豪情如浩荡东风席卷万里长空。湘江水拍打着橘子洲岸，那“啪啪”的声响，似乎诉说着一个又一个动人的历史故事。

它似一颗绿色的明珠，镶嵌在星城的西部，折射出耀眼的光芒，吸引着中外游客奔至沓来，既为古城拥有这样的人间仙境、世外桃源而骄傲，又被长沙的繁花似锦、幸福安康所感动。

它是人类美好的见证，曾有诗人写了这样一首赞美湘江诗：“游客登洲，听渔州唱晚，观麓山红枫，看天心飞阁，赏满树橘红，吟先贤辞赋，其乐融融。”

再见了橘子洲头，我内心还久久不能平静，历史的硝烟虽已远去，每当我们深情回眸，你绽放的精彩还在继续。

2021年06月11日写作于海南海口

记叙会文风情　讲述身边故事　弘扬乡土文化

优秀人文发光华

——为《会文潮》出版著序

牛去春雨祥云在，虎来吉日瑞气生。

会文镇在牛年又获得了让人欣慰的经济建设与社会建设双丰收。同时，以会文人为主编著写的《会文潮》一书，在虎年春成功地付梓面世了，我捧着彰显会文人不懈奋斗的光辉足迹，以及作者艰苦努力精神的新书，无尽感慨，在表示热烈祝贺的同时，不禁提笔写下此文，以为序。

八九年前，以会文人为主，书写会文人文的《会文韵》一书出版后，反响很好。广大读者从中了解到了会文演绎的脉络、民众的睿智、人文的灿烂，以及折射的韵律，纷纷给我们来信来电祝贺与鼓励。此后，铺前镇也出版了《古镇春秋》，锦山镇、龙楼镇与文教镇正在编著《绵山人文》《龙楼星光》等书，我们从中看到了它的价值与魅力，在乡亲及读者的真诚建议与热心鼓励下，我们开始策划写《会文韵》的续篇《会文潮》，并着手收集材料，分析与研究该书的主线与纲目。前年仲夏，我们正式将撰写此书当作努力计划，频繁以文为友，多次研究探讨，分头了解和探讨，拿出初稿后，又几次研究、核实、修改、会稿，形成了《会文潮》此书。

会文山水，先天妙成；会文人文，后天炫耀。

韵者，旋律也，灵魂也，神游天地，会文韵意无穷，引人入胜；潮者，率先也，流向也，无坚不摧，会文高潮迭起，波涛汹涌。它是时尚的潮流，是前进的动力，是现代的气息，是人文的履痕。根脉情缘，往事如歌，我们怀着敬意与感情搜集与书写会文辉煌的历史。

春秋易序，筚路蓝缕。会文自先人定居以来，以文会友，以文铸德，敢为人先，奋楫前行，立世纪潮头，发时代先声。它多次在读书、创业、出洋、报国、华造，以及敬老、爱乡等方面同心同德，群策群力，掀起了高潮，成为海南东海岸一颗璀璨的明珠。在历代人的不懈努力中，物产丰阜，文化灿烂，社会文明，环境优美，因而成为宜业、宜居、宜学、宜寿之地，得天炫耀，独尊南疆，使人敬仰。故乡人发自肺腑："羡慕苏杭，更爱会文。"外地人感慨："莫道会文茶店陋，说文不逊文昌河。"

会文很“潮”，会文很“文”。高潮引领潮流，潮流力量无边。会文高潮迭起，经济不断发展，社会持续繁荣，是什么原因与动力使它形成高潮呢？又如何使高潮持久，使其成为推动发展与繁荣的伟力呢？经过努力探索，我们从感人至深的先人及新一代的事迹中了解到了其真谛。高潮迭起的根本动力是抓住了社会和发展的基本矛盾，正确处理生产力与生产关系。动力来自为了国家强盛、社会和谐、人民富裕的坚定信念，以及以人为本、育才为先、伟大拼搏的不懈追求。这些都是人类进步的正能量，是经济与文明持续发展的根本动力。我们要将其看作金子般的珍贵，像爱护自己的眼睛一样爱护它、挖掘它、理解它、运用它，日新月衡，追求极致。我们应坚定此文化自信，信心满怀向未来，群策群力建故乡，使之日新月衡，韵逸潮涌人杰。不要把先进理念当花瓶，先进文化当作梦幻！

我们挖掘会文优秀人文，撰写成《会文韵》《会文潮》等书，旨在让会文的优秀人文焕发光华，不使其在渐行渐远的历史长河中煙没，使人从中明智、奋发，让正能量代代相传，凝聚不断繁荣、持续发展的伟力，随韵而舞，应潮而谋，赓续辉煌。

天职之心，家国情怀。故乡历史悠久、人文浩瀚，有挖掘不完的精神与人事，有写不完的风物与历史。《会文潮》一付梓，我们又酝酿撰写《会文人》一书，可谓故乡“三部曲”。我希望故乡的有志之士，再接再厉，搜索不止，笔耕不辍，在《会文潮》之后，尽快地将《会文人》献给故乡！人是万物之灵，人是社会发展的根本动力。有了人，规律可成韵，观念可成潮，什么人间奇迹都可以创造出来。非常的地方，非常的岁月，势必有非常之事，非常之人！

会文人敢立潮头竞风流。会文的未来会更璀璨，故乡的明天会更美好。爱我会文，讴歌故乡！

写作于海南海口

记叙会文风情　讲述身边故事　弘扬乡土文化

又想荔枝飘香季

荔枝是一种口感极佳的水果，位列南国四大名果（荔枝、龙眼、芒果、菠萝）之首，声名远扬。

小时候喜欢听蝉鸣声，倒不是喜欢蝉这种生物，也不是喜欢蝉鸣的声音，而是当蝉在枝头鸣叫的时候，意味着夏天来了，荔枝即将成熟了，旷野的风吹过窗棂，仿佛又闻到了那荔枝的清香。

我的老家房屋门前有一棵树龄百年的荔枝树，树干一人环抱不过，有十米多高，枝繁叶茂，常年都开花结果，它陪伴我度过了很多童年快乐时光。

当年农村中物资比较匮乏，水果是充饥的佳物，虽然乡下野果众多，但荔枝被视为果王，它对孩子们的诱惑难以言表。我家门前这棵荔枝树树高龄大，每到成熟季都挂着一串串红色的果实，在风雨中傲然而立、摇曳生姿，让人眺着垂涎。其实它果质一般，肉薄核大，甜度偏淡带酸感，与村子里其他荔枝树相比较晚熟，它的这些特性让酷爱啖食荔枝的我催生出一些童稚窘态。

荔枝成熟期，常有孩子采果时不慎从树上坠下的情况发生，乡亲们为避免意外出现，编造出荔枝树“有鬼”的传说，用来吓唬孩童莫为。我家荔枝树采摘比较困难，连大人们都望高兴叹，束手无策。于是，我每季都挑战树高，不怕鬼吓，喜欢爬树折摘，久而久之，这攀树的功夫在这群孩子中出类拔萃，再高的荔枝树不用弯钩都能收获得一干二净，还从来没有“摔树”的记录。凭借过硬的本领我经常被邀请到树上过足荔枝瘾，在他们眼里，所谓荔枝树“有鬼”

的传言，被我不攻自破。

家中荔枝成熟期滞后让我非常郁闷，看到别人如“早起的鸟儿有虫吃”，特别渴望，万般无奈之际我想出几招对策。一是“未熟先食”，只要树上荔枝内核变黑，就权当熟果开始享用，尽管肉少酸涩也啃得啧啧有声，常被别人调侃“仁黑吃到熟”。二是“荔红打鸟”，借着赶鸟的名号，手持弹弓，流连于荔枝树下，一边寻觅鸟狸行迹，一边趁人不见弹射荔枝掉下，偶遇人家看到也矢口否认是有意而为。三是“寅支卯粮”，先向手中有货的发小预支解馋，应承待自家荔枝熟摘后悉数奉还，双方通过等价交换达到目标共赢，用荔枝做起了“期货”生意。

海南也是荔枝原产地，在很多山村至今仍有成片的野生荔枝林长势葱茏，有野生树说明地理环境适宜生长，才能经过千百年风风雨雨存活下来。

早在明代，有着海南四大才子（丘浚、海瑞、王佐、张岳崧）著称的丘浚，就写下著名诗篇《咏荔枝》：“世间珍果更无加，玉雪肌肤罩绛纱，一种天然好滋味，可怜生处是天涯。”赞誉海南荔枝生长在天涯，天生就具有无与伦比的天然美质，才能这样加倍招人喜爱和受人青睐。同时暗喻自己对生在海南、长在海南充满着骄傲与自豪，通过歌咏荔枝，也寄托着自己的鸿鹄之志。

丰富的历史文化积淀，使海南荔枝锦上添花又独树一帜。

贤能们利用海南“天然大温室”的禀赋，培育推出全国最早熟、让你“鲜”人一步的海南妃子笑，拉开每季荔枝彩排的序幕。它半红半绿的果皮下包裹着白玉般的果肉，甜而不腻，入口轻咬蜜香蔓延开来，幸福感飙升，具有无法抵挡的甘旨诱惑，余味悠长。

两年前，我们几个朋友随同高先生来到他在文昌市东路镇的妃子笑荔枝种植基地，举目远眺，非常壮观，山坡上荔园里那一簇簇、一串串泛红的荔枝，就像一盏盏小灯笼，小巧玲珑地挂在树枝上，把每根树枝压得弯弯的，又在绿叶下你拥我挤，随着阵风吹拂，仿佛在窃窃私语，猜测有相公前来找妃子。

海南荔枝王堪称荔枝王国中的“巨无霸”，其外表为红色，表皮有很多鳞状突起，单果重 50 至 60 克，犹如鸡蛋般大小，是普通荔枝的 2 至 3 倍，它主要

产于海口市的永兴镇，其周围土壤多属于火山喷出岩风化而成的石砾黑壤土，内含丰富的有机物质及多种微量元素，在此生长的荔枝王，呼吸着火山岩缝中高浓度负氧离子，吸收了地底的各种矿物质等营养成分，造就出珍果无加。

甘露凝成一颗冰。海南荔枝王不但个头硕大，而且肉厚汁多，沿着果壳的“缝隙”一摁一掰，晶莹洁白的果肉便冒出来，水灵灵就像满脸胶原蛋白的少女，鲜嫩饱满，送入嘴里轻轻一噬，果香怡人，清甜不腻，在生活中很受欢迎。

卓绝类而无俦，超众果而独贵。这是古人对荔枝的赞颂，近代海南首创的无核荔枝被视为荔枝家族中的“爱马仕”。

无核荔枝并非只是无核，只有在无核的基础上达到果型大、颜色红、外皮薄，无大小果才能被称为真正的无核荔枝。它是澄迈县农技人员经过多年潜心研究，通过复杂的培植技术，从野生筛选到良种栽培，再到优种多次嫁接而成。关山难越，产量极其稀少。

吃无核荔枝不单单是一种口欲，更是一种健康。它果实大小如乒乓球，嫣红色的皲裂果壳包裹着果肉，凝脂般的果肉吃起来无渣。较之普通荔枝甜中又保留了荔枝的自然微酸，好吃又不上火，是口味轻甜者与糖尿病人钟爱的水果，因为它的果酸激酶含量是荔枝果类中含量最少的。

无核荔枝集美味、无核、有机、富硒、不上火这些元素在这一种水果身上，使它更具魅力。目前市场售价高达 500 元 / 斤，畅销国内外，货源供不应求。澄迈县着力打造此类精品，已推广种植面积达 7000 多亩，占全省无核荔枝种植面积的 70%，无核荔枝成为我国特有的热带植物资源。

每到荔枝成熟季，人们一边津津有味地品尝鲜美的荔枝，一边不忘兴致勃勃地诵咏古今名人所写下的有关荔枝诗词，给生活平添更多的享受和乐趣。

有人说古代文人墨客享用荔枝有三个美谈，一个有名、一个有趣、一个有味。

荔枝一半是清泉，一半是火焰。唐代诗人杜牧为它写下千古名句：“长安回望绣成堆，山顶千门次第开，一骑红尘妃子笑，无人知是荔枝来。”杜牧诗中的荔枝是昂贵的，又是祸国殃民的，因为荔枝长在南方，唐玄宗的贵妃杨玉环想要吃荔枝，只能从南方运到长安来，鲜荔枝难以保存，白居易有云：“一离本枝，一日而变色，二日而变香，三日而变味，四五日外色香味尽去矣。”于是，唐玄宗命岭南等地进贡，快马加鞭，驿骑传递，日夜兼程运往京城来，方能做到色未变。在交通不便利的古代，这是一件非常耗费人力、物力、财力的难事。因此，杜牧借着荔枝的特性来表达对玄宗穷奢极欲、荒淫误国的愤慨之情。

名仕张籍曾作一首《成都曲》:“绵江近西烟水绿，新雨山头荔枝熟，万里桥边多酒家，游人爱向谁家宿。”他告诉人们“天府之国”成都也有荔枝，而且披红戴绿是成都锦江边一道靓丽的风景，反映成都市郊的风物人情与市井繁华及他对太平生活的向往。

然而，他的诗作不仅让人领略了成都的景色美好，同时也对为博红颜一笑，而让昏君恣意妄为的荔枝来自何方产生质疑？苏东坡等人就认为，既然蜀中有荔枝，何必舍近求远从万里迢迢的岭南等地送往长安。养尊处优、万般挑剔的杨贵妃怎么可能接受路途耽误一周的鲜果。她生于蜀地，自幼有此嗜好，口味习惯属自然天成，食的应是蜀中荔枝。且不论孰是孰非，说法是否科学有据，任由历史评说。众口一词的是，杨贵妃生活奢靡是不争的事实，张籍诗句引发的猜测也让人横生妙趣。

苏东坡笔下的荔枝，是果香诱人的，是让人念念不忘的。1096 年，他被一贬再贬到惠州时写下了“罗浮山下四时春，卢橘杨梅次第新，日啖荔枝三百颗，不辞长作岭南人”的佳句。许多罪臣被流放至此南蛮之地，往往万念俱灰，颇多哀怨、嗟叹之辞，而苏东坡表现出乐观旷达、随遇而安的精神，以及对岭南之爱，借荔枝的美味，将自己的满腹苦水唱成了甜甜的赞歌，使他钟爱的“桂味”与“挂绿”荔枝闻名遐迩。

荔枝作为南国佳果，在诗词文化中流传至今，有独到之处，因它的美味、因食用价值、因历史传奇，无论是丘浚出处的“世间珍果更无加”，还是杜牧笔下“一骑红尘”妃子笑，还是苏轼不辞“长作岭南人”，或是张籍描写的蜀中一代红荔枝，千百年来都不曾改变，季季飘香。

2022年08月07日写于海南海口

闹“军坡”

在海南民间，传统节日中与过年（春节）隆重程度能相提并论者唯有闹“军坡”，一些地方甚至有过之而无不及，民风延续不断，必定相沿成俗。

悠久的历史

军坡节庆是海南地区各族同胞为纪念“冼夫人”而发起的传统庙会活动，俗称闹“军坡”。经过历史的传承，时代的演变，民间的弘扬，它沉淀了极其丰富的文化内涵，是海南最负盛名、最广分布、最为隆重、最具特色的节日，至今已有一千三百多年历史。

据史书记载：冼夫人是梁朝高凉太守冯宝的妻子，是我国杰出的政治家、军事家。她文武双全，韬略高超，曾多次平定岭南地区叛乱。历经梁、陈、隋三代，无论世事如何动荡变迁，都使南越这一偏远地区始终归顺在汉族统治之下，从而促进了民族融合，保持了国家领土的完整统一。她亲自奏请梁武帝在海南设立崖州，恢复海南岛和中央政权的直接联系，并主持海南政务。

她大胆改革，为老百姓办好事。一是建章立制，以德为怀，维护治安，促进了海南各民族的团结。二是从中原组织移民来开发海南，这些移民上岛后，把当地岭南和中原先进的生产技术，如推行牛耕、兴修水利、选育良种，制肥施肥、田间管理等传授给海南民众，促进了生产的发展，生活得到改善。三是亲自扶持儋县百姓迁移县城到离海较远的东南方，避免了水患为害，使人民安居乐业。四是倡导垦殖，无偿地向农民提供种子种苗，又设法向黎民传授纺织、制衣技艺，解决人民的温饱问题。五是带来了先进文化，在海南组织百姓学知识、读诗书，广泛传播中原的医学技术。至今，在南渡江上游的琼中县还流传他们夫妇励志乡民读书的歌谣。

作为地方政权，正式开发海南自冼夫人始，因此，她生前身后屡得皇朝赐封，计有“谯国夫人”“懿美夫人”“诚敬夫人”等十多顶桂冠。中华人民共和国成立后，周恩来总理赞誉她是“中国巾帼英雄第一人”。江泽民主席称她是“我辈后人永远学习的楷模”。

冼夫人对海南的卓越贡献，让海南人民对她十分崇敬和怀念，影响非常深远。自唐至宋，就不断为冼夫人立宗祠、建庙宇，作为一个杰出的历史人物来纪念。到明清以后，建造冼夫人庙堂日益增多，达到430多座，几乎所有城乡村舍都在奉祀冼夫人。明代海南进士王弘海曾写下一首七言律诗：“年年诞节启仲春，考钟伐鼓声渊阗。军麾俨从开府日，杀气直扫蛮荒尘。李家墟市龙梅里，一区新筑神之宇。岁时伏腊走村氓，祝釐到处歌且舞。迩来豺虎日纵横，青天魑魅群妖精。愿仗神威一驱逐，阖境耕凿康哉宁。”记载当时这种象征冼夫人率军出征、驱邪镇魔、保境安宁的“军坡”活动，已成为海南民间的传统节日。

海南闹“军坡”活动时间差异很大，一般以冼夫人出征到达本地时间作为节期。文昌一带多在正月至 3 月里举行，定安、琼海、万宁从正月初六直至 9 月以后都有，全岛各地一年四季络绎不绝。

节庆的盛装

冼夫人当年举行阅兵比武与点将出征仪式时，她命多地峒主前来观摩，而且还要组织地方队伍“仿效”军队，而称“装军”。举办装军、巡回、检阅大都在宽阔的山坡上进行而叫“军坡”。其时，队列整齐，军号嘹亮，旌旗猎猎，场面十分壮观。

海口市龙华区新坡镇是冼夫人当年军队的驻营地，也是冼夫人故事广为流传的地方，因此也是海南闹“军坡”的源头。《琼山县志》记载：千百年来，“数百里的祈祷者络绎不绝，每逢诞节，四方来集，坡墟几无隙地”。道出了每年二月初六至十二军坡节期间非凡热闹的景象。

这几天，人们模仿冼夫人当年出兵的宏大场面、阅兵仪式、两岸对垒，组织秧歌队、舞狮队在喧闹的锣鼓声中抬着冼夫人的神像到各村游行，队伍每到一个村寨，该村男女老少盛装出迎，致庆致敬。

这几天，新坡镇整一条街都是卖桑叶、桔枝、番薯、芋头、韭葱以及簸箕、框、篮竹器与小鸟、公仔、风铃等物品的小摊，每个摊位都挤得水泄不通，处处门庭若市，人们憧憬大吉大利，财源广进。

这几天，十乡百村，成千上万的人流奔向新坡镇冼夫人庙朝拜，手持仿制当年的百通小令旗，祈求一“令”传下，百事百顺，多子多福。

这几天，家家户户宰杀牲畜家禽，备足香烟好酒，传杯异盏，盛宴迎客，到处鞭炮轰鸣，欢声笑语不绝于耳。

这几天，夜空亦似白天，海南戏、木偶戏、歌舞剧、放电影、演晚会，天天通宵达旦，大多今夜无眠。

万宁市一带的军坡节，名目繁多，让人拊掌而笑。集市贸易异常繁荣，小贩处处摆摊出售饮食、日用品、衣料、农具、杂货等物品，俗称“发军坡”。抬着神祖像挨家巡游，吹唢呐，打钟盘，组织群众参与体育、观看戏剧、电影等文娱活动而称“闹军坡”。乡民们梳妆打扮、喜气洋洋逛集贸市场，踊跃购买摊点商品遂称“行军坡”。亲朋好友成群结队，走村串户喝茶聊天，杀鸡宰鹅、摆酒请吃乐称“吃军坡”。集市上人来人往，既有当地的老百姓，也有来自外地的宾客，人员混杂，口音各异。对商贩们在道路两侧摊点出售的满目琳琅的各类小吃日用、瓜果糖饼，却行而不买者，又叫“看军坡”。

如今，闹“军坡”除了保留传统的活动以外，不断融入新的内容。海口市人民政府将它设定为“中国（海口）冼夫人文化节”，不断扩大其影响。很多地方都把闹“军坡”中加入了文艺晚会、燃放焰火烟花等环节，还举办各类体育比赛、广场舞比赛，举行学术论坛，表彰巾帼模范等活动。军坡节进一步丰富多彩，彰显出观闹的天地，集游的盛宴，歌舞的海洋，成为不可多得的地方文脉所在，于2005年入选第一批海南省非物质文化遗产名录。

流芳的雅俗

闹“军坡”在海南的东北部地区也俗称“公期”。除了祭祀冼夫人还包括本村境主以及民间传说的对海南历史上有贡献的人物。活动一般以该村为主，约定俗成。尽管范围不大，仪式亦大同小异，唯独在食文化上大放异彩，故美称为“吃公期”。

“公期”当天，村里挨家挨户大摆宴席，通过客流量展示节日的隆重、主人的热情好客以及生活的富足美满。不仅亲戚朋友沓至纷来，而且还带着朋友，朋友的朋友们，认识的或不认识的都见者有福，潇洒入席，误餐了就相邀到亲朋家请吃。席上觥筹交错，言谈甚欢，远亲也变成近戚，陌客也变成熟人。天南地北，无所不谈，各类信息随之流通开来，抓住机遇或许就发端于觥筹之间。客人越多越显面子，主人越发高兴，来者都是客，通过“公期”体现了海南民间纯朴的包容文化。

吃公期主人家既期盼来客多多益善，又在菜肴上大展拳脚，既有体现全村步调一致的品种，还可在各家打造特色展示。通常是全村统一请大厨制作，各家自报所需桌席数。但不管千变万变，有几样必须是固定菜式。如：全家福，这是海南人逢年过节必备的一道菜，也是酒席开始上的第一道菜。它选用 10 多种精制食材，有鱿鱼干、虾米干、炸猪皮、鸡胗、猪肝以及冬菇、腐竹、竹笋、木耳、菜椒与胡萝卜等一起烹煮，堪称健康美食。白切文昌鸡也是必不可少，它是海南人餐桌至爱，有百吃不厌、无鸡不成宴之说。鱼，不管是香煎、清蒸或煮汤都不可或缺，意喻年年有余。扣羊肉是乡村酒席的一道风景线，它可反映出餐食档次，还标榜喜气洋洋。猪爊腿，酱得深赭发亮，炖得香嫩软烂，入口即化，男女老少皆宜。八宝饭成为收官之作，蒸煮甜绵美味，食后满嘴留香，寄祝宾客延年益寿，来日方长。

除此之外，不少家庭的菜品还要锦上添花。或推出厨中贵族，或展露特色，或依据嘉宾喜好，增加地方风味。每席菜最少都在十二道以上，愿景就是让大家吃不完还打包走，一桌酒席把饮食文化演绎得淋漓尽致。

我退休以后，在闲暇之余不忘享受这份口福，常应朋友之邀，参加海口、文昌等地的一些“公期”节庆，每回还喜欢早早到达，道理有三：一是走访了解当地的村俗民情；二是观摩乡村制作大型餐饮的盛况；三是免去泊车的烦恼。每逢这天，村子里外，宅内树下，处处人头攒动。房前屋后，道路两旁，摩托车、电单车、小汽车见缝插针到处停放。晚到的客人，往往是望车兴叹，大费周折。观看菜肴烹饪也是一种享受，只见村中宽阔处用砖瓦临时搭成的大土灶一字排开，柴火在高温下“呲呲”吐着火舌，舔舐着大大的铁锅，锅中不停地倒菜、加水、添料翻动，不一会儿便散发出沁人的鱼肉菜香。大厨挥动锅铲热汗如雨，厨娘洗肉切菜喧嚷不断，端盆递碗的俊姑娘此起彼落的吆喝声响彻一片，演奏出美妙的碗、筷、杯、盆交响乐。

难解的谜团

闹“军坡”时离不开表演“过火山”“上刀梯”“穿杖”等节目，这些富有神秘感的民俗文化，蕴含着意志的锻造、精神的寄望与朴素的情怀。但有些难按科学的视角去阐述，让人百思不得其解。

传说中“上刀梯”“过火山”“穿杖”都是当年冼夫人的军事训练项目。在沙石横飞、荆棘遍地、刀光剑影、火攻屡见的古战场，为使将士们练就出顽强坚定的意志、履步火海的结实脚板与身躯“刀枪不入”的“特殊技能”，将士们凭借此技能在战斗时能出奇制胜，从而所向披靡。

传说归传说，在现实中目睹闹“军坡”的真人秀表演感觉相当诧异，现场触目惊心，连同一些参与者事后也觉得不可思议。

据说“过火山”表演其实不难，把化学品硼砂或朱砂撒在火炭表面或事先将双脚放进此溶液中泡浸，可保你赴汤蹈火而毛发无损。因为化学品溶解时吸收了大量热能，使木炭表面的温度骤降，在火炭和双脚之间产生了“保护层”。

“上刀梯”比“过火海”更加险峻，从科学的角度讲，但凡锋利的刀只有来回划或使劲压才能切伤皮肤。表演者事先应该在脚板涂上了能保护皮肤的药液，攀登时尽量用脚后跟最硬的部分斜踩刀口，并尽量保持不动减轻脚的压力。借助脚板药擦过后变得又硬又滑，达到不易被划破的目的。加上人勒紧了腰带，使大部分力量集中在反握利刃的双手上，脚部重量减轻而完成此项表演。这对业精于勤者且不为过，但凡夫俗子还真难以置信。

更大的问题是，相对于“过火山”与“上刀梯”的惊悚，“穿杖”则让人倍感惶恐。

屯昌、定安地区的“穿杖”最精彩、最具看点、最令人震撼。表演者头上裹扎红布巾，手里拿着一炷香，嘴含白酒朝钢钎喷了一口，就将长长的钢钎从面颊处直接穿透并含在嘴里，一支钢钎可同时穿杖几个人，期间口中还念念有词，安然无恙地游走在人流中。最神奇的是，将钢钎抽出后，穿杖人颊部伤口周围不流血、不红肿、不疼痛，不留疤痕，大千世界真是无奇不有。

曾经有人问过一个穿杖的小伙子有何种感觉，他说第一次穿杖的时候就像有一股神奇的力量在推着你，刚开始也害怕，但后来又有一种感觉，就是脸部很痒很痒，仿佛只有穿杖才能止痒，前一秒还在怕，后一秒很快就穿过去了，并没有特别痛苦。

围绕这些谜团，长期以来，众说纷纭，莫衷一是。有云：闹“军坡”是万众拥戴冼夫人，用情专注，心无旁骛，会感受她无边法力的守护自己平安。也道：道教的魔法有“降公”（护身）之说，表演者都是村里的“僮身”，穿杖前必须举行祭拜礼。还言：他们是自幼培养的群体，台上一分钟，台下十年功，从哪个部位穿刺，用多大的力量，选什么样的角度，如何拔出钢钎都要千锤百炼，才能技臻艺成。更说：穿杖并非危言耸听，人的颊部属于软组织，神经和毛细血管较少，事前又用酒精来麻醉和消毒。穿杖钎拔出时皮肤黏膜随之紧实收缩，并无大碍。与此种种，能否自圆其说，只能是仁者见仁，智者见智了。

闹“军坡”之所以在海南倍受推崇，因为它是美的集锦。美在父老乡亲，和睦相处，其乐融融；美在人情世故，礼尚往来，宾至如归；美在大千世界，人心有爱，行善积德；美在传承经典，弘扬文化，踵事增华；美在尊崇先贤，汇聚民智，普天同乐。

2023年03月22日写作于海南海口

（四）人杰地灵

记叙会文风情　讲述身边故事　弘扬乡土文化

钟灵毓秀话故乡

——为《会文韵》出版之作

会文是我的故乡。

20世纪60年代以前，会文地区是以白延为代表，以白延称谓的。白延墟有过辉煌的历史，被称作“小上海”，乡民因对外称“我是白延墟圮人”而感到自豪。后来由于地理位置和交通等原因，逐渐衰落。20世纪60年代以后，区公所、公社、镇政府所在地均设在会文墟，会文墟遂成了会文地区的政治、经济、文化中心。有说流金白延、溢彩会文，白延过去灿烂，会文今天辉煌，都值得讴歌。

音和日韵，量逸韵远；会集文气，字辞丽日。

会文是个会友以文、文人汇集的地方。它开宗明义，文采郁郁，文气泱泱。我从小就听过林英级、林希兴等硕彦，刻苦读书，中进中举的故事；听过陈策、云广英、罗文淹等志士，国魂迸发，为国为民的传奇；听过林建卿、陈传栋、林凤栖等学者，热心办学、教书育人，以及翁诗杰、王兆松、林汉生，王茀诚等侨领，在异国创业，回报桑梓的事迹。他们的精神，深深地激励着会文人英气奋发，一往无前，荫泽故乡，福运绵长，累代繁华。

会文最令人向往的是它的山水。这里的白延岭、沙港岭椰树成林，葱茏蓊郁；白延溪、水尾溪水秀草丰，风物灵美；家屯洋、湖峰洋土地肥沃，稻薯丰硕；长圮港、冯家湾海涵万物，风光旖旎。这方热土哺育一代代会文人安居乐业，农渔兼顾，丰衣足食，和睦相处，造就了海南名镇，谱写了侨乡华章。

会文最让人受鼓舞的是它的精神。故乡人民志气高远、筚路蓝缕，无论立足家园、外出创业，还是漂洋过海在异国谋生，都艰苦励志、奋发努力，事业有成，人生辉煌。

会文最博人称誉的是它的文明。会文名烁其义，字明其德，它的灵魂是“文”，以文教之、以文化之、以文辅仁、以文铸德。人们弘文励教，名贤硕彦，风俗茂美，人敦廉节，群鸿游天，增妍紫贝，光莹琼州，是个礼仪之乡、道德之乡，处处闪烁着文明之光。因而，它是创业和人居最好的地方之一，有“情愿住在会文，不愿别迁外埠”之说。

一个地方能不能持久地繁荣和发展，文化至关重要。海南国际旅游岛建设的最大魅力是文化。文化无时无刻不影响着人们。《会文韵》撰写的是一个镇的区域文化，挖掘的是以会文、白延为代表的乡史文化，以琼文中学为代表的教育文化，以陈策、云广英为代表的精英文化，以王兆松、翁诗杰为代表的华侨文化，以鸡阉、糖贡为代表的美食文化，以乡情、乡缘为代表的乡土文化，这正是海南建设国际旅游岛所要弘扬的。它不拘文体、洒脱自如、图文并茂、雅俗共赏，将故乡的秀水丽山、悠久历史、杰出人物、优秀伦理、淳朴民风、名胜古迹、特产美食，以及人们对故乡的浓厚情感载入史册，不因日月流逝而湮灭。还将凝聚乡人、光前裕后、以人为本、爱国恋乡、共建家园展现出来，让更多的人了解会文、热爱会文、建设会文。因而，我们祝贺《会文韵》出版的同时，还希望欧大雄、吴运秋、俞自来、林方杲、钱汉堂、吴毓桐、曹显荣、符瑞璋、侯天仁、林方玮等先生再接再厉、继续勤搜远绍，笔秉神韵，让会文人的精神发扬光大，使会文镇的建设百舸争流。

会文，一个钟灵毓秀的地方。我爱我的故乡会文。

写于海南海口

记叙会文风情　讲述身边故事　弘扬乡土文化

我的爷爷“和利公”

我的爷爷大名不叫“和利”，和利是他的商号。20 世纪 30 年代，他在人口密集的文昌市白延墟开设了一间杂货店，店名就叫“和利”。由于诚信经营、交口赞誉，“和利公”称呼就远近地叫开了。

爷爷身高不到一米六，满头短白发，年过七十还眼不花、耳不聋、牙不掉、腰板不弯。肤色较白的脸庞清癯瘦削，额头深纹显得饱经风霜，炯炯有神的双眼总带着笑意，说话声音比较响亮，没人时喜欢沉静思考。

我的童年与爷爷相处最多，奶奶过世较早，爸爸在外地工作，妈妈为了家里生计整天忙得两头在外，照看我的活儿自然而然落在了爷爷头上，他的言行举止，潜移默化地对我产生了深刻的影响。

爷爷出身寒门，早年丧母，一生坎坷，但很有个性。

他大字不识一个，并非孺子不可教也，而是因家境贫穷，自小没有进过学堂念书。听我父亲说，爷爷小时候曾在邻村偷听私塾上课被驱赶，7 岁就跟着曾祖父钉木屐卖钱挨日子。此生没有文化成了他的硬伤，对别人讲书舞墨讳莫如深，寄希望于子孙匡救弥缝。我刚满 5 岁他就让我上小学一年级，还时常在耳边唠叨他的育孩经：读书生（兴）、瘾薯死（衰），书可赚薯，薯不来书。告诫我只有认真读书，将来才有出息。只要肯读书，他一路开绿灯，为你摆放齐桌凳、擦亮煤油灯、准备好零食，书纸笔墨用度样样不落。唯独不能向他讨教功课寻问生字，否则当你是故意调皮捣蛋和犯忌，让他难堪，非给你教训不可，以增长记性。

读书没机会，实践出真知。不识字的爷爷两只手可拨打算盘，噼哩哗啦速度倍儿快，两眼只观数字不看算盘，准确度不需复核。一年二十四个节气与收种农谚倒背如流，“惊蛰乌鸦叫、春分地皮干”“蚂蚁搬家蛇过道、明日必有风雨到”“立夏莫下雨、犁耙倒挂起”“日落西北满天红、不是雨来就是风”，经常有人登门向他讨教。日常生活谈吐中时不时飙出几句英语，洗衣服用肥皂说soap（沙奔）、看球赛出界叫out（奥塞），他认为海南话拉大便（放屎）不文雅，都念英文出恭Courteous（客洁去）。好像是在标榜，即使我没念过书，也通情知书、内蕴中西。

特别有趣的是，村里曾集资办起一所小学，推荐校董时谁都互相推诿，认为这是一个费心、费时、费力还不讨好的苦差事，恐避之不及，偏偏爷爷在老迈垂暮之年主动请缨，这迟来的“文盲校长”当得有声有色。

难怪老人家话语中总夹带英语，这与早年下南洋谋生的艰难岁月密不可分。文昌是侨乡，白延是侨乡中的侨乡，清末民初是白延一带人下南洋的鼎盛期。在爷爷13岁那年，风灾水灾连绵不绝，生活难以为继，万般无奈之下，他泪别父亲与几岁妹妹孤身随人搭乘帆船投奔越南西贡的远亲，偏又祸不单行，船行至半途遭遇台风被刮到了新加坡。沦落星岛，他人地生疏、举目无亲，有同行善心者把他介绍给当地人，但面对一个面黄饥瘦、身无分文的穷小孩都害怕摊上累赘。好在天无绝人之路，埠上有后田园村一户林姓人家看他饥寒交迫、委实可怜遂将其收留，而后又介绍他到火车头的咖啡店打杂工。咖啡房店主是位英国妇人，看他虽然身单瘦弱，但慈眉善目，干活勤快、不计报酬、不怕脏累，遂另眼相待，并悉心调教。他把握机遇、潜心苦学，随着时间的推移和数年的摸爬滚打，爷爷深得老板娘赏识，被聘为总管（店长），终于在异国他乡站稳脚跟。再过几年身边有一笔积蓄后，又难免莼鲈之思、愁肠百结，他谢绝了老板娘的挽留，重新踏上了阔别十多年的故土。回到家乡后，爷爷用血汗钱购置了一些田地还盖了一间新瓦房，风风光光把妹妹嫁出去，自己也成家立业，生儿育女。不久之后还在白延墟开设杂货店，“和利”商号由此而来。

爷爷不止一次摸着我的额头，讲述他这段不平凡的人生经历，不无自豪称，他的高超盘算技术与半咸英语都是那时候留下的财富。

我也不止一次问爷爷，为何选择经商，还把招牌起名“和利”？他直言不讳地说：“当时家中贫困又不认字，开始权当是谋生的工具，下南洋的亲历印证经商适合自己个性，后来还觉得它的广阔交际、积累人脉，能为今后生活打下基础，这辈子就这样过来了。经商最讲和与利，‘和’寓意从容淡泊，‘利’寻图好运吉市，和与利可互为因果、相辅相成、安居乐业、遇险成祥。”我不禁感慨，谁说爷爷没文化，看世事独出手眼。为了让我真正明白个中真谛，他不厌其烦地强调，经商崇和就能淡定、逐利论道心方坦然、金山银山难免遭嫉、斤斤计较不胜其烦、忍字当头不失大义的道理。他是这样说的，也是这样做的，生意经营得风生水起。因此，“百忍成金”是他一生的口头禅，嘱咐我们要牢记患难时帮助过他的后田园村林公一家的恩情。

小时候我在外面受委屈，回家告状希望他能主持公道，得到最多一句话是：

“侬啊侬，小气要受、志不能馁、义不能忘、百忍成金。”

爷爷历经沧桑的人生，养成了他勤俭节约、凡事长远的习惯。他告诉我们做饭时，每顿饭按人量米后要撮回一小把。寓意其一：饭吃七分饱，有益健康好。寓意其二：过日子要从长计议，留有余地。寓意其三：是节俭养德，惠风和畅。开饭时务必等家人坐齐后才能用餐，说是揭示“赶做不赶食”的好习惯，体现生活乐此不疲的氛围。吃饭时谁的碗里有剩饭，他会瞪着你看，因为“光盘”行动是他的一贯家风，爷爷嘴里常说：“谁知盘中餐，粒粒皆辛苦。”

吸烟是爷爷一生的嗜好，即便是在生活困难的岁月里也没间断，最不济时自种烟叶与地瓜叶混和省着吸，他最听不得“戒烟”二字。妈妈认为吸烟有害健康也烧钱，劝说无效采取了极端办法，如把烟叶藏起来、把烟嘴丢掉、不给种植烟叶等都不济于事。他对吸烟有自己的理解：凡事有好有坏，往坏里说它影响睡眠质量、导致肺部疾患、引发骨质疏松、容易导致不育，严重的会影响寿命不假。好处是能缓解人的压力、消除疲劳、促进血液循环、防止老年痴呆。更难能可贵是，抽烟容易增进沟通，如遇到吸烟的陌生人因为有共同爱好可以拉近彼此距离，吸烟可以让精神上得到满足，吃饱喝足仅是活着，精神享受才叫生活。当心情低落惆怅时吸烟可以把沮丧降低极致。饭后一支烟你满足的心态，打发时间，你伴随它化为扶摇直上一缕青烟的快感，是我一个生意人，难以放弃的情怀。

当然，事物有不同的理解视角，孰是孰非成旷古话题。不过，父亲与我都遗传了爷爷这个基因。

爷爷个头矮瘦，但颇有胆量，从几件事情可洞见底蕴。

曾听父亲说过，20 世纪 30 年代爷爷初在白延墟开店做生意时，经营状况不错，几乎每天都忙至夜里 10 点以后方从墟上步行回家。我们家距离墟里路途不远，但要穿越一座山，该山路小道长林幽，附近有殡葬地，白天一个人路过都会胆怯。那年月社会动荡、鼠窃狗盗现象多见，爷爷夜里独来独往，家人极为担心，但他一意孤行，陪伴他的是一支大手电筒和一根拐杖，声称这是他的武器，敢有歹人可来见习，硬是让他走出一路平安。

1939 年日本侵琼时，所到之处烧抢戮掠、无恶不作。为了响应政府焦土抗日行动，他毅然把自己在白延墟三间店铺付之一炬。听乡贤们说白延墟总共烧掉近三十间商铺，还惹怒日寇进行狂轰滥炸，没被炸塌的派兵拆毁，把木料运往会文镇修建炮楼与妓院。使时称“小上海”的白延墟变得满目疮痍。尽管“和利”商铺随之被毁，但它诠释了爷爷的大义。

姑姑还说，过去，每天上街聊天是他的必修课，自从有了我等孙辈后，整天困守在家看管孩子特别不适应。为解决这个矛盾，他将农村里媳妇背孩子的

大红背袋（挪袋）活学活用，背着不会走的，牵着会走的，又便每天涛声依旧。糟糕的是，我们不懂配合，经常在背袋里争缠拉尿给爷爷制造麻烦，多求路人搭手帮忙，久而久之爷爷的红背袋自然而然成为风景。

爷爷为人真挚诚心，四方八隅的乡亲，如有婚庆择、建房选址、孩子起名等事宜都爱请他老人家盘算。

爷爷满 90 岁那年的春节，得知子孙们都将从外地回家过年他异常高兴。尽管垂垂老矣，腊月二十六这天还请族亲凉哥到家里为他理了头发。大年初二晚，忙完拜年迎来送往诸事后，他感觉特别累，我们大家连忙扶他躺下休息，不久爷爷用细弱声音说：“我想睡一觉。”这一觉就再没有醒来！

爷爷虽然逝去，但他留给我很多很深的做人道理，“和利公”的音容笑貌铭刻在我心中。

2021年12月14日写于海南海口

咖啡树下

咖啡树是热带小灌木常绿植物，树形说不上壮观，但结出来的果实泛黄透红，分外妖娆，让人浮生遐想。

勾起儿时记忆

在文昌老家，儿时记忆中房前屋后有约十几棵咖啡树，都是爷爷亲手所种，每到秋季收获果实时，我总是跟着他老人家忙前忙后，喜形于色，爷爷是喜怒不形于色，我是因他高兴而高兴。我们家种的咖啡树果实大小不一，有些树果似莲子大，有些树果如花生小，尽管都红黄相间形态相似，但显然是品种有异，那时候物资相对匮乏，赶走鸟狸后，我没少把咖啡熟果的红皮当水果吃，味道甜中带涩，也充满着乐趣。

每年收获不多的咖啡果都是爷爷心中的宝贝，制作咖啡成品从不让他人染指，非得亲自操持精心劳作，从泡浸、晒干、脱壳，到把大小咖啡豆分门别类炆火慢炒勤翻至香气氤氲，然后研磨装瓶存好，每每累得满头大汗、颇费周折，但爷爷却乐此不疲。咖啡粉除了馈赠亲朋好友，一般在重大节庆与宾客来访时才可享用，平时难得问津，对咖啡的喜好我根本不明就里。

瞧着爷爷对咖啡情有独钟，我不时会问他几个为什么？出于对咖啡豆大小差异要分别加工，多出一份辛劳，曾问爷爷为何不植同一品种，免去诸多麻烦。打开了咖啡的话匣子，爷爷娓娓道来：“这正是俺家咖啡品质好的奥秘所在。咖啡树分为大粒种和小粒种，风味各有不同，大粒种咖啡因含量高，但香味差；小粒种咖啡因含量低，但香味浓。人们喜欢喝咖啡，一是沉醉于它的浓郁香醇，二是得益于提振精神，把二者巧妙结合，就能相得益彰。”

爷爷喝咖啡时，吸啜入口时会情不自禁地发出一种略带少许得意甜美的“啧啧”声，好像不发出这种声响不足以表达自己的心情。出于好奇，我非要爷爷说出其所以然。年轻时就在新加坡洋人咖啡馆里当过经理的爷爷无不自豪地说：“喝咖啡既是一种享受，更是一种文化艺术。品尝时首先有一种如瞬间被幸福电击的麻木感，迅而泛生浓郁丰满之口感，让从舌尖上涌出的怡人甘醇果香油然而生。”

望着我欲罢不能的求知欲，爷爷所性普及开咖啡文化知识。

喝咖啡也是一种生活态度，在家里请客人喝咖啡时，作为主人可不帮客人操作，特别是客人也是咖啡爱好者的时候，就让他们自己动手或加奶，或加糖，这样也是显得对客人口味的尊重，他们对此十分讲究。另外，你还要细心地为懂得喝咖啡的行家准备一杯凉开水，使客人在凉开水和咖啡之间交替品尝，才能出咖啡的真正风味。

而在朋友家里做客喝咖啡时，不必客气，最好是就将咖啡趁热喝完，这才显得有礼貌。不过也不要一口气“咕噜”把咖啡喝完，而是慢慢啜饮，如果只顾聊天，冷落咖啡使它变凉，那才是浪费主人的一份心意。

喝咖啡能拉近人与人的距离，抒发内心的情感，容易走进别人的内心，对于很多人来说它早已不限于是一种饮品，当咖啡和各种美好的事物交织在一起时，还被赋予了更多艺术文化内涵。小时候我对喝咖啡不感兴趣，对咖啡知识似懂非懂，但从心里非常钦佩爷爷的见多识广。

荡漾乡土情怀

在东南亚曾经流传着这样一句顺口溜：“潮州粉条福建面，海南咖啡人人传。”描述当时在东南亚大部分的咖啡店都是由海南人经营，因此，东南亚的归侨们不但携带种子在故土植根，而且把喝咖啡的传统习惯和制作工艺以及冲泡手艺也加以传承。

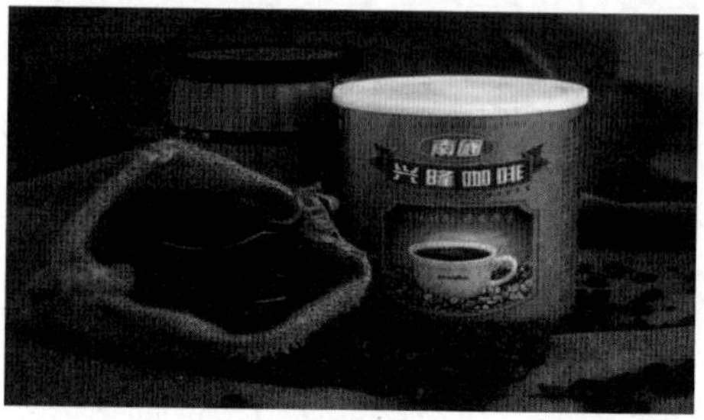

兴隆咖啡正是应运而生。它的主要产区位于万宁市太阳河中游，这里河水清澈、地处丘陵、表土深厚、气候适宜，肥沃的土壤和优良的环境使种植咖啡具有稳产、高产、质优、味香的特别优势。在 20 世纪 50 年代中期，为安置印尼等地的归国华侨又创办了兴隆华侨农场，大规模种植咖啡，更让其声名鹊起。先后有刘少奇、朱德、邓小平等党和国家领导人亲临视察，周恩来总理品尝后高兴地说：“兴隆咖啡是一流的，我喝过许多外国的咖啡，还是我们自己种的咖啡好喝。”

邓小平在海南岛兴隆华侨农场咖啡园

兴隆咖啡现在种植面积有 1 万多亩，年产量 2000 多吨，很多品牌的咖啡原料都取自兴隆咖啡，它保留了咖啡的原始原味。1988 年在中国食品博览会上荣获银奖，2020 年入选国家地理标志首批保护单位。兴隆咖啡因“领袖情怀”而立意高远，因“华侨情结”而技臻艺精，因“百姓情谊”而香飘四季。

澄迈县福山镇也是海南最早种植咖啡的地区之一，经过多半个世纪的发展，福山咖啡文化城已成为澄迈旅游一张名片。福山咖啡以其优良品质、独特风味驰名国内外，被誉为“天涯珍宝”“琼州一绝”。

当地果农至今仍保留着传统手工炒制咖啡，将咖啡文化与乡土文化巧妙融合，打造出别具一格的福山咖啡文化盛宴，中外宾客盛赞其可与世界中高档咖啡竞相媲美。2014 年中国果品流通协会授予福山咖啡文化风情镇为“中国咖啡第一镇”。

我曾慕名前往福山镇侯臣咖啡文化村躬身体验，这里环境优美、风景秀丽，超大的户外咖啡长廊飘逸着咖啡的浓郁香味，诱人的自制农家糕点和别致的棋牌包厢，让来人既可咖啡会友，又可商务娱乐，还可绿荫垂钓，一派人声鼎沸，生活的惬意尽在阵风吹拂的咖啡树下。

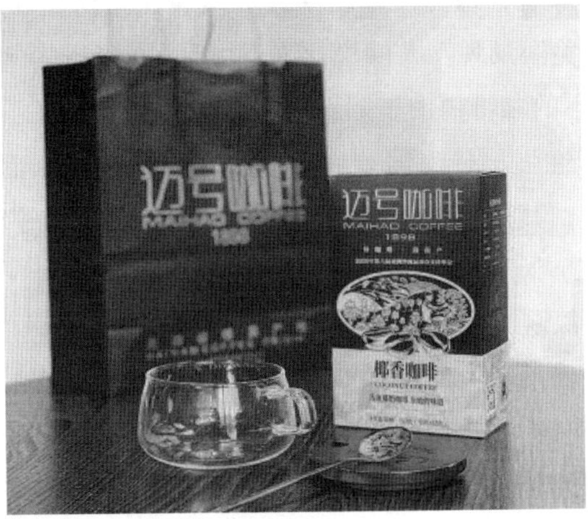

不可否认，说起海南咖啡，更多会讲“兴隆”“福山”，其实“迈号咖啡”才是海南本土种植的开山鼻祖。早在1898年，文昌华侨就将咖啡种子和技术引进种植，至今已有一百二十多年历史，现在迈号的百年咖啡树遗址仍在，古树的子孙仍在，血脉相连涌动、生生不息。从某种意义来说，海南咖啡文化是南洋文化的衍生物，海南话“哥必”就是从咖啡的英文COFFEE译音演化而来，又是从文昌当地传叫开，极富乡土味道，又显得很新潮。“哥必黑”是黑咖啡加少许糖，入口微涩，却又回味无穷；“哥必奶”是黑咖啡加炼奶，香醇可口。迈号咖啡追随时光，陪伴着先辈们下南洋自强不息的精神一路走来。迈号咖啡的特点，是没有焦味和酸味，苦味偏重，咖啡因含量略高，被认为是咖啡中的上品。自从在2018年第21届中国（海南）国际热带农产品冬季交易会上隆重登场，就佳绩不断。2019年在上海举办的IGCA国际金牌咖啡大赛（中国赛区）中勇夺全国百强；2020年成为第六届亚洲沙滩运动会咖啡类指定赞助商。

据悉，闻名遐迩的白沙陨石坑周边也种上了咖啡树，它地处白沙县东西部9千米处，常年云雾缭绕，植物茂盛，南渡江缓缓从东西面环绕而过，形成“云山雾水绕白沙”的美丽景观。人们说，陨石坑是风水宝地，不仅茶叶扬名天下，20世纪80年代种下的咖啡树由于陨石坑土壤中矿物质丰富、植物残留物多、腐殖层深厚、生物活性强，昼夜温差大，造就出白沙咖啡浓而不苦、香而不烈，还带有天然果香味，其抗氧化、利腰膝、促消食、提精神等功效俱佳，俘获越来越多的消费者的芳心。

近在咫尺又似深藏闺中的白沙咖啡，驱使我与曾多年在国家动植检部门工作的林局长等人专程抵达，通过在此地搞农业开发的朋友韩总做深入了解，经现场品评，如醍醐灌顶，方谙这位清新自然出的“大咖”。白沙县政府精准发力，正在创建全省中部最大的咖啡加工厂，意欲迸发更大的市场活力，让白沙咖啡续写海南咖啡树新的一章。

刮起四海旋风

咖啡在味道香浓的同时又苦醇萦蕾，正是这双重味道让人深爱，被奉为一种优雅、时尚、高品位饮料而风靡四海，被称为世界三大饮品（咖啡、茶叶、可可）之首，种植遍及76个国家与地区，是仅次于石油的全球第二大流通商品，产值高达500亿美元。

中国人喝咖啡的习惯从20世纪90年代后开始，随之而来的“咖啡文化”充实着生活的每时每刻，如今很多城乡人已经对它产生依赖。虽然咖啡年消费量仅为20万吨，但人均消费量却以30%的速度递增，尤其是近年来咖啡受年轻人热捧，加速市场扩张，让我国咖啡产业“大有钱途”。

云南是我国咖啡最主要产地，于1892年由法国人传进宾川县种植成功后开始传播，在20世纪50年代中期大规模种植，至今面积约有100万亩，年产量近6万吨，占全国总产量的90%。云南德宏州酷称“中国咖啡之乡”，种植面积20多万亩，均在海拔1000米以上，主要使用有机肥和有机农药，是世界难得的优质咖啡产地之一，早在20世纪50年代末期，云南小粒种咖啡就在英国伦敦被评为一等品，各国商贾趋之若骛。

史料记载，咖啡树至今已有三千多年历史，在非洲埃塞俄比亚西南部的咖法省第一次发现。传说有位名叫卡尔迪的牧民发现羊在吃过一种红色浆果后变得兴奋躁动、行为滑稽怪异，他告诉了高僧，高僧不以为然，随手把卡尔迪采摘的红色浆果扔进火堆里，奇迹发生了，浆果在烈火中散发出一阵阵令人愉悦的香气。后来人们发现把树上的红色浆果经过烘焙之后会产生奇妙的香味及独特的口感，咖啡随之诞生，咖啡的名字就取之于“咖法”的近似音。

在13世纪，埃塞俄比亚人越过曼德海峡入侵也门，这次战争也将咖啡带到了阿拉伯世界，并被阿拉伯人当作日常饮品。15世纪到麦加朝圣的回教徒又把咖啡传进埃及、利比亚、伊朗和土耳其等国家，1683 年土耳其军队围攻维也纳，失败撤退时，人们在土耳其军营房中发现了咖啡，咖啡从而走进了欧洲大陆。战争原是攻占与毁灭，却意外带来了咖啡文化的交流乃至融合，使这种充满神秘色彩、口感馥郁、香气迷魅的黑色饮料被争相竞遂，产生了“黑色金子”的称号，权当尽情狂欢、馈赠亲朋、祝贺顺遂和显示身份的饮馔。“黑色金子”在接下来风起云涌的大航海时代，借助海运远行，全世界都被纳入咖啡生产和消费版图。

咖啡世界博大精深，奇葩异卉。

在巴西，咖啡与热带雨林齐名，在 21 个州中有 17 个主要种植咖啡，产量与出口量均居全球第一，国内消费量仅次于美国屈居世界第二。

也门人认为，虽然世界上咖啡树首先在非洲发现，但咖啡的大量种植始于 15 世纪，在几百年的时间里，阿拉伯半岛的也门是世界上唯一的咖啡出产地。因此咖啡树对于也门意义重大，被尊定为“国花”。

西方的农场主曾经在印度尼西亚大量砍伐热带雨林，移植咖啡树，当地的麝香猫丧失栖息地，只能偷吃咖啡果，将个大饱满、味道甜美者尽收腹中，还留下了带有咖啡种子的粪便，勤俭节约的人类收集这些“猫屎里的咖啡豆”，发现味道竟然比正常的咖啡豆更好。这是因为麝香猫的肠胃无法消化咖啡豆，但类似一个天然的发酵地，产生更多的短肽和游离氨基酸，让咖啡豆的口感更醇香独特，“猫屎咖啡”因此出名，且价格不菲。

有了“猫屎咖啡”的启示，有人开始疯狂试验其他动物的行情，来自泰国的亚洲象拔得头筹，“生产”出每公斤售价 1100 美元的“黑象牙（象屎）咖啡”，听说味道更好，但大多数人无缘问津。钱不是问题，物品稀奇难觅，铸成旷世佳话。

一杯香浓的咖啡在手，感受到的是一份优雅、静谧所诠释的心情。长思咖啡树的美好，无不释然感怀，等到无所用心的时候，与友人开家小咖啡馆，放着书橱，有暖阳照射，人们可以点杯咖啡，在飘香中，静静地坐着看书。

2022年07月05日写于海南海口

记叙会文风情　讲述身边故事　弘扬乡土文化

会文镇——历史悠久，人文蕴厚

院士

会文人杰又地灵，
孕育大家林浩然。
毕生专攻水产业，
养殖创新大功神。
桃李天下绣金匾，
勋章奖牌挂满身。
琼岛辈出三院士，
震古烁今撼天行。

林浩然院士，会文镇文林村委会迈洲村人（图片来源网络）

2021年08月16日写作于海南海口

记叙会文风情　讲述身边故事　弘扬乡土文化

会文镇——历史悠久，人文蕴厚

神童

龙家名人龙籍轩，
自小乖巧又聪明。
秉烛夜读诚可贵，
初二考本上南京。
学从名师攻博士，
揭示苍穹见精神。
华丽转身闯商海，
长袖善舞展蹁跹。
材优干济撼天伦，
归鸿远去在此间。

龙籍轩：会文龙家寨头村人。自幼天资聪颖，反应机敏有神童之称，读初二时考上南京航空航天大学，又师从浙江大学路甬祥校长读博士，专攻航天动力学研究。后投身商海，天伦企业打拼，依然刚柔并济，业绩斐然。

2021年03月12日写作于海南海口

记叙会文风情　讲述身边故事　弘扬乡土文化

会文镇——人文蕴厚，名仕辈出

老红军

红军浴血走长征，
文昌志士有五君。
会文朝奎乡人杰，
英姿勃发云广英。

学生时代干革命，
枪林弹雨身百经。
建国历任省领导，
故里戴誉传威名。

云广英：举世闻名的红军二万五千里长征，海南省有八位健儿参加，文昌市就有五位，会文镇朝奎村的云广英是其中之一。中华人民共和国成立后，他历任广东省政府秘书长，中共韶关地委书记，广东省人民检察院检察长，政协广东省四届副主席，广东省五届人大常委会副主任，全国政协第五、六、七届委员。

进士公

满清道光进士公，
燕典先贤出湖丰。
位至江西省房考，
知县任上衔知州。

悬鱼为官受爱戴，
难得筹代填亏空。
莫笑囊空诗画满，
安贫守道美家风。

林燕典：湖丰村是书香之地，历史上贤能辈出。林燕典公就是清朝道光年间的进士，他毕生履历江西，任上体恤民情，清廉勤政，有三美谈：一是积极筹款填补前任留下的亏空；二是捐出薪水帮地方购枪炮保平安；三是离任时两袖清风，只有诗书满箱。

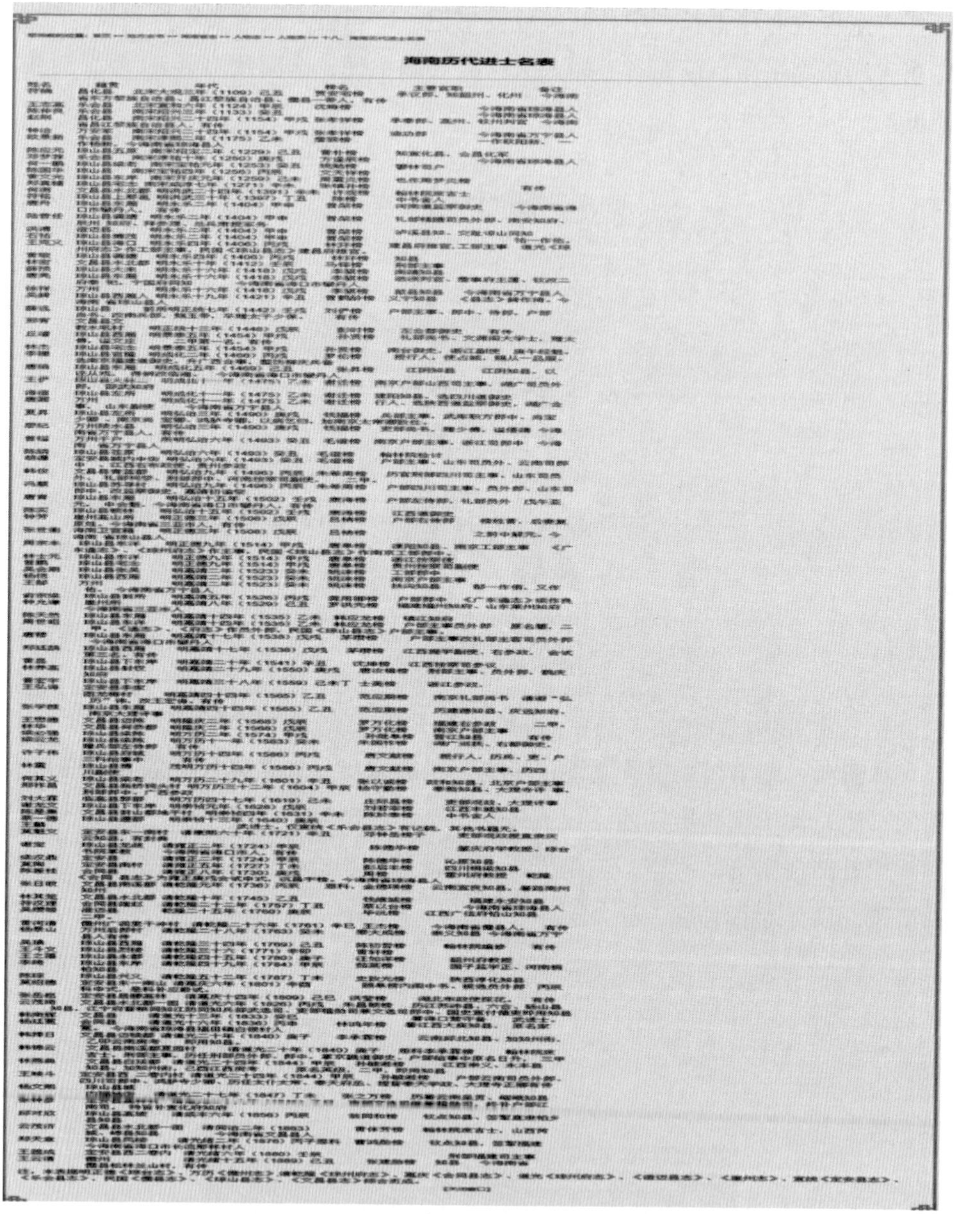
海南历代进士名表

2021年06月04日写作于海南文昌

海南沉香韵

中华香文化，浩如烟海，珍若珠玑，众星捧月者不无是海南沉香。

前不久，我应邀参加海南三香（沉香、黄花梨、降真香）文化座谈会，有幸耳闻目睹诸位香界有识之士追溯历史渊源、畅谈产业现状、展望未来发展，拓宽了眼界。

沉香是一种天然奇特之物，位居“沉、檀、龙、麝”四大名香之首，海南沉香品质稀贵让诸香欲罢不能而享誉天下。

它贵在来之不易。

沉香形成具有偶然性，它生于木，本身又并非是木，它是香树遭受雷击、风折、虫害或动物损伤后，开放性的伤口被真菌、微生物入侵寄生感染，在自我修复过程中形成的用以自护香脂，当积累的树脂达到一定浓度时，沉香便开始形成，创口难以在短时间内愈合，因此开启了治疗创伤持久奇妙的沉香制造与积累过程。沉香树所特有的树脂分泌、浸润沉积于木质中，历经几十年甚至数百年漫长岁月的天然造化，才能诞生珍稀的沉香。

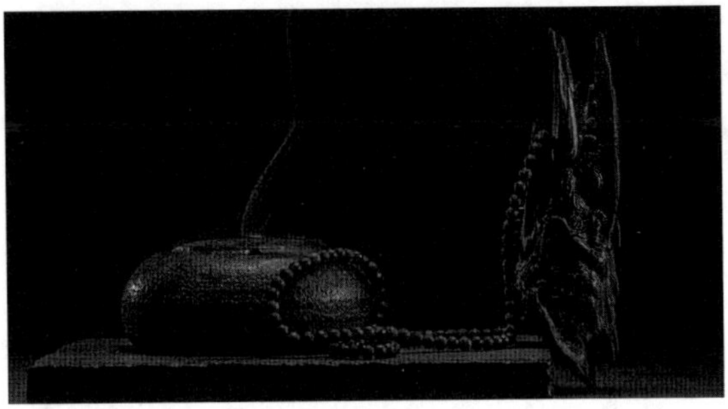

它贵在香韵独特。

就沉香而言，它的味道丰富而且多变，有时如同玫瑰般香甜，有时又似乎浓浓的桂花香，有时还可透出淡淡的菊花味。沉香的香韵丰富独特，包含着自然界中所有的香味，是任何一种香品都不可比拟。虽然它的味道有千差万别，但无论哪一种都是天然朴质的，绝不能人工合成。

它贵在出身名门。

海南沉香古时候称为崖香、琼脂，有冠绝天下之美誉。宋朝《天香传》记载：琼管之地，黎母山奠之，四部境域，皆枕山麓，香多出此山，甲于天下，故称黎母山所产沉香是天下第一香。香学权威蔡添亮也云：海南沉香，全岛皆有，尤以乐东、东方、黎母山、尖峰岭、霸王岭一带出珍品。综上所述，海南沉香得益于得天独厚的海洋气候与原始的生态环境及固有的自然风貌，根植于沃土厚壤的培养哺育，聚集朝阳之气而成。现代科技检测也表明，海南沉香的色酮与倍半萜（香料主要化学成分）物质含量均明显高于世界各地之产品。且土壤中富含锰、铬等微量元素，拜千百年天地之灵秀而珍出。

它贵在尊崇独宠。

沉香恰如蚌病成珠，更似凤凰涅槃凝香。自古被皇室及达官贵人所钟爱，成为一种奢侈的贵族文化，是一般平民百姓难以企及的追求，随着香文化的拓展，沉香被人们赋予一种独特高贵的神秘气质。

它贵在品质高尚。

千百年来人们如此追捧沉香，并非停留在物质方面的享受，而是它还蕴含着一种品格魅力，让人升华为精神层面的领悟。沉香拥有朴拙、内敛、与世无争、厚积薄发的秉性，能够使你深究里就的沉香文化，置身心闲气静之境，从而感悟生命的品质。所以，沉香一直以来都是修行、冥想、敬献的首选物品。

它贵在药用价值。

沉香是一种名贵中药。药性辛、苦、微温，归脾、胃、肾三经，具有行气止痛、温中止呕、纳气平喘之功效。用以治疗胸腹胀闷疼痛、胃寒呕吐呃逆、肾虚气逆喘急，还可温中补五脏、益精壮骨、暖腰膝。近代临床医学研究表明，沉香还是治疗胃癌的特效药。

正由于沉香集天地之灵气，聚日月之精华，美称为植物钻石、琼脂天香、神木舍利，历史上帝王母后宠爱有加。

三国时期的曹操，富拥天下、生活奢靡，他临死之前留给妻妾的不是金银珠宝，而是每人一小把沉香，他认为沉香才是天底下最宝贵的东西。

五代时梁武帝尊崇佛教，专用沉香焚烧祭天，以示虔诚。隋炀帝奢侈无度，除夕夜在宫殿前焚烧沉香延绵不断，芳香四溢。

到了大唐崇香更是登峰造极，武则天对其的喜爱到了痴迷的程度，寝宫日夜焚香，大殿前也满殿飘香。有位大臣了解武后喜好，遂将一块上乘香木献于武后，武后闻后无比兴奋，连连追问此木产地何处，臣子回答乃崖州所产，武后大悦，重重犒赏了进贡的臣子，下令崖州所产沉香年年进贡到长安宫中。

唐玄宗李隆基有含嚼沉香的嗜好，每与宾客谈事，先含嚼崖香而后再启口发话，谈论时香气喷射，满室俱香。杨贵妃投其所好，每在沐浴之时，便会将海南进贡的沉香研磨后制成香料洒浴池中让身体长时间散发出香气。上有所好，下有所效，王室贵胄中用香衍生出各种各样的香饼与香丸，以及造型各异的香盒、香炉，后传入民间。

明朝的熹宗皇帝朱由校，不善理政，喜附风雅，被称为“木匠天子”，他酷爱沉香，曾别出心裁以沉香做假山一座，雕琢精细堪称一绝。

清乾隆皇帝崇拜泰山，一生曾十次到泰山拜祭，每祭必带沉香狮子，沉香狮子是以沉香精心雕刻黏合而成的香具，造型栩栩如生，寓意吉祥浪漫，是其心爱之物，故常形影不离。

皇权的奢华与常人相去甚远，但实现中不乏文人墨客趋之若鹜。

诗仙李白常被唐明皇招进御花园的沉香亭中品香赏花并吟诗作对，以讨杨贵妃欢心，曾留下“云想衣裳花想容，春风拂槛露华浓。若非群玉山头见，会向瑶台月下逢。一枝红艳露凝香，云雨巫山枉断肠。借问汉宫谁得似，可怜飞燕倚新妆。名花倾国两相欢，沉香亭北倚阑干”的佳作。

南宋理学家朱熹也对沉香情有独钟，挥毫写有脍炙人口的诗篇“真成佛国香云界，不数淮山桂树丛。花气无边熏欲醉，灵氛一点静还通”来赞叹沉香的境界。

北宋文学泰斗苏轼，在其弟苏辙60岁生日时送给他一块海南沉香山子并作《沉香山子赋》一篇为贺礼：“矧儋崖之异产，实超然而不群。既金坚而玉润，亦鹤骨而龙筋。惟膏液之内足，故把握而兼听。”既赞美崖香灿若披锦，又砥砺胞弟精神超然。

不难看出，沉香缥缈羽仙之意境，让唐朝对香的研究和利用进入了一个系统化和专业化的阶段，用香焚香也达到一个鼎盛时期，不但皇亲国戚喜爱焚香与使用香料，墨客骚人对香也蜂拥而至。佛教在唐的兴旺对香文化发展是一个重要推力，在佛家的教理经书对众香之首——沉香大加推崇，崖香更是视若珍宝。

至宋代不但佛、道、儒家均提倡用沉香，普通百姓也广为接纳喜欢使用。形形色色的消费方式推陈出新，可以说宋代人用香到了物我两忘的境界，并使那一脉沉香穿越时空不断世代延绵相传。

自唐开始，海南沉香一直是向朝廷进贡的珍品，这样的朝贡像其他苛捐杂税一样，给海南黎民带来了灾难。自然资源终究有限，人为的过度采伐使野生沉香逐渐枯竭。苏东坡谪居海南儋州时目睹采香者贪婪无度、竭泽而渔、痛心疾书作诗一首：“沉香作庭燎，甲煎粉相和。岂若炷微火，萦烟嫋清哥。”聊表内心的忧伤。

清康熙年间，崖州知州张耀士看到海南沉香资源被严重破坏，冒着被罢官的风险，大胆上书朝廷，提议免除沉香贡品，为保护珍稀琼脂竭尽全力。

20 世纪二三十代，广东省省长陈铭枢在《海南岛志》中写道，沉香中的上品，香味极佳的奇楠香，此物现出危稀。提示须加注意保护。

海南沉香一方面尽现玄妙深邃却又与人亲和，另一方面面临狂采滥伐而资源枯竭，保护与使用、种植与开发走进新时代。

如今已有不少人工栽培的香树，人们在成熟香树的树干上刻意割出一些伤

口或者人为铺设一些真菌和点滴药物，经一年或几年之后就会在伤口附近结出沉香。但是，无论采取何法，与野生沉香相比，人工沉香的质量简直判若霄壤。

然而，海南沉香的珍贵短缺、外来沉香的鱼龙混杂、人工沉香的以次充好、假冒伪劣产品充斥市场，使维护规范产业的健康发展面临新的挑战。

沉香鉴别比较难，因为香气本身无法用准确的文字描述，辛凉甘甜、醇厚韵永、清越高雅都是只能意会之辞令而已。所谓的“白奇楠”“绿奇楠”“黑奇楠”之分，奇妙的“沉水香”“弄水香”“浮水香”之别，只有久经品闻、多比常研才能分出高低。

说来也巧，我有一位朋友老连，禀性酷爱沉香，而且极具天赋，本来学法律的他，毕业后一头掉进香炉里不能自拔，尽管过敏性鼻炎时常发病，可偏偏这鼻子灵验好用，嗅觉品位高，能闻辨出香的优劣类别。据说他走进林子里能甄别出哪棵香树上结香。凭着这身本事不仅成为香界权威，而且香产运营的也非常成功。

他说沉香鉴别一般采用四法。一是观其貌，真香应有油脂线（花纹）、色深、光泽度高，油脂线越细腻、越密致品质越好，没有油脂线者通常是假货。二是闻其香，好香在自然状态下少发香或几乎没有香味，一般加热后方可香气逸出，假劣货常态时浓香扑鼻，逢热溢出塑焦味。三是尝其味，沉香在咀嚼时先产生一丝苦味，随之而来是淡淡的甜觉，同时伴有浓浓的香怡，口感特别舒服，假香咀嚼中一直是苦感，没有香味。四是触其感，摸起来光滑油润，感觉到细腻的油层为上品，若摸有比较粗糙甚至似泥垢般碍感则为次品。在他的悉心指导下，我对沉香兴趣陡生，至今也仅粗通皮毛。

应该打造香岛，沉香可以摇旗呐喊，且不说它品香历史悠久，产香得天独厚，借助扩大改革开放的春风，可翻掀新的篇章。

沉香是美颜丽容的擎天柱。

美容保健是当今人们避不开的话题，在美容产品中，沉香占有重要位置，它是多种高端美容护肤品的主要合成成分与香味固定剂，沉香不仅可使皮肤润泽舒适，还可祛除疤痕雀斑。用沉香制作的精美工艺品，如吊坠、佛珠、挂件、摆件是高贵装饰，具有收藏价值。沉香提取的香油更是难得之物，将极其微量的香油配制奢侈品牌香水、脂粉可留香持久，后韵悠长名震香界。现在好香源供不应求，同类产品开发行情看好。

沉香是人类健康的保护神。

焚香熏出的袅袅白烟，芬芳萦绕具有免疫避邪、杀菌消毒、防蚊虫、防潮湿的功效。沉香精油可消肿化瘀止痛。沉香还是严重心脑血管疾患急救用药的主要配方，它的药用价值已广泛应用各种治疗。

听说朋友老伍在海口市新港路开了一家沉香馆，我前往观看，400 多平方米的大厅除了排放原木、工艺品外，用以康养治疗的产品琳琅满目。诸如保健类的沉香酒，消除疲惫类的沉香茶，保护肌肤类的沉香露，杀螨止痒类的沉香膏，甚至沉香肥皂、牙膏都应有尽有，生意非常不错。临别时他还神秘兮兮跟我说，近期将推出香灸项目，能改善人体内环境和微循环有益健康，邀请到时前来体验。

沉香熏陶出文化的气息。

沉香用以制作的线香、盘香、香末及小块原木香广泛进入了平民百姓的生活，成为不可或缺的用品。用在庙宇寺院、香火不绝，善男信女普度众生，成就佛界福地。各式宴会庆典场合下焚香助兴呈现声势熏灼、群情采烈。文人雅士居室中点燃一支海南沉香，缕缕奇香来袭，犹如置身仙境，文思泉涌，抚琴创作成就了多少优秀传世文章诗篇，中华五千年灿烂文化当中离不开沉香的贡献。

沉香树是晴天丽日的保护伞。

沉香树属深根系树种，树身高耸、树冠壮观、树龄百年，同时香树全年常绿，会散发出独特优雅的香味，是最好的水土守护者。

有位香界朋友曾邀请我前往屯昌县山区参观他开发种植的万亩沉香林。远观山峦起伏、层层透绿，走近莺歌雀跃、香气拂面，歇脚清爽沁意、心旷神怡。听他介绍说香树还有一奇特功效是驱虫而不杀虫，它不会排斥其他物种，可与周边植物共生共存，具有保护生态、净化空气、美化环境的重要作用。现在种香、造香、采香，用香技术日臻完善，发展前景很好。当我钦佩他另辟蹊径投资沉香产业时，他深有感触地表示，海南政府高度重视，制定产业发展规划，成立专门科研机构，实行政策扶持，全岛规模种植已达几十万亩，香岛产业指日可待。

海南沉香树全身是宝，皮可造纸、花可浸膏、叶可制茶、木可入香，是衍生天下第一香的发财树；是不惧伤害、越挫越勇的英雄树；是损己利人、造福社会的博爱树；是化腐朽为瑰宝、越陈越香的常青树。

2022年01月26日写于海南海口

记叙会文风情　讲述身边故事　弘扬乡土文化

会文镇——依山傍海，物产丰富

道会文

人文荟萃史记叙，
嘉庆年间设集墟。
琼州道台亲命名，
八十年代改镇制。

水天一色原野绿，
南北丘陵龙凤栖。
蜿蜒绵亘白延河，
海岸线长五十里。

中山公园矗境内，
十八行映古民居。
南洋骑楼秀当年，
陈策将军祖籍地。

琼文育学英才出，
盛产佛珠星菩提。
养殖硅谷冯家湾，
多彩侨乡着人迷。

会文镇是著名侨乡。境内人文景观壮丽，名胜古迹众多，民营企业发达，百姓生活富足，是全国重点乡镇。

2021年06月01日写作于海南海口

会文镇——依山傍海，物产丰富

莲雾

莲雾种植前景好，
会文村民兴趣高。
名优品种黑金刚，
肉汁爽口百里淘。
营养丰富含多糖，
巧制冷盘妙菜肴。
清热解渴润脾肺，
止咳化痰不可少。
树丛葱茏绿化美，
市场多情回报潮。

莲雾原产地在马来西亚和印度，被誉为水果皇帝。会文地区引种的名贵品种黑金刚，果质优良、市场占有率很高，已成为一些果农的支柱产业。

2021年06月01日写作于海南海口

记叙会文风情　讲述身边故事　弘扬乡土文化

休声美誉文昌唛

去年年底，海南省文昌唛文化促进会在海口市正式成立。据说专门特指一个地方群体构建的社团组织并不多见，足见文昌唛极具地域特色，蕴含着丰厚的文化内涵，值得更进一步挖掘与弘扬。

会议组织也给我发来与会邀请，恰逢在省外访友未能成行。这毕竟是家乡文化盛事，故后续此文，聊表情怀。

海南俗话自古道：定安娘子文昌唛。如果说定安姑娘以温婉与能歌善舞著称，文昌女性则诠释着端庄、知性、贤惠与勤劳。

2020 年 4 月文昌市第二批支援湖北医疗队员平安凯旋

文昌唛形象好

文昌女人的容貌在海南女性中是较出众的，海南地处热带，常年烈日笼罩很多女孩子都偏瘦且皮肤黑红，而文昌自然风光好，连片的椰树绿荫抵御阳光暴晒，加上天然水质佳，钟灵毓秀。她们的肤色虽说没有江浙丽人那般白皙，却也尽显海边姑娘白里透红的风韵。家庭教养与文化熏陶，让她们慧秀兼有，给人小巧玲珑、柔情似水之感觉。天生丽质的她们不需化妆、漫步街头，有若“众人寻她千百度，蓦然回首，那人却在灯火阑珊处”。

文昌唛重感情

过去，文昌女性受传统思想影响，嫁鸡随鸡，嫁狗随狗，不论丈夫是哪里人，不管你到哪里生活，只要是她托付的男人，就为你奉献一切，哪怕生活状态不好，也能劳身渝志，少有怨言。即使不能跟随左右，同样坚定不移为爱守护，特别是那些丈夫漂洋过海的女人，不少是一辈子的等待无望也心甘情愿。在所寄托的男人功成名就时候，天底下笑得最灿烂那个人是她。假如遇人不淑、独木难支，她们也会维持慈母般的雍容大度。

文昌市“最美家庭”表彰暨“好爸好妈好家风”征文比赛颁奖晚会

文昌唛手艺巧

俗话说：新三年、旧三年、缝缝补补又三年，真可谓一矢中的，文昌唛把这种朴素美德表现得淋漓尽致，甚至发扬光大。一双鞋、一顶帽子、一件衣服穿了几年，有破损还千方百计把破口处缝绣出精致图案，让你穿着不失体面。现在生活富裕了，但乡下农人依然保持着这种优良传统。宾馆、酒家与商店非常乐意招聘文昌姑娘从业，她们甜声柔调、身勤手巧，家什用度摆放得整整齐齐，内外环境收拾得非常干净，让顾客宾至如归。

文昌唛能力强

她们里里外外一把手，地里的活儿、家里的活儿没有一样是不会干的。旧时候，男人若帮女人干家务会被说低能，会落下姐妹们笑柄。在希望的田野上，迎接朝阳的是她们，送走夕阳的也是她们，牧牛耕耘图是她们描绘，袅袅炊烟由她们点燃，碗筷交响曲由她们演奏。到如今，新一代女性的贤能从相夫教子拓展到学业与事业，每年的高考榜上，闪烁着她们的芳名，各行各业流连着她们的丽影。曾有人说，文昌女人进得厨房，出得厅堂。娶上文昌姑娘让你轻轻松松地坐拥半壁江山，你只管放心地攻城略地，她是你最坚实的后方保障。

文昌“最美家庭”孝老爱亲奖颁奖现场

文昌唛有教养

文昌唛特别有礼貌，不管是待人接物还是自家人相见，都会笑脸相迎，即使她正在气头上，哪怕她与你有隔阂，都会在刹那间一笑泯恩仇。更难能可贵是，在家庭上敬公婆、中对丈夫、下教子女都勤勤恳恳，门里户外打理得井然有序，一日三餐不求大鱼大肉，只求一家子圆满幸福。在外头总给足老公面子，纵使有什么不快，人前笑靥如花，人后回家“单聊”。砸锅卖铁送子读书是文昌唛的佳话，在她们眼里，人生不读书，惨过牛和猪。粗缯大布裹生涯，饱读诗书气自华。

文昌唛心灵美

文昌唛具有令人敬佩的“坚忍持善”个性，赶上生活困难，绝不会弃故揽新独自追寻优越，她会凭借勤劳能耐与男人一起面对风雨、共度时艰。她们知书达礼，当男人或漂洋过海闯荡，或离乡求学谋生，或下海经商拼搏，她们会担起一份份沉甸甸的责任。成长在大变革时代的青年女性，在传统与潮流的交汇中，骨子里依旧处处洋溢着温柔贤淑的品质。

宋氏祖居

文昌唛敢担当

历经风霜雪雨，练就了文昌唛勤劳贤惠、宽容忍耐、默默奉献、敢于担当的精神品格，这种弥足珍贵的品行，激励着文昌一代代姐妹们以坚定步伐，在人生道路上勇往直前。为家庭无怨无悔，为事业殚精竭虑，为社会无私奉献，为国家披肝沥胆。她们是中国妇女的优秀群体，国之瑰宝宋庆龄、人中英杰谢飞都是晴空中璀璨夺目的星辰，文昌宋氏三姐妹在中国近代史上留下难以磨灭的影响。

文昌唛以贤惠聪颖闻名遐迩，成为琼岛一道亮丽的风景线，这得益于文昌漫长海岸线的壮阔波澜、椰林婆娑风景如画的自然环境孕育出她们的好气色；得益于文昌注重教育、家庭教养和文化熏陶使她们多了一些内涵；得益于文昌是著名侨乡，侨胞的来来往往、侨文化的浸润让她们添了一份洋气；得益于文昌悠久灿烂的历史承载，成就她们一脉相通的聪明与果敢。

谢飞故居

说起老一辈文昌女人的贤良与隐忍，在我老家邻乡一位老阿婆的经历至今让人扼腕称奇。老阿婆结婚没多久，迫于生计丈夫就下了南洋，已怀身孕的她日复一日等待丈夫归来，这一等就是五十年。由于音讯不通、世事不常，她含辛茹苦、独守空房，先哺子后带孙望断秋水。男人远隔重洋后又梅开二度，在他七八十岁叶落归根时才想起在海南文昌乡下还有一位结发妻子。当他回到阔别半个世纪的家乡时，一切皆物是人非，眼前这位白发苍苍、怀抱孙子的老妇人就是他当年如花似玉的新娘子。抱头痛哭过后，老奶奶满是皱纹的脸上又露出欣慰的笑容，几十年痛苦落寞的等待总算有了结果。随爷爷一起回乡的还有那位马来番婆，也流下真诚感慨的泪水。当天晚上她执意要独居一屋，让夫君与久别重逢的结发妻子相拥而眠，难寻梨花带雨的老婆子却勤快地为他们收拾好寝室。

“送郎送到码头分，郎你去番侬心闷”，已成为翻篇的绝唱，新时代的文昌唛处处绽放着耀眼的光彩。

家在重兴镇大勇村的邢增仪，是我非常熟悉的文昌唛，她早年大学毕业后在重庆建筑工程学院工作。几度春秋她集医生、大学教师、作家、企业家、慈善家与政协委员于一身，还曾斩获海南省三八红旗手标兵荣誉称号。

我与海南30年30人

见证特区峥嵘岁月，“过海的女人”迎来在海南的第30个年头

邢增仪：立志成为大特区的建设者

海南日报：我与海南 30 年 30 人：“过海的女人”邢增仪见证特区峥嵘岁月

特别让我感动的是，1987 年得悉海南将建省，她向原单位请缨带领学校 20 多名老师回故乡，拉开了扎根海南三十五年创业的序幕，先后担任过几家房地产公司的总经理与董事长，创建了“海语花园”经济适用房示范小区，开发海师大厦、清菁美舍、长堤春晓小区等项目，为海南建省办经济特区作出了有益的贡献。

20 世纪 90 年代末，她力挽狂澜、勇开先河筹办了横渡琼州海峡大赛获得成功，接又连续举办三届，被称为“渡海之母”。

2000 年首届横渡琼州海峡大奖赛成功举办，邢增仪（右二）和运动员合影

1996 年她牵头组建如今已有千余名成员的海南爱乐女子合唱团，已举了过几十场专场音乐会，代表海南出访北京、欧洲、东南亚等多个地区与国家传播海南文化，被评为中国优秀合唱团第一名，成为海南合唱艺术的一张名片。

目前该团与海南成美慈善基金会、海南乡村教育促进会合作，开启了以普及音乐为主的“童声飞扬”项目，已经在 19 个乡村小学落地生根，受教的孩子逾千人，这些乡村孩子不仅学会了歌唱，更重要的是有了人生追求的梦想和目标。

焚膏继晷之际，她不忘笔耕，已公开出版 36 部文学作品。《过海的女人》刊登在海南当年十分火爆的《金岛》杂志创刊号，颇受欢迎。小说《过海的男人》、报告文学《此岸 · 彼岸》、散文随笔《海语》等分获多种奖项。每当我由衷点赞她的事迹时，她总是豪情满怀说：“我的生命已经融入海南发展的历程之中，如果海南只剩下最后一个闯海者，那个人一定是我。”

沐浴着改革开放、民族复兴春风的今日文昌唛，在多彩的舞台上，不断展示自己的才华，吸引着世界的眼球。

张洁璐为奇兽皮影上色

90 后珠宝设计师张洁璐（原籍翁田镇），靠聪明勤奋成功考取了世界顶级艺术院校——英国中央圣马丁艺术与设计大学。她设计的一对“寸草心”寄深情耳环作品在 2019 年意大利 A-Design Award 设计比赛中脱颖而出，获得珠宝、钟表及眼镜奖铜牌。她是世界第一个把皮影做成首饰的设计师，其创作的 10 件“复活《山海经》奇兽皮影首饰”设计作品，为循规蹈矩的珠宝设计领域带来一阵“梦幻中国风”。她的珠宝作品多次在加拿大等国家展出，获得业界认同，被评为最受欢迎设计师奖。

文昌姑娘何牧谣是 00 后，她凭借不懈的努力和精湛的舞蹈技艺登上了 2022 年北京冬奥会开幕式的大舞台，向全世界展示了中国之美，展示了舞蹈之美，也展示了文昌唛之美。

文昌唛如此怀珠抱玉，遂成各地男人心目中的女神。

何牧谣在深圳冬奥宣传片中的表演

我有一位好朋友老斯，河北承德人。19 岁那年来海南创业，经数年打拼，成为海南一家科技公司董事长，事业家庭两美满。说起当年婚姻选择，他洋洋得意对我言：“此生不娶文昌妹，多活十年都没味。”他人长得帅，又事业有成，自然而然是众多女性倾慕的白马王子，追求者中既有容貌出众的大家闺秀，也有风姿绰约的歌舞演员，还有身傍影随的白领丽人，但他最终迎娶了一位温柔婉约的文昌唛。老斯的理论概括是，这妹子属于男人想上天，她永远是一个坚实的着陆点，男人要出海，她永远是一个宁静的港湾。果不其然，她们婚后生活琴瑟和鸣，商界鏖战、捷报频传，让人不得不钦佩他慧眼识珠。

由于文昌唛的勤勉善良，处世有德、治家有方、相夫有道、教子有方，招致文昌男人背负着“懒”的骂名，这其实是一种误解误判。谴责的声音说，文昌男人不犁田插秧、不抱孩子、不做家务，爱逛街喝茶聊天，是入骨的懒。对此文昌男人只付之一笑，文昌女人既不会同声附和，也不需欲盖弥彰，因为文昌唛深谙辩证法。

他懒得可爱

文昌男人骨子里清高、好强、聪明、志远！明面上少下厨房操持家务，暗地中喝茶聊天不忘交流信息、捕捉商机，交朋结友处处建立资源、寻找机会，心中是出自对老婆的一种信任，是对家庭生活的一种欣赏。

他懒得清醒

文昌男人并非啥事都懒，任何时候都懒，而是懒的有轻重缓急，懒的分大事小事要事。论读书、创业、争取机会进步等绝无懒字可言，老婆在做饭、洗衣服忙家务时，他们或许在谈生意、在读书、在谋划运筹生计。因此有人说，文昌男人主外、女人主内，男人想大事、女人办小事，男人心累、女人身累是有一定的道理。

他懒得自信

文昌唛把家务全包了，把小事都揽了，让你轻松，放你闲聊，这实际上是给男人一种无形的压力。难道你愿意每天无所事事、碌碌无为；难道你愿意沉沦吃喝玩乐、声色犬马；难道你愿意让人人前鄙视、身后耻笑？这种鞭策比责骂更管用，让你如坐针毡，唯有一搏！读书是一搏，漂洋是一搏，经商是一搏，从戎还是一搏，搏出一处精彩。

文昌孔庙

乡村排球赛

张云逸大将

文昌骑楼

文昌椰趣

他懒得其所

男人是不是懒，应该用是否有作为来衡量。没有文昌不成机关，哪里有海水，哪里就有文昌人，这就是赞美文昌男人的真实写照。文昌是将军之乡、华侨之乡、文化之乡、排球之乡，这些光环都是以男人为主角拼搏得来的。一代名将张云逸、陈策将军；学富五车曾当过南开等三所大学校长的陈序经博士；现在中国两院仅有的 3 名海南籍院士林浩然、林鸿宣、张偲先生，都是文昌男人；中国香港的商业巨子邢李㷧先生和广东省海南商会会长、著名企业家张国明先生……他们的成就均不是“躺平”懒得来。

当然，从某种意义上来说，正因为文昌唛的这种奉献，才铺垫了文昌男人的高大；正因为文昌唛的这份才情，方成就了文昌男人的潇洒；正因为文昌唛的一代又一代血肉之躯，才成就了文昌男人的“金字塔”。

海南省文昌唛文化促进会成立大会会场

登高望远。海南文昌唛文化促进会的成立，顺应时代发展潮流，凝聚文昌社会力量，寄托文昌父老乡亲的共同愿望，愿百尺竿头，更进一步，丰富文昌女性的文化内涵，提升文昌女性文化自信，继承文昌女性文化传统，传播文昌女性文化精神。

2022年03月26日写于海南海口

记叙会文风情　讲述身边故事　弘扬乡土文化

会文镇——人文蕴厚，名仕辈出

风会村人的好媳妇——王丽达

央视春晚展歌舞，
熠烁凤会好媳妇。
“亲吻祖国”音天籁，
婉饮仙丹百疾除。
会文山青水又美，
埠外凤凰真识途。

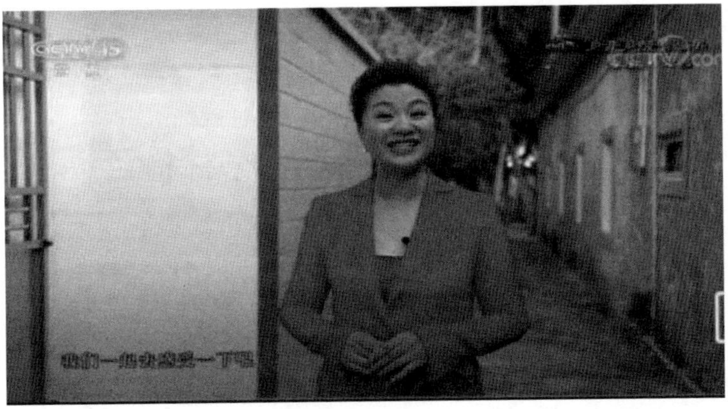

王丽达：中国内地女歌手，国家一级演员。首张个人音乐专辑《亲吻祖国》畅销海内外，曾荣获民歌最受欢迎女歌手桂冠，是文昌风会村人的好媳妇。

本土教练的佼佼者——林榆廷

莲埌村在会文西，
出个人才很稀奇。
腿长手快脸俊俏，
少年身超米八七。

排球场上称虎将，
龙腾重扣锁胜利。
八一女排总教头，
体坛英姿万人迷。

林榆廷：文昌会文莲埌村人，2001 年中国女排主教练的候选人。2005 年全国排球联赛担任北京女排主教练，2007 年带队成功升组。曾执教过中国青年女排，带队期间这支青年队曾战胜过俄罗斯等世界强队。时任解放军八一女排总教练，率领八一队长时间称霸国内排坛，并培养了多名国家队球员。专业技术四级，享受正军级工资待遇，是体坛难得的人才，本土教练的佼佼者。

会文文化圈

会文字融丽日、名烁其义：会友以文，以文辅昌；文化璀璨，形成了著名的会文文化圈。

蔚文书院正门

吞吐四书

建于明代万历年间的迴龙寺，寄托了人们对行善守信的追崇和敢为人龙的夙愿。

湖峰村人林英级和定安人张岳崧上京应考，张岳崧考中探花，林英级考中进士。张岳崧支持林则徐禁烟后回琼，经常骑着黑马到会文，在湖峰和致仕后回乡修撰县志的林英级促膝长谈。他给林英级介绍了林则徐倡导的学习西学，“以夷制夷”的方略以及提出的“海国蓝图”。张岳崧后来在迴龙寺任教，在那里留下了“吞吐四书”“佩实舍华”“春枝有花兄弟乐，书田无税子孙耕”等牌匾与对联，文林乡、冠南乡有的村民家里挂有这些匾联。

在文林还流传着有清末穷家子弟迈仍村人林之楷，写“借钱那边去，问书从此来”的对联，贴在门口勉励自己，后考上了举人。

会文的白延林氏先辈，积极支持人才摇篮文昌中学的前身蔚文书院（之前为玉阳书院）建设。林氏族谱里有白延林支持办蔚文书院的记载，明朝万历年间名贤林有鹗、林有鸣慷慨捐资，支持办玉阳书院。林邦辉号召全县各氏族捐资维修书院，并将玉阳书院改名为蔚文书院。迈洲村人暨邦公，积极支持将蔚文学堂改为初级中学。

蓬莱人士黄远谟乡试夺副魁，才学晓野，在任礼部副主事后，到会文动员乡绅办学育才，支持把会文最早的横山学堂搬往文林，办学至今。

丘海之志

会文地区在积德厚学的祖辈鼓舞下，以支持子女读书为荣为先。

新科村符汝梅家境不佳，但刻苦读书考上了秀才，符汝梅识字很多，人们碰到生字都说“去问梅秀才”。有传会文地区“秀才不过过河，过河无秀才”。龙所园村人符滋润，将大衣典当才读完了中山大学。读书期间招集成绩差的学生辅导，经辅导的学生都顺利毕了业。飞鱼岭村村妇李秀英给人家犁田插秧，支持儿子韩祖元读文中。韩祖元读书时没被子盖，去捡国民党丢弃的毛毯时，被抓挑担到台湾。李秀英养了一头肥猪，要等儿子回来考上大学才杀。老人家在盼望中逝世。她从文中抱回的儿子放书的小箱子保存至今。

迴龙寺

办学初心为“琼州文化之光”的琼文中学，其校歌“近招丘海之志，远追朱泗之帆踪”鼓励了历代会文弟子。姚诗琼读琼文时还得下海捉鱼虾做菜和带弟弟，他决心陶成佳士，考试常得第一名，后来考上了北大，为会文考上北大的第一人。他考上北大的当年是琼文燃放鞭炮最多的一年。

沙港村蔡杰美用手抄课本自学成才，他有 30 多项国家发明专利，其工频电磁感应热水器和供暖器被转让，创下了海南省个人专利转让的新纪录，他的一些发明还被转让到国外去。

在琼文任教和读过书的姚诗琴、吴运秋在临高县任教时，在该县教师考试中获得第一名、第二名，吴运秋教的学生黄龙考上了北京大学。

祠堂办学

孝道盛行，缅怀先祖的会文地区，过去几乎每个姓氏都办有祠堂。

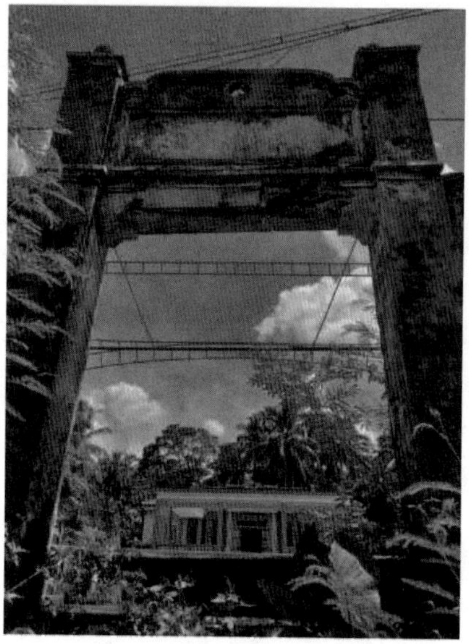

办在湖峰祠堂里的湖峰小学

自清朝以来，吴姓人在梅山村里办有吴氏祠堂，祠堂里有“思贤堂”，附近文山村村民的民宅建有“乐书堂”，是个文风蔚起的地方。原同盟会会员、上海市市长吴铁城为梅山写下了“吴氏祠堂”牌匾。民国初期，吴氏便在这里兴办学校。会文地区著名的小学校长龙甫英、林传伋都曾出掌梅山小学，培育出了一批教育精英和高级职称人才。

原属会文的重兴镇敦陶村，村民崇文重教。光绪年间，旅居马来西亚的侨商陆业崇等人鼎助，利用陆氏祠堂的新睦祠、象贤祠创办育才小学。从该小学走出的陆启恒是乾隆时期武英殿纂修，陆京平、陆兴焕曾任文昌中学校长，陆达节曾任中山大学文学院院长，他们被誉为“县南四大才子”，在繁荣与发展教育方面很有建树。

会文地区还在榜花城欧氏祠堂办学，由欧世美出掌。榜花城村先后出了将军欧谦、欧剑城。

以文会友

会文地区在民国时期曾发生了历时多年的大姓林姓与文姓、周姓、吴姓、张姓、孟姓等小姓的大械斗。械斗的原因据传是“姐夫打小舅”：一姓洪的人，大年除夕到白延墟林姓姐夫店里要鞋穿，被姐夫脱下鞋打了。于是，会文地区的小姓联合起来报复林姓人，小姓人为了抵制林姓人，发誓不再到白延林姓人为主经营的白延墟赶集（在现会文建新市，当时叫新市）。

会文建市之初是几间小草寮，其中一间是文姓人的小茶馆。那里曾是林英级迎接远道而来的张岳崧的地方。崇尚文化的会文大姓人和小姓人，之后经常在那里喝茶交流。会文地区的械斗由坏事变好事，大姓人和小姓人抛弃前嫌，互相扶携。械斗后，大姓和小姓人，在那里以文会友，抗战胜利后，琼文中学建在那里；人民公社时期公社地址，社队企业、工商、税务、银行都搬到那里，不断发展成为今天文昌一重邑。

在会友以文理念的熏陶下，此地出现了有一批热心办学的先人。林运鑑致仕期间在文城发动修建文昌阁，并把教师化身的“文昌老爹”（塑像）请到文昌阁里。多寻村人欧传国被人们称为学习刻苦的“秀才烂”。他从蔚文高等小学堂毕业后，回乡创办起文昌阁小学，为新式小学的先行者。欧传国的儿子欧世钟、欧世铨都在南洋受过西式教育，欧府是书香门第，陈序经、林筱海等文昌名士都是其座上宾。他们多次在白延墟召开座谈会，与当地名人、乡绅商讨教育，并积极参与海南大学和海南海强医事职业学校的创建。

林建卿

20 世纪 30 年代，坎头村人林建卿动员陈策及建筑商叶崇岭等人士，办起了琼文中学。原文中副校长符滋润、教导黄鹤琴及张韬等都曾在这里当校长。1964 年和 1965 年高考，升学率近 45%。它“近招丘海之志，远追朱泗之帆踪”，人才荟萃，钵衣芃芃，先后培养出了通什市委书记梁定民、三亚市副市长朱允山、海南省工信厅厅长林敏、海南省人民医院副院长林明忠等人才。林建卿还办了海口建华中学、金江中学、石壁农中、白延侨中，被誉为“办学瘾”。

杏园精英

会文地区除了“蔚文之风日盛”，还“杏林之才常出”。涌现出了一批教育精英，有“一乡十校长”之说。先后出了陆京平、陆兴焕、陈传栋、林凤栖、林熙灏、符芹英6名文中校长和林建卿、张韬等琼文中学校长，以及林俊三、黄日骥、林日晓、林友鸿、徐辉等文中教导。

以文会友图

龙所园村陈传栋35岁时任文中校长，为文中历史上最年轻的校长。后来任省立琼崖中学校长及琼崖联合中学校长。

原属会文现属重兴的人士符芹英，为文中第二十六任校长，出掌文中近十七年。他不拘一格用人才建起了优秀的教师队伍，使文中在1961年高考中跃居“海南第一、广东第三”，成为名校。

鲤海村人曾毓珍先后在先后任广东第六师范附小、会文小学、金江小学、琼山县第一小学校长，他出掌会文小学后，有一年教的14名学生报考文中，被录取的第1名至第3名都是他的学生。人们说他是能把铁棒磨成针的人。

文教古迹

会文留有一些先人读书的古迹，极大地促进了读书风气的形成，那里“十里七文”：会文、文山、文林、文锦、文屯、文仔、孟文。文屯村在明清朝出了多名六品官，村里自清朝以来办有私塾及广文第、柏茂楼等培养子弟读书的书屋。该村最早被海南省评为“书法村”。

冠南书报社是由当地先进人士及林尤烈等侨胞率先支持兴办的。书报社现已捐款重建，并添购了大量新书。书报社造就了众多的家乡弟子，冠南村委会先后出了近200名大学生，其中不少人考上了名牌大学。

始建于明代的白延墟，不仅经济发达、市场繁华，文化也很灿烂。那里当地文化和东南亚文化交融，很多人能用英语、马来语交谈、写信，人文雅、聪明，有说“文林没有羞书写，湖峰无丑炸姆仔（小姑娘）”。白延文艺宣传队也很出名，至今还有人津津乐道。

冠南书报社

迴龙寺建在会文地区象山，始于清朝，为道教文化的寺庙，文人墨客曾一度在此聚集，为会文地区文化中心。

会文地区的民宅体现了浓厚的传统文化。十八行村最具代表性，其正屋多进式，已有五百六十多年历史，雏形于明代，正式形成于清末至民国。现尚存的明代雕花石盆及上马石，证明其历史悠久，十八行村出了4名进士、赐进士与举人。

会文地区的民宅正屋，讲究文化，崇尚典雅，屋内屋外的墙头上都画有壁画，灰塑称绝。养教村吴邦威、吴邦澡、吴邦辉兄弟家的正厅墙壁上全部画了画，共24幅，计100多平方米，壁顶上画了12幅，写有对联。

十八行村进士举人榜

硕果累累

读万卷书，走万里路。会文文脉渊薮，涌现出不少精英。

61 名将军。文昌自民国以来共出了 221 名将军，会文镇共出了 61 名。陈策是沙港村人，历任粤海军总司令、海军部常务次长、广州市市长等职。

31 位县长。会文地区自清朝以来，先后出了 31 位知县、县长和中共县委书记。最早的知县是林运鑑和林燕典。林运鑑曾任高安县知县，林燕典曾任崇义县、永丰县知县，都建树甚伟。

在中华人民共和国成立后会文地区涌现出了 5 名副省级领导干部，多名厅级干部以及中共县（市）委书记、县长。

257 名高级专业职称人员。中华人民共和国成立以前，会文地区出了留法的林熙炽，留日的林逊山、林日翟、林熙校、林树燕、林白昕，中大文学院院长陆达节，以及早期的教育专家梁定悟、林建卿、陈传栋、范导之、林凤栖、林熙灏等。中华人民共和国成立后，又涌现出了一大批高级知识分子，笔者了解到的有 259 名。迈洲村人林浩然跻身中国工程院院士；林浩然曾任中山大学生物系系主任、博士生导师；张家宣从英国剑桥大学毕业，曾任国家建设部高级工程师，参加过国家人民大会堂等重大项目设计；梅山村吴乃优天津大学毕业，广东工业大学研究员，其女儿吴江雪、吴江秋都是博士。

2014 年 11 月林浩然在中山大学做专题报告

2018 年 10 月为学生做科普讲座

教坛三杰。柳家村的林道谦毕业于中国计量大学，在海南公路局任高级工程师。林道廉毕业于岭南大学，曾任海师中文系主任。林道俭毕业于岭南大学，后在琼师任教研组组长。林道谦儿子林师波和林道俭儿子林晓婴，分别担任过文中副校长、文昌师范副校长。

海外精英。会文地区有一批精英在异国他邦任要职。翁诗杰曾任马来西亚国会下议院副院长。其诗文也堪称一绝，被誉为“人杰诗杰文杰”；钱翰琮曾任新加坡内政部次长；林汉生曾任美国太平洋研究所执行部副理事长。

多项创新。早在 20 世纪 30 年代，白延乡林熙忠等人集资在龙楼种植椰子数万株。会文人于 20 世纪 70 年代，率先在会文墟上办起佛珠加工厂，产品远销几十个国家与地区。会文人还最先搞海水种苗孵化与养殖，被誉为“孵化硅谷”。

会文，以文会友，以文促昌！

相关资料

会文的建制沿革　会文镇是由历史上的琼(琼山)、文(文昌)、东(琼东)三属，即琼山的圣鹿都、文昌的白延都和琼东的太平都结合演变、融合而成的。《琼山县志》记载：清道光七年(1827)坡口屯、徐家屯河三鹿都、在今会文墟所在地建墟,叫新市。民国22年(1933)改乡镇为团局，会文地区属琼山县第九区，下设会文、毓英、竹林、沙港、龙家和坡口6个团局。毓英、竹林在今文昌市重兴镇内,坡口在今文昌市迈号镇内。民国28年(1939)民国整区、乡设置，琼山县设6个区，会文地区属第五区，下辖会文乡、毓英乡。1950年隶属琼山而在文昌境内的会英乡，划归文昌县第三区管辖。第三区管辖文林、昌福、福文、湖峰、养成、育和、文墩、沙港、朝奎、李桃、龙家、边海、白延、烟堆、甘村15个乡。养成、育和与甘村在今重兴镇境内。

综上所述，会文过去的很长一段时间,曾辖现在重兴与迈号的一些地方。(林方玮)

写于海南文昌

记叙会文风情　讲述身边故事　弘扬乡土文化

会文镇——人文蕴厚，名仕辈出

陈策故居

抗日英雄——陈策将军

陈策故居

会文镇东一千米，
椰树挺拔鸟欢啼。
毗邻驰名沙港崀，

陈策将军故舍地。

早年参加同盟会，
讨袁统领广州市。
香港抗战功勋著，
义重忠诚国父知。

碧瓦朱甍美建筑，
画龙绘凤古民居，
坐北向南稍斜坡，
太公塘外井然序。

爵士荣誉英名起，
尊崇奉拜千里驱。
等闲识得东风面，
滨海渔村愈美丽。

陈策将军（1893—1949）：抗日英雄，抗战期间任虎门要塞司令，负责广东沿海防卫，数次击退日本海军进攻。1938年诱使日军登陆虎门，在海上歼灭日军数百人。任广州市市长、海军次长，领中将衔获荣誉勋章。他的故居在会文镇沙港村上圮，毗邻著名的鱼虾螺蟹之仓沙港良。祖宅古朴大气，墙花壁鸟，尤其是大门正前方的太公塘周边藤萝翠竹，美不胜收。

侨居马来西亚侨领——林秋雅

侨领秋雅

秋雅女士我熟悉，
海南话讲满流利。
马来槟城出生地，
会文宝石是祖籍。

远隔重洋桑梓情，
每年回国两三次。
弘扬中华好文化，
巾帼须眉说传奇。

女儿起名叫庆龄，
抗日南侨她觅迹。
北京申奥施援手，
传承瑰宝打太极。

爱吃故土粽和笠，
捐资建楼助教育。
身兼览事四会长，
传颂神州美华裔。

林秋雅：祖居会文镇宝石村，侨居马来西亚。分别任马来西亚海南会馆联合会总会长、马来西亚槟城孙中山协会会长、杨氏太极拳总会会长、华侨机工回国抗日历史研究会名誉会长。她爱祖国、爱故乡、爱公益、爱传承，崇拜宋庆龄、喜欢红色娘子军，为人热情，做事认真，在侨界有一定感召力。

2022年05月02日写于海南文昌

曾经的辉煌

海南是一个绿色的宝岛，岛上种植面积最大的是橡胶树，尽管它是舶来品，也绽放着异彩。

这棵原产于巴西、广植于东南亚与非洲地区，被南美洲印第安人称为“会哭泣的树”，流下乳白色的泪水塑成天然橡胶，是重要的基础工业四大原材料（橡胶、钢铁、煤、石油）之一。作为稀缺的战略物质资源，广泛应用于交通、国防、医疗、高精尖科学技术产品和日常生活等领域。它植根于海南这片沃土，在建设祖国的历程中续写下不可磨灭的壮丽篇章。

中华人民共和国成立之初，百废俱兴，以英美为首的西方帝国主义国家严禁对我国运送天然橡胶原料，企图从工业经济上扼杀新生的人民政权。还迫使东南亚一些产胶国家颁布对中国的“封关”法令，联手实行经济封锁。

为了打破西方国家禁运，筹建自己的天然橡胶生产基地，毛泽东主席一声号令，在时任政务院副总理兼财经委主任陈云同志的主持下，组建起橡胶垦殖的机构与队伍，培养出橡胶科技人才，积累了橡胶生产经营和管理的若干经验，建成云南、海南、广东三大橡胶生产基地，为我国天然橡胶产业的巩固和发展奠定重要基础，使我国成为世界上唯一在北纬 18℃ ~24℃度范围大面积成功种植天然橡胶的国家，跃身为世界橡胶树种植大国，冲破了西方列强精心编织的围笼。

图为海南垦殖分局职工开垦荒地种植橡胶树（图片选自《海南党史二卷本》）

1951年11月，华南垦殖局在广州成立，由中共中央华南分局第一书记叶剑英兼任局长，他审时度势部署在海南等地大举种植天然橡胶。先后由军人、退转军人、技术人员、归国华侨、林业大学毕业生和知识青年汇成数十万大军挺进海南，开垦种植了近400万亩橡胶林，拉开了宝岛发展天然橡胶产业的序幕。

中华人民共和国第一任农垦部长王震将军亲临海南在一片沙丘上开辟了33亩天然橡胶试验田，他与垦殖人一起同住木板房，同吃大锅饭，同劳动，栽下了第一棵试验胶苗。之后还6次来到试验田组织技术攻关，成功完成“芽接树”的速成高产试验。如今这块土地上还保留有当年种下的568棵橡胶树。

1986年，八旬高龄的王震视察试验田，查看亲手种下的橡胶树

忆往昔峥嵘岁月，有多少军人、退转军人、垦殖工人在此天涯荒岛上为建设祖国献出了宝贵的生命；有多少热血青年远离父母家园在这片深山雨林中奉献着青春年华；有多少爱国华侨、知识分子为民族复兴、大爱无疆贡献自己的聪明才智。经过不懈努力，英雄的垦殖人用生命和热血打造几近全国半壁江山的橡胶林，铸就了绿色丰碑，创造了世界级的奇迹。

这片胶园留下众多伟人足迹，被称为“红色胶园”

橡胶林的大面积种植，为春意盎然的海南又增添了无限魅力。

春风和煦的时节，枝头抽了新叶，由青黄变成深绿，盛开的细小如沙粒的黄花被称为春花，漂亮的颜色点缀出怡人的景色。

流金铄石的夏天，胶林绿波起伏，漫山遍野、无处不在，举头遥望、养眼沁心，让人由衷赞叹：“风景这边独好。”

金秋来临，泛黄的树叶似金片一样随风飘洒，蓬勃的树尖，像利剑一样直指苍穹。

冬天的夕阳掩映群山胶林的红叶，美似天边的彩霞，烙上时代的红色印记，令人追忆遐想情意绵长。

它终年是景，哪怕在天凝地闭的寒冬，这里同样享受旖旎的风光。潋滟的湖光里，婆娑的椰影轻拂着妩媚艳丽的紫荆花，漫步景区的溪流庭榭间，不必登高远眺，随意游弋，橡胶林碧波荡漾的浩瀚，便铺开了葱郁的视野向天与山的际线。

传说就因为天然橡胶的稀缺、资源的宝贵，这里也曾留下怙恶不悛的记载。

第二次世界大战暴发之初，日本军国主义对离自己不远的天然橡胶生产国产生了“浓厚兴趣”，高层对战争策划的路径选择有两大派：即主张进攻苏联的北上派及主张吞并东南亚的南下派，最终是对天然橡胶战略资源的渴望使南下派占据了优势。为了实现南下的目标，日本必须打败当时控制着太平洋的美国海军。为此，日本发动了对美国珍珠港的偷袭，试图在短期内让美国的太平洋舰队瘫痪。而珍珠港事件终将美国直接拖入战争，他的强大实力成就同盟国最终取得“二战”的胜利。很大程度上，天然橡胶的诱惑导致日本选择了一条错误的战争策略。正义压倒邪恶，橡胶树书写了历史凯旋的画卷。

中华民族自力更生、奋发图强，建立起自己的天然橡胶基地，突破了帝国的封锁，也让当年的苏联老大哥无比羡慕。斯大林与赫鲁晓夫梦寐以求、精心算计，想在中国南方建立一个属于他们的橡胶园，并以向我国提供贷款和技术援助为条件，这遭到毛泽东主席断然拒绝，彪炳了民族的尊严。

海南岛上正逢其时的橡胶林，不断闪烁着共和国元勋们的身影。

朱德元帅视察海南岛

朱德委员长是第一位到海南视察天然橡胶产业的国家领导人。1957 年春节期间，他先后来到西联、红光农场胶林深处与胶农座谈。1963 年 1 月，他再次到兴隆华侨农场和南林农场观看割胶示范。

刘少奇视察海南

国家主席刘少奇 1959 年 11 月到海南休假期间，在万宁南林农场橡胶林中留下了他忙碌的身影。

周恩来、邓颖超在“红心一号”胶园视察

周恩来总理 1960 年 2 月亲临海南听取工作汇报时指出，海南需要解决的重点问题有两个，一是粮食问题，一是橡胶种植。并到南联、南滨、兴隆和南林农场视察，留下了“西联宝岛，南国珍珠”“儋州立业，宝岛生根”这些让海南人民引以为豪的光辉题词。

邓小平（左二）在“红心一号”胶园考察

1961 年 2 月 10 日，邓小平与夫人及彭真、李先念、杨尚昆等中央领导同志深入万宁的南林农场现场观看胶农割胶，并给予鼓励。

虽然七十年过去了，激情燃烧的岁月已走进历史深处，那些有着军人气质的橡胶树依然挺拔向上，昂扬着生命的伟岸，静默地坚守着历史的荣光。

七十年过去了，还有多少海南寻梦人一幅《胶林晨曲》珍藏记忆。霞光穿透晨雾洒落斜照着头戴胶灯、肩挑胶乳的青春少女，她们步伐轻盈、英姿飒爽、胶林穿梭、顾盼生辉。此情此景，萦绕脑海，挥之不去。

胶农割胶

橡胶树被称为海南“三棵树”(橡胶、椰子、槟榔)之首，经过几代人艰苦创业，到 2020 年天然橡胶种植面积达到 777.83 万亩，总产量 33.78 万吨，占全国橡胶总产量的 45%。几十年来它从小到大、从弱到强，为我国经济社会发展和国防安全建设作出了巨大贡献。

2000 年以来，在政府与市场的引导下，海南民营橡胶获得快速发展，天然橡胶已成为中部山区和少数民族地区农民脱贫致富的支柱产业，部分农民从橡胶中获得的收益占当年总收入的 40%~80%，2011 年最高收购价格达到 43500 元 / 吨。橡胶树已成为海南农民的“摇钱树”，通过种植橡胶，山区农民不仅摆脱了贫困，不少家庭已经致富奔小康。

橡胶树上采集的天然胶乳

2011 年 1 月 8 日“海南橡胶”登陆中国 A 股市场，当时收盘股价总市值 432 元，成为中国 A 股市场“农业第一大股”，海胶集团发展成为全球最大的天然橡胶产业跨国集团，闪烁着耀眼的光辉。

然而世事无常，自 2011 年以后，受多种因素影响，天然橡胶价格持续八连跌，从最高点一路跌入历史最低点，并长时间徘徊低位，出现了天然橡胶进口价格低于国内成本价的现象。海南橡胶集团也经历了漫长的黑夜，面临着举步维艰的境地。胶农通过种植橡胶取得的收入大为减少，很多民营胶园主出现弃胶不割、丢园不管，不少胶农纷纷离家外出打工，一些地方将橡胶园改种香蕉、芒果、槟榔等高产出、高收益经济作物，海南天然橡胶产业走进了风雨飘摇的时期。

橡胶树上采集的天然胶乳

大市萧条下缕析条分：一方面是东南亚热带橡胶产业的崛起。譬如，泰国从 20 世纪 90 年代初举国打造天然橡胶产业，不仅种植面积大，而且制胶加工工艺先进，人均劳动生产率高，凡出口的橡胶必须经过 ISO2002 认证标准，政府对橡胶从生产到销售采取优惠政策，胶农以合作社形式组织存在，抵御经营风险能力强，成为世界上最大的天然橡胶生产国和出口国，并以其价格优势使我国成为其消费大国。

印度尼西亚是天然橡胶第二生产大国，种植历史悠久，是世界上自然条件最适宜种植橡胶的国家，是该国的主导产业，是 800 多万名农民的主要生活来源。他们种植橡胶模式多采用农林混作体系，经济成本相对较低，国际市场竞争明显占优。

越南种植橡胶树也具天然优势，种植面积达 860 万亩，产量 40 多万吨，在农产品出口总量中，天然橡胶仅次于食品，是创汇大宗商品，越南还是我国天然橡胶最大的进口国。

另一方面随着人工合成橡胶的出现，令天然橡胶产业面临新的挑战。

胶林

合成橡胶在性能上一般不如天然橡胶全面，但它具有高弹性、绝缘性、气密性、耐油耐高温与低温的特性，广泛用于工农业、国防、交通及日常生活中。

合成橡胶在 20 世纪初开始生产，20 世纪 50 年代得到快速发展，特别是近几年发展态势惊人。我国合成橡胶产业规模也在不断扩大，产能约为天然橡胶的 2 倍。它价格低廉并能取代大部分天然橡胶制品，在产业经济中占据重要地位，无论是年产量和消费量都已经进入世界前列。

尽管当前国内外市场环境给天然橡胶产业带来了不利影响，透过现象看长远，促进天然橡胶产业健康发展，直接关系到民生的安稳与国防的巩固。作为战略物资，天然橡胶具有不可替代性，作为海南省第一大热带经济作物其地位还难以被取代。与其纠结市场竞争剧烈，不如直面产业情势，匡时济世发力做好文章。

1. 自然环境受制。

与东南亚地区相比，海南相对气温低、雨量少、产量低，且属多台风地带，橡胶树易受折损，种植周期要六至八年才产胶，产前需要投入成本偏高。

2. 人工成本相对高。

经营管理上还未能实现智能化突破，加工生产资料价格持续上升，企业与胶农产业积极性受挫，经营陷入瓶颈。

3. 科技研发比较滞后。

人才的短缺、技术手段陈旧老套，致使种苗培育、产品加工、园地与材质综合利用都还处于初级阶段。

4. 产业链过短。

拥有全国最好的天然橡胶资源优势，却缺乏对优质资源的深加工处理，普遍以粗加工产品形式对外销售，产业链未有效延伸，产品价值属性不足。

5. 管理水平有待提高。

海南民营天然橡胶种植面积几乎平分秋色。但种植方法停留在传统层面，经验主导型实际应用弊端诸多，人工操作效率低又针对性不足，技术培训明显滞后，面对一轮价格低迷冲击，弃割率高达 60%。

6. 政策效应减弱。

随着中央财政取消天然橡胶良种补贴资金，仅对胶园更新种植与配套基础设施建设有资助，项目比较单一，不能覆盖橡胶生产全过程，产业发展受制于资金不足极为显著。一些优质的林下经济项目已经初具规模，但受资金困扰难以实现可持续发展，他们渴望加大支持力度，给予企业与农户低息、贴息扶持政策，助推产业链发展。

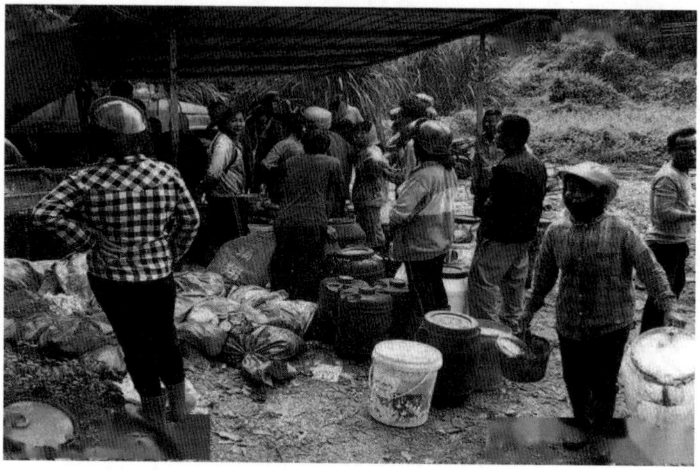

收胶

天然橡胶种植是海南国民经济的基础产业，涉及胶农 70 多万人，产业从业人员有 217 万余人，是广大胶农增加收入、改善生活的重要产业。我国是天然橡胶消费大国，总量达 650 万吨，占世界的 40%，而自产仅有 80 万吨左右，自给率不足 20%。整体而言，我国天然橡胶供需缺口在逐年扩大，进口依存度不断攀升，供需失衡态势日趋明显。海南着力发展天然橡胶产业既对国家战略安全关系重大，又与乡村振兴、胶农增收关系密切。

一是全面推进乡村振兴。完善防止返贫动态监测和帮扶机制，坚决守住不发生规模性返贫底线。加大撂荒耕地复耕复种力度，稳定粮食种植面积和产量，坚决遏制耕地非农化、非粮化。大力实施乡村产业发展行动，深入推进农业供给侧结构性改革，加强农业全产业链建设，推进一二三产业融合发展；在产业生态化和生态产业化上下功夫，做强做大有机农产品生产、乡村旅游、休闲农业等产业，有序发展共享农庄和主题民宿，不断壮大新型农村集体经济；进一步做好“六棵树”文章，使之成为海南百姓的“摇钱树”；配合中央有关部门研究制定并落实天然橡胶发展规划，完善产业扶持政策，增强天然橡胶供给稳定性。全面实施乡村建设行动，高标准制定和落实村庄规划，加强农村建筑风貌管控，加快补齐基础设施和公共服务短板，持续开展农村人居环境整治提升五年行动。加强乡村治理，推动移风易俗，建设文明乡风。吸引致富带头人、返乡创业大学生、退役军人等各类人才在乡村振兴中建功立业。

沈晓明书记工作报告剪图

今年4月召开的海南省八次党代会上，沈晓明书记在工作报告中强调：进一步做好“六棵树”（橡胶、槟榔、椰子、沉香、黄花梨、油茶）文章，使之成为海南老百姓的“摇钱树”，研究制定并落实天然橡胶的发展规划，完善产业扶持政策，增强天然橡胶的供给稳定性。吹响了振兴海南天然橡胶产业的号角。

有专家学者鞭辟入里地指出，重振海南天然橡胶产业必须坚定信心、从长计议、科学规划。依靠科技创新，打造“智慧胶园”，提高资源综合利用，加大政策扶持，借助自贸港优势，方可再现昔日的辉煌。

1. 依靠科技引领。

产业要发展，科技要先行。要创建天然橡胶生物与工程中心，作为创新链整合平台，提升产业的科技支撑水平，参与创新的主体不仅有企业、科研院所、政府部门和社会组织，还需要中介机构和农户，汇集高端人才与各路精英。

充分利用好海南是全球动植物资源引进中转基地的优势，建立天然橡胶优质种苗中心，培育优良品种，提高优质种苗覆盖率，从源头上谋求新的突破。

延伸产业链。天然橡胶产业走出困境，亟须提质增效延长产业链。目前我省该产业集中在种植端做原材料输出，产品以初级加工为主，发展模式较为单一，深加工产值所占比重小。缺乏新的利润增长点。必须依靠科技创新推动转型升级，提高橡胶加工整体水平与产品技术含金量。据悉，海南橡胶正深化改革，加强与哈尔滨工程大学海南创新研究院等单位合作，希望以“产学研一体化”的模式研发，推动产业转型。已实现全球首条全乳胶自动化加工生产线投产，瞄准下游产品冲刺消费市场。

2. **打造“智慧胶园”。**

2020年农业农村部编制《天然橡胶生产能力建设规划（2021—2025）》提出：着力提高我国天然橡胶综合生产能力，保障国民经济关键领域用胶安全。2021年中央一号文件强调，把农业现代化示范区建设作为推进农业现代化的重要抓手，示范引领农业设施园区化、融合化、绿色化、数学化发展。为今后我国天然橡胶产业发展指引了方向。

以打造“智慧胶园”为着力点，创建农业示范区正是推动天然橡胶产业可持续发展、提高市场竞争力的有效路径。

现阶段我省劳动力成本不断上升，橡胶种植端竞争力比不上云南省地区。而且当前橡胶主要种植区（东南亚与非洲）技术力量有限，科技发达者不是原产地，橡胶机械化采收一直空白。打造“智慧胶园”通过采用数字、网络、智能制造等技术结合，实现天然橡胶生产自动化、机械化，田间管理数字化、信息化，提高胶园劳动生产率和土地产出率。该项目已经国家发展会批准列入2021年先进制造业和现代服务业发展专项资金支持项目，它的实施既能解决胶工严重不足现状，还可实现天然橡胶产量翻两番。

3. 提高资源综合利用。

实施林下经济可科学利用橡胶园地空间发展其他产业，实现经济社会、生态环境有机统一的农业循环经济，这是海南天然橡胶产业培育新的经济增长点，增加企业与胶农收益的有效载体。其林下药材、林下花卉、林下放养可衬托胶园的历史承载、胶园的人文地理，将胶园的七彩斑斓融入国际旅游岛的风光。

我省森林面积 3204 万亩，橡胶林有 800 多万亩，占比 25%。有研究表明，橡胶林碳汇功能达到 9.92 吨 / 公顷 / 年，全岛总碳净吸收为 171 至 180 万吨 / 年，橡胶林的碳汇效益将是我省森林生态系统碳汇功能一个重要增长点。同时橡胶林合理更新，对满足全省木材需求，减少天然林管护成本，维护国家木材安全均意义重大。

橡胶林中还不乏高附加值产品的开发利用。

（1）橡胶籽油

它是一种高级木本油脂，科研证实，食用橡胶籽油有明显的降血脂、降胆固醇，使动脉粥样硬化斑消退的功效，对视网膜和脑干具有良好的保健功能，随着国家批准作为新资源食品，今后将是物美价廉的保健食用优质油。

（2）无氨橡胶

历史上惯用氨水保鲜胶乳，不仅对人体有副作用，也使胶质下降，还会在橡胶生产过程中产生大量污染，给环境带来巨大破坏。新型无氨橡胶保鲜剂及胶乳生物固化剂，既可提高品质，又能降低成本，还可利用生产过程排放的废水作为液体肥料灌溉农田、养鱼养虾，让困扰行业一百多年的难题得以迎刃而解。该产品已具备投入大田的实验条件。

（3）废旧轮胎再生利用

国家已经明确将废旧轮胎循环利用作为战略新兴产业，以资源化为主，无害化兜底，再生资源今后必将获得更大的经济效益。目前海南已开发的再生橡胶资源利用技术，物理性能优良，每年 1 亿多条废旧轮胎变废为宝指日可待。

（4）提炼白坚木皮醇

白坚木皮醇主要存在于巴西三叶橡胶树种，在我省广为种植。它具有预防放射性疾病和皮肤保健功能，可用于研发治疗癌症、糖尿病、艾滋病等药物以及用作美容产品，具有广阔的应用前景，且我国科研人员已从橡胶废水中成功提取。

HSF
海南橡胶
HAINAN RUBBER GROUP

4. 借助自贸港发力。

要充分利用海南自贸港特殊政策优势，鼓励国内外优秀人才来海南创业，从而加强国际化人才队伍建设，吸引国内外大型企业、科研机构和高等院校在海南设立新型研发机构，研制天然橡胶新材料和新制品，以科技创新链带动产业链发展。有机借鉴新加坡等自贸区的先进经验，利用背靠内地山东、上海、广东等主要消费基地，以及紧邻全球最大生产基地东南亚的优势，发挥港城园一体化的联动作用，优化航运、港务、仓储、金融、科技、交易等服务，深度参与全球天然橡胶贸易，并引入大型天然橡胶制品企业来琼投资置业。

自贸港利好政策对天然橡胶产业的辐射带动有待进一步拓展，现行条文规定，产品在海南通过加工等方式增值30%，进入内地可免征关税。但天然橡胶还不在目录中，加上没有混炼加工技术，同时还增加装卸和运输成本，短期内在海南生产并出口天然橡胶制品所面临的贸易环境优势并不比内地明显，若能争取进入国家规定目录，不疑为海南天然橡胶产业腾飞插上翅膀。

海南天然橡胶产业，兵临城下、将至濠边。困难与使命同在，机遇与挑战并存，但愿海南健儿千磨万击还坚韧，任你东西南北风，凭智慧化危为机，重塑曾经的辉煌！

2022年5月11日发表于海南海口

记叙会文风情　讲述身边故事　弘扬乡土文化

孙管干部

退休以后，我住在海口市西边一个新村里，小区的管理很温馨，经常组织一些相关活动鼓励老年人多运动、勤交流、常用脑。我选择性参与，由衷体地会到老有所依、老有所乐。

自从小孙子年届入幼儿园开始，他父母由于工作繁忙，难以保证按时接送，遂搬与我们老两口一同居住，并把孩子入园事宜对我们委以重任。从此生活发生了巨大变化，不仅原来规律被打破，而且七杂八乱事情应接不暇，委实变成了“孙管干部”。

孙管干部

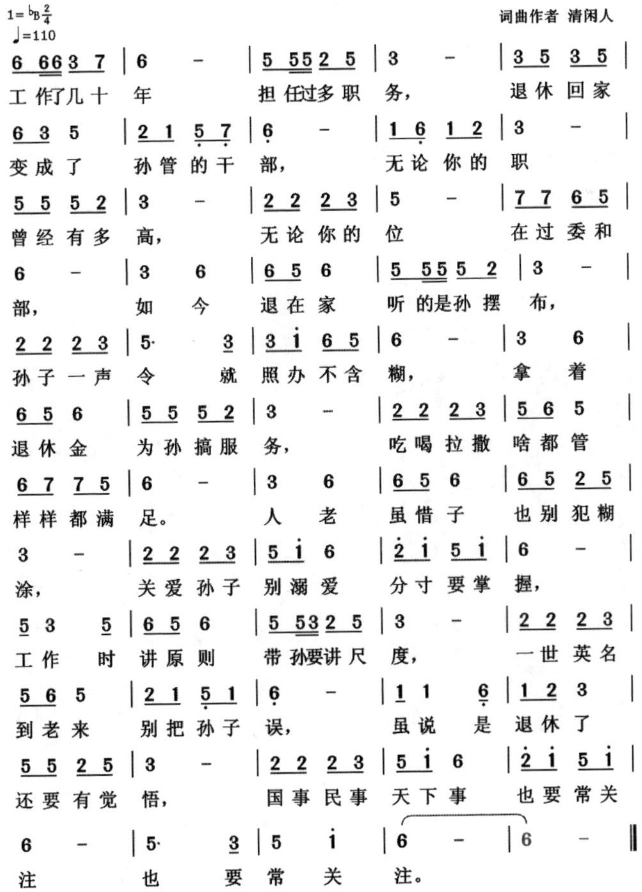

1=♭B 2/4
♩=110
词曲作者 清闲人
工作了几十年 担任过多职务， 退休回家
变成了 孙管的干部， 无论你的职
曾经有多高， 无论你的位 在过委和
部， 如今 退在家 听的是孙摆布，
孙子一声令 就照办不含糊， 拿着
退休金 为孙搞服务， 吃喝拉撒啥都管
样样都满足。 人老 虽惜子 也别犯糊
涂， 关爱孙子 别溺爱 分寸要掌握，
工作时 讲原则 带孙要讲尺度， 一世英名
到老来 别把孙子误， 虽说是退休了
还要有觉悟， 国事民事 天下事 也要常关
注 也要常关注。

人老隔辈亲。有道是："稚子嬉戏闲庭间，闲老翁沉醉椅中，爷孙牵手相视笑，天伦之乐尽逍遥。"先期的其乐融融让人陶醉，全然不觉这是一份苦差。我还指望借助这碟小菜，展示自己老当益壮和古道热肠。

幼儿园开园前夕，我自告奋勇代替孩子父母首开家长会。把笔、记事本准备停当，将手机充电满满预备拍照与录音，踌躇满志早早入场就坐前排，还时不时提问几句，更好地领会学校的规章和要求，确保履行好职责。散场时当我摇晃着一头白发从满屋子绚烂青春人群中出来时，方才感悟自己的高调似于此情此景不很合拍。

既然是重任在肩，其他暂顾不上。依据幼儿园的要求，我把事情认真做了一番梳理，按照轻重缓急做好预案与铺垫。

孙子入读的幼儿园距我住处六七里地，步行接送划不来，开车来回路线怎样规划？我几次进行实地考察，不看不知道，看后惊心跳。这家幼儿园与市里两所声名显赫的中小学校毗邻，三者相加有大几千学生，上下学高峰期，人头攒动，车流拥挤。人群中除了学生和接送孩子的与维持秩序的保安，还夹杂着摆摊买卖和发放广告宣传者，一时履步维艰。车像蜗牛一般缓慢向前爬行。学校门口周边地板刷印大字广告："即落即走""不超三分"。交管部门因地制宜在附近空地尽可能划出停车位，但依然车满为患，一位难求。若能顺利泊车纯属侥幸，看来每天的入园接送似打一场硬仗，不由嘴里暗暗叫苦。

入园第 1 天，我起大早做准备，心中还是忐忑不安，小孙子感觉新鲜，背着大书包，意气风发直嚷嚷驾车出门。果不其然，这头趟出征就让我一波三折。

车行进学校附近地段，一路车水马龙，我连转了几圈仍没找到泊车位，眼看即将迟到，这情何以堪。紧急之下，硬着头皮把车停在了校门口，不由分说先把孙子送进幼儿园。这才刚刚缓了一口气，不料停车校门口引发众人阵阵埋怨，更让人揪心的是三天下来，我荣幸地收到了海口市交警支队的五张罚单。

经此一遭深深体会到，成功在于细节的道理，看似简单的接送小孩也要精通门道。使用小汽车弊端不少，留意观察稠人广众，驾驶电动车者占比例高，它能拐弯抹角一直开到校门口，既方便又快捷还有地方停留。我马上吸收先进经验，按葫芦画瓢，买回一辆电单车。为了让小孙子坐得舒坦，还费了九牛二虎之力，把车作了升级改造，在座垫前边加装一个小坐椅，不但安全实用，而且美观大方。穿梭于市区还获同行者不少注目礼，总算初步化解了难题。

春去冬来，总伴天晴雨下，电单车惧怕雨天出行。为此，祖孙俩都武装了套装的雨衣，碰上刮风下雨，大小雨衣套上，丝毫阻挡不住滚滚向前的车轮，溅起的一路泥水，勾画一幅有趣的雨里上学图。

收编为孙管干部以后，经受的考验何止这些。刚开始，放学去接孙子时，我耍了一个心眼，经常晚点儿到，另一方面是规避人车流高峰，一方面是不用挤夹在家长人群中排队候接，很省心。谁料好景不长，一天回到家里，他稚声稚气对我说："爷爷你不能这样，每次接我总后到，现在老师安排走队爱把我放在后边了，不好玩，我要第一个接。"这虽然谈不上"半夜鸡叫"，但也是一个信号，过去自由自在随心所欲安乐似半仙，现在每周五"两点四线"铁打不移，今后还要力拔头筹，顿觉担子沉甸甸。

其实，需要百炼成钢的还在后面。祖孙同住后，每天睡前给他讲故事是必修课。讲故事须严肃认真，不能三言两语马虎应付，不能胡编瞎扯信口开河，避免产生不良影响，既要体现正能量，又要有趣吸引人，还要多角不雷同。如同又一场赶考，我必须搜集资料，认真备课，买回了《嘟嘟熊》《黑猫警长》《奥特曼》《变形金刚》《光头强》与《奶龙》等一系列儿童读物，反复阅读，打好底稿。

然而，百密总有一疏。让人始料不及是，讲故事他爱听更爱问，喜欢打破砂锅问到底："为什么变形金刚那么多变？还不怕火烧刀砍？为什么奥特曼功夫那么厉害？是谁教它的？都是些什么本领？光头强是好人还是坏人？是好人为什么没有饭吃？是坏人又帮助别人？为什么老鼠怕黑猫警长？是怕它的枪？还是怕它的牙？"有些问题很幼稚离奇，我难免有回答不上，便会被孙子嫌态度不认真。问他哪儿来的多多为什么？说是老师要求的，让你无语。

人之初，性本善，性相近，都爱玩。我家孙子同样爱玩，还喜欢长辈陪着他一起玩，玩得我的身子骨备受煎熬。

他尤其喜欢打球、玩车和打功夫（受奥特曼影响），当提出在野外打篮球被我以太阳暴晒回绝后，他就让他爸爸买了一个篮球框，固定在家里一张椅背上，把客厅杂物清理，作为半边球场使用。他的三步上篮打不起来，非要我反复示范，累得腰酸腿痛。

他玩车别出心裁，各种车辆模型一应俱全。诸如：火车、动车、货车、轿车、客车、赛车和消防车、救护车、挖掘车、油罐车、装甲车与搅拌车等。还模仿出各类车辆不同的机器响鸣和喇叭声，给我布置的作业是，每当他拿出其中的一款车，我要立马准确无误地发出声音，心不在焉时有弄错，难免又被数落与讥笑。

如果说有时候逢场作戏还能差强人意，那么赶鸭子上架就苦不堪言了。

让人难以想象的是，时下的孩子对“奥特曼”太过崇拜痴迷，不仅仅酷爱奥特曼的造形产品，还处处模仿奥特曼制服怪兽的技艺。自然而然，英雄奥特曼非他莫属，狗熊怪兽舍我其谁。每次演练，又要全情投入，又要只能战败，还要体现三个定格：一是高举双手投降求饶，二是低头弯腰任人发落；三是翻个筋斗倒下装死。此刻的他一脸得意，而我却哭笑不得。

清官难断家务事，有人喜欢有人愁。孙子的到来，让老伴经常笑得合不拢嘴，好像天天过年，还含沙射影说几个没想到：没想到现在有人把我管住了；没想到我戏演得这么逼真；没想到我知识面还挺广泛。她过去唠叨我的几件事全都无期而遇：时间被限制不能自由外出；落体运动有利于健身减肥；编讲故事有效防止老年脑痴呆症。

如今，政府鼓励青年夫妇生第三胎，经历过“计划生育”年代的我们，深知人口红利的重要性。不少亲朋好友也动员孩子们，趁着老人家身子骨硬朗多生几个让他们帮带。这家国情怀非常理解，我听后八分欢喜两分忧愁，子孙满堂固然是好事，但我这个孙管干部将上演成电视连续剧。

孩子的教育非常重要，如何教育是一门高深学问。家庭、社会、环境、背景都是综合要素。我们家常为此意见相左，主要对“学与玩”“严与宽”“饥与饱”理解偏颇。

望子成龙，望女成凤，殷殷父母心，源自幼儿始。孙子现在一周在园五天，周末还让参加各种名目的兴趣辅导班，认为不能让孩子输在起跑线上。有人觉得这是个伪命题，校园中想学的、好学的、能学的应该是足够了，其余时间该让他玩，与父母玩、与家庭玩、与爱好玩，玩得开心，在玩乐中成长。

“小孩的钱容易赚”是社会上一句口头禅，难怪儿童商店比比皆是，也说明家庭对此出手阔绰。我始终坚持所购尽量避免有求必应和奢侈浪费。该买则买，但把为什么要买、买它做什么使用、怎样才能充分发挥出来的道理讲明白，尽管个中道理孩子未必全懂，但能给他传递信息，买东西要物尽其用，不能随心所欲。

孩子的胃口挂在长辈的心口，赶上了挑食的主儿，天天吃饭得围着他转，喂饭的、夹肉的、递鱼的、端汤的，甚至有哼歌的，生怕少吃了一口，饿坏了肚子，却往往事与愿违。宠儿需要讲究策略，基本生活技能必须自持，我朋友小谢干得漂亮，孩子刚满 1 岁就和大人一道围桌用餐，节奏慢拍从不迁就，数次饥饿过后，见饭就食，还左右开弓，长得虎头虎脑。

意见总是难免的，拍岸涛声正如和谐生活的音符。社会总在不停的进步，也未必能改变孙管干部的地位。祖孙天伦之乐是一种珍贵的情感，它不仅存在于亲情之中，更是人类社会关系中重要的组成部分。

儿孙自有儿孙福。世界是年轻人的时代，老一辈不可能总在踏波弄潮，你使尽浑身解数想为后人铺就好路，又有谁敢保证能给他们一个完美的人生，与其彷徨忧虑，不如先弄明白过好自己此生，当个孙管干部就好。

琼崖多好茶

柴米油盐酱醋茶，俗称开门七件事。清代举人张灿为此曾赋诗一首：“琴棋书画诗酒花，当年件件不离它，而今七串都变更，柴米油盐酱醋茶。”随着社会变迁、科学发展，柴逐渐被煤、油气替代，茶则成为独当一面的茶文化而闻名于世，海南是其百花园中一朵奇葩。

五指山红茶

云滋雾润出佳品。五指山是海南省林木生物多样性保护核心区和水源涵养区，又是典型的低纬度、高海拔地区，多雨多雾。它地处亚热带季风性海洋气候与热带雨林气候交汇处，不受寒流侵袭，也不受台风影响。山地组成以中酸性喷岩为主，加上历年植被的枯枝落叶腐烂使地质肥沃，生态系统完整。云雾漂浮，如滤光筛子，吸收光波较长的红橙光和红外光，使光波较短的蓝紫光和紫外光通过，有利叶绿素 B 的生成。这里生长的茶树，能有效利用光能提高茶叶中物质积累，促进芳香与营养物质形成。它背山面水，太阳南移北移都光照充足，森林覆盖率超过 80%，负氧离子含量高达每立方厘米 5 万个，没有工业污染，丰茂的林带形成一道天然的屏障阻隔病虫害，被称为“日光不落的茶山”。

品种优良名地产。五指山红茶的品种取自水满乡的群体种和无性系良种。水满在黎语里是古代、至高无上之意。这里出产的茶树植株为乔木型、大叶种，树枝直立、分枝部位高，叶椭圆形、茶叶无毛，树高 10 多米，冠幅达七八米，具有抗性强，枝嫩性好特点。民国时期的《海南岛志》记载：“其中最有名之茶，为五指山水满峒所产，树大盈抱，所制茶叶气味尚清。”

自古风韵羡世人。五指山茶在明代就被列为朝廷贡品，有清朝的张涕、赵以谦等人幕修，后经郭沫若先生点校出版的《崖州志》一书记述“明土贡品主要有……牙茶、叶茶”也印证了这一历史事实。苏东坡被贬儋州时生活潦倒，曾写下一首《汲江煎茶》，“雪乳已翻煎处脚，松风忽作泻时声。枯肠未易禁三碗，坐听荒城长短更”来感叹幸有好茶伴他度过三年孤寂的流放岁月。

茶质内蕴很丰满。五指山红茶富含茶多酚、茶黄素及多种游离氨基酸和矿物质等营养元素，孕育出独特风味。外形：条索紧结肥硕、棕褐油润。汤色：红琥珀色泽明亮。香气：透有一股浓浓的奶蜜香。口感：微涩回甘、甜醇爽滑。叶底：肥软红亮。被业界行家称赞为“琥珀汤、奶蜜香”。我的一位北京朋友王先生早年曾在海南工作，嗜好红茶，尤对五指山红茶情有独钟，他认定此为同类中臻品，赞美是来自琼崖最有品位的手礼。

老树竞发新嫩芽。千百年前，五指山黎苗山民就用以煮水去疾养生的茶树，经现代医学研究表明，它性甘温，最适合怕冷体寒的女性饮用，可以滋养人体的阳气，生热暖胃，有助于代谢平衡，带来更好的精神状态。且红茶中的茶多酚能抗辐射，防止皮肤黑色素的生成，具有抗癌功能。20 世纪 50 至 90 年代，按工夫红茶加工工艺精心制作的红碎茶成为出口创汇的主要货源，远销 50 多个国家和地区，被“实施国家农产品地理标志登记保护”，是难得的中国优质有机红茶主产区。

万宁鹧鸪茶

鹧鸪茶，不少外地人对此鲜有耳闻，其实它是海南一种奇特的野生茶种，主要产于冠有“世界长寿之乡”的海南万宁各山区、丘陵、沿海一带，其味甘辛，香气浓烈，是海南人日常生活、四季常饮与接待宾客的绿色养生健康饮品。我国著名戏剧作家田汉先生当年登东山岭品尝后曾写下“羊肥爱芝草，茶好伴名泉”的诗句。

它的得名来自美好的传说。从前，万宁有一农人养有一只心爱的山鹧鸪，它有着美妙的歌喉，每当春暖花开之时，在晨曦照耀之下，便放声歌唱。往往是一鸟高歌，群鸟响应，此起彼落，给春天带来勃勃生机。一天爱鸟病了，农人焦急万分，他跋山涉水，爬上东山岭采摘到鹧鸪茶用来泡热水给鸟喂，几天后鸟儿不但病愈，而且唱得更欢，还比一般鸟的寿命更长，从此人们认识了这款茶的功用，并取名为鹧鸪茶。

还说海南四大名菜之一的万宁东山羊，肥而不腻、肉嫩汤白、滋补养颜、食无膻味，也是得益于这里的羊食了东山岭上鹧鸪茶的缘故。鹧鸪茶成就了东山羊登上海南菜肴之巅，东山羊衬托了鹧鸪茶康体之名。

此茶甘洌爽口，养颜消食，海南人情有惟牵，在海口、文昌、琼海、万宁、陵水与三亚一带经营本地特色菜饭馆都有茶备，在吃饭前先上一壶鹧鸪茶，作为消食解腻的开胃茶，让你神朗腹舒，席上风卷残云，餐后裹肚无热量，遍布全岛的老爸茶店中它也是主打产品。

鹧鸪茶同为药用历史悠久，它具有清热解毒功效，散发出好闻的药香。冲泡后汤色清亮，饮后口味甘甜，是治疗感冒的良方，还有降血压、减肥、健脾养胃的功效。清代名医赵其光所著的《本草求原卷一》云："鹧鸪茶，甘辛、香温，主咳嗽，痰火内伤，散热毒瘤痢;理蛇要药。根，治牙痛，疳积。"还有文献记载，鹧鸪茶，干后有零陵香气，以万宁东山岭与文昌铜鼓岭产地最佳，被历代文人墨客誉为茶品中的"灵芝草"。

鹧鸪茶奢而不华，采用纯手工制作，只经过最初简单加工，不需像其他茶类一样有杀青、择制、焙烤等复杂工序，属于毛茶类。冲泡后的外观，也像大片的树叶一样，原汁原味。每年的农历五月伊始，农人们或结伴或孤身进山采摘野生鹧鸪茶，采摘时将枝条连叶一起取下，带回后摘下叶片，片片叠加形成球状，外面用晒干的椰子叶作为绑带，卷一球绑一球，绑到20个左右形成一串，晒干后便成。熟悉行情的旅客到此一游，难免买上几串鹧鸪茶作为手信，光是这奇特的造型，就能为旅途见闻增添诸多谈资。

澄迈苦丁茶

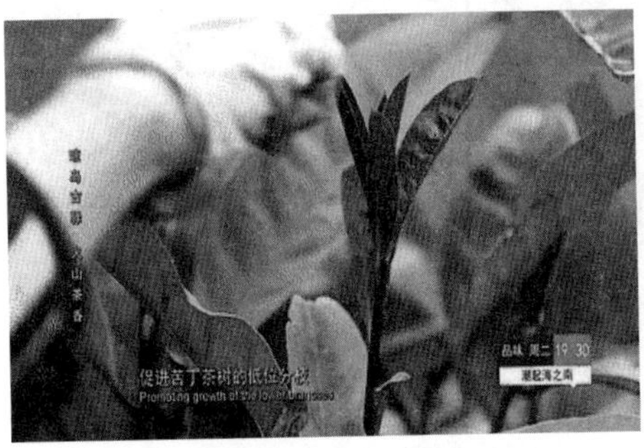

苦丁茶在我国产地众多，如广东、福建、四川、贵州、湖南、湖北、广西、江西等地均有种植，唯澄迈苦丁茶品种独出一辙，属冬青科的苦丁茶冬青种，并非拘骨刺种的苦丁茶。这种野生苦丁茶是乔木类，其体型十分高大，最大胸径达2.5米，高达50至60米，树龄老者近千年，其枝繁叶茂，叶片肥厚柔软，华盖四蔽，蔚为壮观。

澄迈县的火山地质条件决定了其茶的品质优良。苦丁茶园分布区域山高雾大，而且处于高雷区，空气中富含臭氧负离子，对茶树的生长和多种营养成分的形成十分有利。它种植在火山喷发高温烧过的玄武岩发育而成的砖红壤地区，土层深厚，质地黏重，矿物质及植物生长所需的多种微量元素含量丰盈。茶场周边地势呈盆地状，中间低、四周高，风化了的火山岩及大量的有机质，经过千万年冲刷，尽积于盆底，成为肥沃的冲积平原，灌溉用水取自 300 米以下的火山矿泉水，水质清洁。如此环境造就，难怪它艳压群芳。

澄迈苦丁茶冲泡绿中带黄，清澈明亮，味道先苦后甘，沁人心脾，而且极耐冲泡。它养分含量十分丰富，有 16 种游离氨基酸、3 种儿茶素以及咖啡因与多种维生素和黄酮类物质，药用价值非常突出。据《本草纲目》记载，它能有效调节机体代谢功能，明显降低高脂血症患者的血清总胆固醇、甘油三酯及低密度脂蛋白，对高血压、高血脂、高胆固醇及动脉硬化、糖尿病、肥胖症等疾病都有明显防治作用，同时还具有祛湿排毒，消炎利便之功效。

中国古书将苦丁茶称之为“皋卢茶”，为药、饮兼用之名贵保健珍品，已有两千多年的饮用历史，有资料显示我国古代岭南一带的老百姓有饮用苦丁茶的习惯，并用之治病，藏宝于民。鸦片战争后，英帝国殖民者也曾以饮用苦丁茶为时髦，并在广州市沙面租界设点收购，“换谷三十担、值银六十两”，有“片片新茶片片金”之说，疯狂掠夺我民族珍稀资源。

伴随科技进步，现在我省采用先进育苗技术，利用野生千年古树枝条进行人工繁殖和推广种植新品种，各种保健功效更加突出，是难得的绿色饮品，成为人们的一种消费时尚，也是游子来琼追逐品茗与购买的上佳特产。人们吟：“碧波荡漾一抹香，书影摇晃醉未尝。轻啜半盏甘若露，俯首叹觉韶光长。茶亦醉人何需酒，香亦四蔽何求风。”赞赏澄迈苦丁茶是“长寿茶”。

白沙绿茶

如果说五指山红茶是海南红茶中的美男子，那么白沙绿茶则是绿茶中的俊姑娘。

白沙绿茶因陨石坑而扬名。白沙陨石坑位于白沙县牙叉镇东南 9 千米的白沙农场境内，坑直径 3.5 千米，是中国能认定的较年轻的陨石坑，为距今约七十万年一颗小行星坠落此地爆炸而成，也是全世界十几个伴有陨石碎块的陨石坑之一，属世界保存最完整的陨石坑。

白沙绿茶产自素有“山的世界、水的源头、林的海洋、云的故乡”美名的白沙县的陨石坑及其周边。这里气候宜人、雨量充沛、土地肥沃，常年雾气缭绕，土壤既含有大地表面和地壳深层的物质，又有“天外来客”带来本身所含特有 50 多种矿物质渗透其中，这些因素决定了白沙绿茶得天独厚的潜质，成就了白沙绿茶不可复制性和稀有性。

白沙绿茶的理化指标远超国标。好山好水出好茶，它所蕴含的多种有益人体养分极高，原国家农业部食品质量监督检测中心曾随机抽检检测结果报告：成茶水浸出物为43.2%，水溶性灰分71.4%，两项指标大大超过国家标准规定的34%和45%的指标。其茶汤黄绿透明，香气清亮持久，饮后回甘留芳，连续冲泡品赏时具有“一开味淡二开吐、三开四开味正浓、五开六开味渐减”的耐冲泡性，品质别具一格。

白沙绿茶源远流长。相传很久以前，黎族先民上山围猎，十分艰辛，身上携带的水也喝光了，口干舌燥又非常疲惫，便坐在一丛长势葱绿的小树旁歇息，一位老猎手随手摘下树上几片嫩叶放在嘴里咀嚼，一会儿便觉渴有改善，精神也好了起来，众人纷纷效仿，休息片刻便恢复了体力。有一位小伙子灵机一动，将这种树叶采摘加工后储存起来以备平时之用。他们发现，经过简单加工的树叶用热水冲泡后饮用，不仅清醇爽口，而且清热降火消除疲劳。从此，当地人把它当作“神树”来保护，并移种于山寨周围，茶树与饮茶自此而兴。

白沙陨石坑

白沙绿茶作为海南珍宝不断发扬光大。从1990年开始，白沙绿茶被授予“绿色食品”“全国用户满意产品”和“中国名牌农产品”等多项桂冠，还被选为博鳌亚洲论坛年会服务产品，荣鹰膺2017年丝绸之路国际博览会参展产品银奖，夺得中国绿茶领域最高级别的“中绿杯”名优绿茶评比金奖。远销中国香港、台湾等地区以及东南亚各国，产品供不应求。

白沙绿茶品牌效应进一步拉动产业发展。白沙县委、县政府把握海南自贸港建设契机，深入探索白沙绿茶产业从“绿水青山就是金山银山”的两山理念到产业生态化、生态产业化的发展路径，使“一片叶子”兴一方产业，富一方百姓。2022 年 10 月，白沙县被授予“中国早春茶之乡”与“中国生态茶叶之乡”的荣誉称号。

琼涯名茶何其多。

兰贵人

“兰贵人”是乌龙茶中的添香加味茶，原产于中国台湾，后传入海南。采用五指山的优质茶叶，加入甘草与人参精制而成的五指山兰贵人茶，具有养颜驻容、生津止渴，使人神怡气爽之效，喝后回味悠长，口舌之中产生一种莫名其妙的香味，故称“兰贵人”。

香兰茶

香兰茶打造国色天香。海口香兰茶是海南岛最具特色的天然添香茶，它以有“世界天然食品香料之王”称谓的香草兰与海南特产茶叶为原料，以先进制茶技术与现代吸附理论相结合研制而成之佳品，鲜纯隽永，具有国际流行香型，是我国添香茶类中的一枝独秀。

茶铸文化，人事如茶，它第一道苦如生命，第二道香如爱情，第三道淡如清风。这杯茶，或浓或淡，都要细细品赏，平淡是它的本色，苦涩是它的历程，清香是它的馈赠。回味可埋藏心底，评说则展示人间。

2022年10月20日写作于海南海口